フェアリーテイル・クロニクル
～空気読まない異世界ライフ～
18
埴輪星人
Haniwaseijin

多忙な王太子
レイオット
アランウェンの巫女
アルチェム・アルテ・オルテム
頼り甲斐のある魔法使い
香月《かづき》 達也《たつや》
いろいろダダ漏れな美少女
藤堂《とうどう》 春菜《はるな》
食を探求する姫巫女
エアリス
落成記念
・レーン王家・アズマ工房御一行様

フェアリーテイル・クロニクル
～空気読まない異世界ライフ～
主な登場人物
Main Characters
戦うデザイナー
溝口《みぞぐち》 真琴《まこと》
献身的な謎生物
オクトガル
急成長中の弟子
水橋《みずはし》 澪《みお》
腕は確かなモノづくり師匠
東《あずま》 宏《ひろし》
祝・第二工場
フ

料理不得意系エルフ
テレス・ファーム
奔放なウサギ娘
ノーラ・モーラ
クラフト系エルフ
エルトリンデ
しっかり者の姉
ファム・タート
才能豊かな妹
ライム・タート

これまでのあらすじ

いよいよ邪神本体とやり合うか、っちゅうタイミングで
『神器作りよりもインスタントラーメン工場の拡張作業のほうが
邪神の弱体化につながるから最優先だ』
とか、イグレオス様に言われてなあ

そこから軍用食の在庫のダブつきを何とかしたいやの
ウルス北地区商業組合から産業のてこ入れ手伝ってほしいやの
芋づる式にいろいろ頼まれごとが出てきて……

この状況でこんだけほったらかしにされる
ラスボスっちゅうのも珍しいで

それでええんかい、邪神！

とりあえずは先着順っちゅうことで
インスタントラーメン工場の拡張工事から進めることにしたんやけど
レイっち的にはなんぞ関連して頼みたいことがあるっぽくてなあ……

まあ、僕は僕でやっときたいこともあるし、
レイっちからの頼みごとは他の面子で
うまいことやっといてもらわんとな

特に兄貴にゃ頑張ってもらわんとあかん感じやで、実際

邪神編　第二五話

「よし、機材の設置は終わりや。あとは試運転やな」

インスタントラーメン工場のライン増設工事の日。

朝十時過ぎから設置作業を始めていた宏《ひろし》がラインの設置を終えたのは、十一時を回るか回らないかという時間であった。

宏の受け持ちはラインの増設だけだが、本日行われている工場の作業はそれだけではなく、他の作業員がパイプ椅子や折り畳み机、ソファーセットなどを運んでいく姿があった。

時折巨人族と思われる大柄な人物が、これまたかなり大きなコンテナを運び込んでいる姿も見えるが、中に何が入っているのかというのは不明である。

「いつものことながら、早いな」

「今回は前の半分やしな」

「半分といっても、これだけの機械を設置して調整するとなると、一時間やそこらでできることとは思えんのだが……」

「最近大型案件が続いたからなあ。正直慣れてもうた感じや」

「何というか、すまんな……」

「別に、レイっちから来た話だけやないで。むしろ、ウォルディスとの戦争がらみでのほうがこの手のライン組んだ数は多かったし」

「そ、そうか……」

宏の言葉に、今更ながら随分と負担をかけてしまっていることを悟って、思わず言葉に詰まるレイオット。

そんなレイオットの様子から何かを察し、宏が質問をぶつける。

「で、レイっち。うちらに振りたい仕事、これだけやないんやろ？」

「……ああ。こんなことまで頼むのは筋違いもいいところなのだが……」

宏にズバリと切り込まれ、若干口ごもりながらも素直に認めるレイオット。

今後を考えるなら、さすがにこれから頼むことは虫が良すぎると思わずにはいられないのである。

だが、インスタントラーメン工場の運営に関しては、いまだにありとあらゆる面でノウハウが足りない。

それを得るには、理解している人間に手伝いを頼むのが一番なのは間違いない。

「ここまで来たら今更やねんし、あとでトラブル持ち込まれるんやったら最初から聞いといたほうがなんぼもましや。遠慮せんと言うてみてや」

「……そうだな、すまん」

宏の圧倒的な正論に、レイオットは渋々白旗を上げて頼みを告げることにした。

「これを頼むのは少々どころでなく恥ずかしく、かつ情けない話なのだが……従業員の採用試験を作ってほしい」

「採用試験？」

「いや、もっと言えば……採用自体を手伝ってほしい」

「そういうことかい。そんなん、前とおんなじ基準やとあかんの？」

「前回は言うならば、私達王室の伝手《つて》で信用できて能力的にも都合のいい人間をかき集めたようなものだからな。その時点で集められる人材は集めてしまったうえ、例の問題の関係で、推薦があった人材がいろいろと信用できん。そうでない連中も、どんな人間が混ざっているか分からんのでな」

「あ～、なるほど、了解や」

レイオットの言葉に、心底納得してしまう宏。

元々王族が立ち上げたプロジェクトなのだから、稼働当初の従業員は王族の息がかかった信頼できる人達をメインに雇用するのは当然の話だ。

が、いくら王族の伝手と言っても、無尽蔵に人材が手に入るわけではない。

レイオットが言ったように、使えそうな人間は前回のうちに採用してしまっており、しかも今回はインスタントラーメン工場が好調な現状を知って動いている者が少なくなく、前回とは大幅に人材の質が違う。

そういった連中をレイニーの背後調査とエアリスの神託で削った結果、必然的に王族の伝手ではなく一般応募からの採用の割合が大幅に増えることになる。

今まで、声をかければ一定以上の優秀さを持つ人間が集まるのが当然、という立場だったレイオットには、そこから優秀な人材を選別するノウハウがないのだ。

「それに、だ。前回は言ってしまえば、決められた仕事を文句を言わずに淡々と我慢強くこなせれば適性を問う必要はなかったが、今回はもう少し要求を高くしようと思ってな……」

「というと？」

「昨日、お前がオクトガルに届けさせた試作品を見て思い至ったんだが、今後のインスタントラーメン産業の発展のことを考えて新商品を開発できる人材を発掘したくてな」

「……まあ、予想どおりっちゃあ予想どおりやな。で、そういう人間の採用ノウハウは持ってへん、っちゅうことか？」

「今までの産業の常識範囲内でならば、まだ何とかはなる。だが、この手の新産業の場合、それで大丈夫なのかの自信がなくてな……」

本当に自信なさげに言うレイオットに、それもそうかもしれないとなんとなく納得してしまう宏。

確かに、故郷日本のインスタントラーメンの歴史を思い返すと、なぜこれを作ろうと思ったのかと小一時間ほど問い詰めたくなるような突飛な商品が時代の要所要所に出現しており、それを今までの産業の延長線上で生み出せるのかと問われると、難しいだろうと思わざるを得ない。

「話は分かった。っちゅうても、これは僕がどうにかできる案件やなさそうやなあ」

「そうなのか？」

「そもそも、向こうやとただの学生やからな。こっちでも、人採用したんは全部成り行きとか頼まれてとかそんなんやし」

「そうか。……言われてみれば、確かにそうだな。お前達が自分から進んで雇ったのは、ファムとライムとレラの三人だけか」

「せやで。それかて、行きがかり上っちゅう感じやし」

宏の言葉に、言われてみればという表情を浮かべるレイオット。

実際、そもそも宏達にとって、アズマ工房というのはあくまで日本に帰るための手段でしかなく、ここまで規模も影響力も大きくするつもりはなかった。

当然人を雇うつもりなどあるはずもなく、タート一家にせよノーラとテレスにせよ、職員になったのは完全に成り行きである。

「とりあえず、その手の経験っちゅうかノウハウがありそうなんは、多分兄貴だけやろうから、兄貴に話を聞くしかあらへんなあ」

「そうか。無理そうならば言ってくれ」

「了解や。まあ、僕らもいずれ経験せなあかんかもやし、ええ機会やから頑張ってはみるわ」

「すまんな」

結局、レイオットの頼みを引き受けることにする宏。

実のところ、どうせ真琴《まこと》と達也《たつや》は手が空いているからという、実にいい加減な理由で引き受けたのはここだけの話である。

「ほな、試運転しながら、もうちょい話聞かせてもらうわ。一応確認しときたいんやけど、今までの口ぶりを見るに、もう候補者はおるんやろ？」

「ああ。今回は新たに冒険者協会などでも募集をかけたから、結構な人数が応募してきている」

「ちょっとぐらいは絞り込みしとる？」

「レイニーに指示を出して、ある程度は。さらに父上と私で見てはいるが、あくまでも書類上での識別しかしていないうえに、人格については一切確認を取っていない」

「人格は度外視かいな」

「どのような人材が必要なのか、分からなかったからな」

レイオットが口にした理由を聞き、一応納得する宏。

突飛なアイデアを出す人間というのは、割と変わった性格をしていることが多い。

第一、宏自身、自分の人格が真っ当だと胸を張って言いきれない自覚があるのに、他人のことをどうこう言えるわけがない。

「書類上での識別はした、っちゅうことは、履歴書とかその類《たぐい》はあるんやな？」

「履歴書、というのがどのようなものかは分からないが、前歴や資格の類の調査資料はある。一般公募のものも、似たような書類は揃《そろ》えてある」

「ほな、あとでそれ、うちの工房に届けてもらってええ？」

「ああ、その点は問題ない。午後にエアリスに届けさせる予定だ」

「エルかいな」

「この件について、いろいろ気にかけていたからな。とりあえず、何らかの形で関わらせてやりたいのだが、駄目か？」

「書類持ってきてもろたときに、兄貴らに判断してもらうわ」

完全に達也に丸投げする気配を見せる宏に、レイオットが思わず怪訝《けげん》な顔をする。

「お前は、今回は関わらないつもりか？」

「悩むところやねんけど、北地区の話とかもあるから、任せられることは任せてもうたほうがええかなあ、っちゅう感じやねんな」

「……確かにそうだな。なんというか、厄介事ばかり押しつけてすまん……」

「ラーメン関係はこっちにもメリット大きいし、昨日も言うたようにうちらが後先考えなさすぎた、っちゅうんもあるからな。ある程度はできる範囲で協力するんが筋やろ？」

「そうは言うが、どうにもこちらの都合で振り回してばかりのような気がしてな……」

宏の言葉に、悩ましそうに言うレイオット。

元々、ファーレーンはいろいろな面でアズマ工房に頼りすぎだ、という自覚も指摘もある。

その中で、諸外国からの圧力もあったとはいえ新たに工場の拡張工事を頼み、さらにその際の不手際で起こした軋轢《あつれき》の解決にまで協力を仰いでいる。

いくら権力者らしい面の皮の厚さと心臓の強さを持ち合わせるレイオットと言えど、そろそろ気兼ねというものが生まれてくるのも仕方がないだろう。

「今までの話を総合するとや、とりあえずインスタントラーメン工場のことは、ある程度まではうちらが直接どうにかせんとあかんやろうな」

「いろいろ頼まざるを得ないことは承知しているが、具体的には？」

「レイっちが言うとったとおり、自力で新商品開発できるようになることと、自力でラインの設計、製作、設置ができるようになること、あたりか」

「……ああ、ヒロシの言うとおりだ」

レイオットとしても予想していたことだったが、改めて宏に指摘され、がくりと肩を落とす。

特にライン周りに関しては、どの機械も非常に高度な技術が使われた魔道具であり、現状宏以外には誰一人、それこそ澪《みお》ですらまともに作ることはできない。

辛うじてどうにかなりそうなのは、製品を次の工程に送るコンベアぐらいなもので、これとて他のものと連動させるとなると、レイオット達のもとにいる魔道具技師では手も足も出ないのだ。

このままでは新設はおろか、何かあって故障したときの修理にすら支障が出る。

「新商品開発は新たな従業員の確保で可能性も見えてくるだろうが、ライン絡みはどうにもならんな……」

「まあ、インスタントラーメンの生産ラインに特化させるんやったら、そないに何年もかからんと設計製作ぐらいはできるやろうし、それができるんやったら設置とか修理は大した問題にならん。元々ファムらもあと何年かは鍛えたらんとあかんから、ついでみたいなもんや」

「……故郷へ帰ると言っていたのに、何年もこちらの事情に関われるのか？」

「何のために神の城作った、思ってんねん。そんなん、こっちと向こう行き来できるようにするに決まってるやん」

「……つくづく、いろいろとすまん」

「別に、レイっちの頼みだけが理由やないで。僕にしろ春菜《はるな》さんらにしろ、こっちで作った人間関係とか、バッサリ切り捨てんのがもったいないなくなったっちゅうんが一番の理由やし」

宏の言葉に、いいように使っている申しわけなさとは別に、どことなくほっとしたような嬉《うれ》しいような不思議な気持ちが湧いてくるレイオット。

自分がその切り捨てるには惜しい人間関係に含まれているという自信はないが、少なくとも宏達にとって、こちらでの生活は嫌なものではなかったというのは間違いなさそうだ。

それだけでも、ファーレーンの王太子として、この大陸に住む一人の人間として、嬉しくて誇らしくて、そして何よりありがたく思ってしまうのである。

「心配せんでも、僕は嫌な相手からの頼みは受けけん。こっち来た当初はともかく、今はそんなに気ぃ使わんでもよくなってんねんから」

「……本当にすまん。それから、ありがとう」

「何やかんや言うてもレイっちには、エルらの面倒見とるときにいろいろ目に見えんところで助けてもらっとるし、何よりこっち来て初めてできた同世代の男友達やからな。本気で面倒なことは断るから、それを無理強いさえせんかったら、それで十分や」

宏のやたら男前な言葉に、思わずぐっときて言葉に詰まるレイオット。

結局この後、レイオットは宏が工房に帰るまで、一言も話せずじまいであった。

☆

「っちゅうわけで、レイっちから採用試験作ってくれ、言われてな」

「なんだか、ものすごく泥縄だよね、それ……」

その日の昼飯時の神の城。レイオットから受けた依頼についてエアリスをはじめとした関係者と打ち合わせを終えた宏は、戻ってすぐに春菜達にそのあたりを説明していた。

なお、この場には宏のほかに、春菜、真琴、達也、澪の四人がいる。

宏が戻ってくるまでに全員昼食は終えていたため、今回は飲食物なしの話し合いである。

「というか、宏君。レイオット殿下の案件なんだから、殿下が最初からある程度間引きとかしてないの？」

「それがな、そういう人材の大部分は前の時に採用してもうとって、今回はそれだけやと人数が足らんねんて。それ以上に問題なんが、新しい従業員に求める役割が新商品の開発らしくてなあ」

「「「「あ～……」」」」

宏の説明に、思わず深く納得する春菜達。確かにそういう事情だと、レイオット達が宏に協力を仰ぎたくなるのも分からないでもない。

事情を理解したところで、メモを取るために筆記用具を用意する一同。

「ちょっとホワイトボードか何かに議題を書き出したほうがいいんじゃない？」

「あっ、私書くね」

全員が筆記用具を用意している間に、真琴の提案を受けて春菜がホワイトボードを近くに引き寄せる。

春菜が水性ペンを手にホワイトボードの前に立ったところで、用意した筆記用具の試し書きなどをしながら達也が確認の言葉を口にする。

「つまるところ、商品開発に向いた人材を発掘するための方法や基準、ってやつが分からないってことか」

「そういうこっちゃな。問題なんは、僕もそういうんはよう分からん、っちゅうかそもそも採用試験自体、どんな内容が普通か分からんことでなあ」

「まあ、バイトの経験すらなきゃ、普通は分からねえよなあ」

宏の言葉に、さもありなんと頷《うなず》く達也。宏に関しては、これまで実家以外でアルバイトの経験などなく、工房主としては常に縁故採用で従業員を雇ってきた。

恐らくこのあたりのことは今後も変わらないだろうと考えると、下手をすれば一生採用試験なんてものとは無縁のままで過ごす可能性すらありそうだ。

「そのあたりは、私も全然分かんないんだけど……」

「ボクも……」

「あたしは、同人誌の印刷費用稼ぐためにいろいろバイトしてたわね。ただ、面接はともかく、それ以外の試験ってのはよく分からないけど」

宏に便乗するように、春菜と澪、真琴も採用試験のことなどほとんど分からないと自己申告する。

とはいえ、春菜は宏と似たような立場だし、澪に至っては年齢で普通に労働基準法に引っかかる。

大学を卒業する前に引きこもりになった真琴にしても、就職した経験はないのだから、面接以外のことがよく分からなくて当然であろう。

「心配しなくても、骨子ぐらいは俺が作るさ。ただ、発想力をチェックする系の問題については知恵を借りたいが」

「それぐらいなら、なんとかなるかな？」

「ん」

「ほな、あとは任せるわ。僕はいろいろ作っときたいもんもあるし。あっ、そうそう。あとで応募してきた人間の履歴書的なもん、持ってきてもらえるように言うてあるから」

「了解。こっちは任せておいて」

達也主導でやれば大丈夫だろうと判断し、いろいろ丸投げして自分にしかできそうもない仕事に戻ることにする宏。

春菜の言葉と笑顔を背に部屋を出て、さくっと作業場に転移する。

「さて、何から手ぇつけるか、やな」

作業場に着いてすぐに現在やらねばならないことをリストアップし、腕組みしながら考え込む宏。

宏が現在やらなければならないことはいくつかあるが、そのうち最も優先順位が高いものは、自分達の権能の制御をどうにかすることである。

が、これに関してはいろいろ考えていることはあるものの、抜本的な対策に関しては素材の都合で保留にしている。

なので、次ぐらいに優先順位が高い、北地区の商業組合の組合長から依頼された産業の立て直し、その短期的なテコ入れの策について手をつけることにする。

が、短期的なテコ入れといってもやりようはいろいろあるので、まずは現状把握をしつつ、どこから手をつけるかを考えていたのである。

目の前には、リストアップのついでに用意した、ウルスの各地区の特産品的なものが並んでいる。

オーダーを受けたのは北地区だけだが、あまり特定の地域だけに肩入れするとあとで碌《ろく》なことにならないので、転ばぬ先の杖《つえ》とばかりに他の地区についてもテコ入れが必要かどうか、またテコ入れするならどうするか、といったアイデア出しのために、他の地区のものも用意したのだ。

「まず、東地区はあんまり気にせんでもよさそうやな。あっちはファムらもよう関わるからか、勝手にうちらが作ったもんとか取り込んで進化させとるみたいやし」

いつの間にやら宏達の知らないうちに開発されていた東地区独自の各種調味料を手にして、一つ頷く。

正直どれも汎《はん》用《よう》性には乏しいが、元々砂糖や塩のような基礎調味料以外はそんなものなので、そこは特に気にならない。

むしろ、アズマ工房が世に送り出した調味料を、自身の得意料理に合わせて改造、調整するそのチャレンジ精神は、宏達が望んだ進化そのものである。

この種の独自性と多様性は生産ラインなどで駆逐されるような種類のものではないので、東地区に関しては問題ないと判断していいだろう。

「港湾区もまあ、考えんでもええやろ。あそこは基本一次産業やから、産業構造がどんなに変わってもやることはそない変わらんし」

続いて、港湾区についても現状維持で問題ないだろうと結論を出す。

そもそもの話、港湾区は東地区と並んで宏達がよく出入りし、その分手が入る頻度も高い。

船に関しては、すでに何度か宏の手によってアップグレードが行われており、小型船に関しては下手な軍艦より高性能になっている。

これ以上のテコ入れは、それこそ王家の案件であろう。

南地区もどちらかといえばその延長線上にあるので、現時点ではあまり深く考えないことにする。

「結局、問題は北と西やな」

それぞれの扱っている品物や産業構造を確認し、そんなふうに結論を出す宏。

北地区と西地区は、ウルスの中でも特に古くからある地区だ。それだけに保守的な風潮が強く、変化を嫌いがちである。

また地形的に見ても、一応街道はあれど割とすぐ海に行きあたるためほぼ行き止まりに近い西地区と、最初から山を背にした王宮を囲む形になっている北地区は、これ以上大きくなるのは難しく、そのことが保守的な風潮を育む一因となっている。

そういう地形的な特性もあり、北と西はどちらかと言えば地元民を対象とした内向きの産業が主となっていて、今回のような出来事でどうしても大きなダメージを受けやすい傾向があるのだ。

特に西地区は、ウルスに住む住民向けの日用品や普段使いする加工食品などを主要産業としているため、生産ラインによる大規模工場生産が始まると、他の地区より失業などが起こりやすい。

もっともこれは裏を返せば、西地区の産業は基本的に工場生産に置き換えやすいということでもあるので、逆に産業革命をやりやすいという見方もできるのだが。

「それにしても、北地区の民芸品とかの類は、どれもこれも見事なもんやな」

とりあえずテコ入れのためのサンプルを作ろうと北地区の民芸品を手に取った宏が、思わず感嘆のため息をつく。

使われている素材こそ誰でも加工できるものばかりだが、他の地区の製品には見られないような、細かくて丁寧な細工があちらこちらに施されている。

何より驚嘆すべきなのは、同じサイズの小物入れを二つ手に取り、その蓋《ふた》を双方で付け替えても、ぴたりと隙間なく嵌《は》まることである。

ライン作業でもなければ機械加工もしていない、一から十まで手作業で作ったものとしては驚異的な精度だと言える。

実のところ、地球の先進国でも、製品によっては同じ製品の同じロットなのに組み合わせを変えると嵌まらない、ということはざらにあることだったりする。

そう考えると、北地区の加工技術はかなり高い水準だと言えよう。

このあたりの几帳面《きちょうめん》さ、精密さは食料品などにも表れており、同じ素材で比較する分には北地区の製品が最も優れているのは間違いのない事実である。

「北に関しては、サンプルとして魔鉄あたりまでの素材で同じもん作って、これを作れるように、っちゅう形でやればええか」

そう言いながら、各種素材を北地区の水準に揃えて加工し始める宏。

技術的にいかに優れていようと、創造神である宏がコピーできないほどのものではない。

作業開始からさほど経たずに、各種サンプルが完成する。

「やっぱり、素材変えるだけでも雰囲気とか印象は大分変わりおるな」

魔鉄やスパイダーシルク、イビルエントといった少々高等な素材で作った各種民芸品や、調理難易度的に少々手が出しづらい食材で作った各種伝統料理を前に、満足そうに頷く宏。

材質が高度なものになった結果、北地区の産業特有の精緻で丁寧な細工が、より一層高級感を醸し出すようになったのだ。

無論、高級感だけでなく、強度なども上がったため日用品としての実用性も増している。

この強度なら、もっと攻めた繊細な細工をしたものでも、日常生活で使う分には壊れないだろう。

「あとは、表面処理とかに関しても、いろいろ教えてみるのもありか」

ニスを塗っただけの木工品やほぼ地金のままの品物を見て、そんなアプローチも考える宏。

塗装をはじめとした表面処理は、上手《うま》くやれば見た目がよくなるだけでなく、機能性についても多大な付加価値を生み出す。

中には、以前宏が依頼を受けて作った船底用の塗料のように、それを適切に塗るだけでメンテナンスの負荷が劇的に減るだけでなく性能が飛躍的に向上するようなものもある。

この世界では、意外と表面処理の選択肢が少ないので、そこに手を入れるだけでも他との大きな差別化につながる可能性が高い。

特に、北地区の産業はオーダーメイドの高級品が少なくない。このあたりの余計な手間がかかる作業を増やしても、値段を上げて吸収する余地は十分にある。

「つちゅうことは、や。西地区に関しては、他の地区で生まれた商品を低コストで作りやすいよう再設計して量産する、っちゅう役目に特化すれば、産業構造がどう変わっても生き延びられるんちゃうか？」

北地区のテコ入れ案をまとめたところで、宏が新たにそんなアイデアを思いつく。

もっとも、その規模になると宏の仕事ではないし、そもそもが実情を知らぬよそ者が表面だけ見て考えたアイデアだ。どんな落とし穴があるか分からないし、根本的に地域の人々が受け入れるとも限らない。

「とりあえず西地区の件はレイっちに提案してみて、どうするかは任せる感じやな」

一カ所ずつ折衝して、なんて面倒な真似はしたくないし、量産のために性能や要素を削ったりするにしてもどの要素を削って量産しやすくすれば売れるのか、なんて宏には分からない。

今まで本当の意味でまともに商売をしたことがない宏達の場合、どう頑張ったところでこのあたりが限界であろう。

「まあ、僕やったらここ削って生産性上げる、っちゅうサンプルだけ作って、あとは国の仕事やっちゅうて逃げるか」

さすがに、再設計してコストを下げて量産、などと口で言ってもピンとこないだろうと考え、北地区同様ヒントとなるサンプルを用意しておく宏。

これで、現時点でできるテコ入れの準備は終わりである。

「次は、春菜さんのことやな」

世界規模で考えると、ウルスの産業へのテコ入れなどよりよっぽど影響が大きい春菜の体質および権能の問題。そこにもこの時間を使って対処に取り組むことにする宏。

手持ちの素材では大したことはできないが、何もしないよりはマシである。

「どうアプローチするにしても、まずは春菜さんの権能に関していろいろとチェックせなあかんやろなあ」

言いながら、なんとなく嫌そうな、後ろめたそうな表情で、神の城のデータベースを開く宏。

そこには、城が完成してから現在までに発生した事象やエネルギーに関する、ありとあらゆるデータが記録されていた。

その中から春菜に関する情報、それも神々のような高次元生命体が持つ特有のエネルギー波長や出力、それによって発生した事象などをピックアップしていく。

その気になれば春菜だけでなく他の人間のデータもほぼ全て確認できるのだが、それをするとプライバシーも何もあったものではない。

そもそも、そんなデバガメ行為ができるような根性を、宏は持ち合わせていない。

装備を作り続け、自動修復やサイズ自動調整ではどうにもならない部分のメンテナンスも一手に引き受けてきたこともあり、春菜や真琴、澪の現在のボディラインをほぼ正確に把握してはいるが、それとこれとは別問題である。

そんなこんなで、必要最小限のデータを引っ張り出し終えた頃には、宏の精神力は随分と削られていた。

「このデータからすると……、ああ、春菜さんがダダ漏れにしとるんは、こいつやな」

データをもとに、現在の神の城内部に存在する高次元のエネルギーを捕捉、確認する宏。

宏が捕まえたのは、未来から飛んできている春菜のエネルギーであった。

神の城の中を飛び回っている春菜のエネルギーは、一つだけではない。

異なる時間軸や並行世界に存在している全ての春菜が発散したものが、この神の城に集まって相互干渉しているのだ。

宏にせよ春菜にせよ、並行世界の自分は神化した時点で完全に一つの存在として統合されているが、同一存在になっただけでいなくなるわけではない。

本体が回収するか人として寿命が尽きるまで、いわゆる分体としてその世界に存在し続けるのだ。

この際、問題となるのは、そうやって存在する春菜および春菜の同位体の数だけ、エネルギーを垂れ流し続けることである。

これが春菜の因果律撹乱《かくらん》体質をより一層厄介なものにしているのだが、原因が分かったところでどうにもならない。

「……察知して捕まえた瞬間にエネルギーの性質が変わるとか、さすがっちゅう感じやな」

どこの並行世界から飛んできたか分からないエネルギーを捕まえた瞬間、波長と特性が変わってするりと逃げられてしまう。

それを見た宏が、あまりの厄介さにうなりそうになる。

「……こら、先に僕自身にもフィルター的なもんかけといたほうがええな」

するりと逃げたくせに、捕まえようとしたのが宏だと知ったからか、いきなり『かまってかまって』とばかりに寄ってくる春菜のエネルギー。

それにいろんな意味でパンクさせられそうになった宏が、これは厳しいとそんな判断をする。

とはいえ、春菜ほどではないが、宏も現状では自身の権能のコントロールに関して、できることはそれほどない。

せいぜいが、今言ったようにフィルターをかけて宏が出したエネルギーだと分からないようにすることと、突発的に発生させてしまう大きめのエネルギーを、コンデンサーのようなものを用意して外にダイレクトに漏らさないようにすることぐらいである。

自身の応急処置を行うついでに、今後のために春菜に身につけてもらうアクセサリー型の計測器も用意しておく。

「僕の方の応急処置はこれでええとして、春菜さんの方は本気でどないしたもんかな……」

自身の応急処置を終え、面倒に思いながらも最大の難問に挑む宏。

最終的に春菜にも協力してもらう必要はあるが、その前に把握できることや試せることは全て終わらせておいたほうが、後々スムーズに進む。

そんな思いで必死になって頑張ったものの、所詮《しょせん》は未熟な新神。

ほぼ成果が上がらぬまま一時間ほど振り回され、あえなくギブアップと相成った。

「……しゃあない。そろそろ春菜さんの手は空いとるやろうから、呼んで協力してもらうか」

結局、いろんな意味で諦めて春菜を呼ぶことにする宏。

そのタイミングで当事者である春菜から通信が入った。

『宏君、今いい？』

『ちょうど春菜さん呼ぼう思っとったとこやけど、どないしたん？』

『今ペーパーテストの作成が終わったから、休憩してお茶用意しようと思ったんだ。それで、宏君はお茶、どうかなって思って。宏君の用事は何？』

『春菜さんの駄々漏れ問題の応急処置をやろう思ってな。いろいろ確認しとったんやけど、どないも上手いこといかんから、春菜さんに直接手伝ってもらいたいねん』

『あ～、なるほどね。私の問題だから、もちろん喜んで全力で協力させてもらうよ。みんなのお茶を淹《い》れたらそっちに行くから、ちょっと待っててね』

『頼むわ』

春菜の協力を取り付けたところで、一息つく宏。

とはいえ、実際のところ、状況的には全然安心できない。

誓って後ろ暗いことはしていないが、それでも春菜のプライバシーにかかわる情報を漁《あさ》っていた事実は変わらないし、何より全力で協力する、という言葉が怖い。

こういうときに春菜が力を入れると、大抵碌なことにはならないからだ。

そのあたりについて内心で震えながら待つこと五分。二人分のお茶と茶菓子を持った春菜が転移してきた。

「お待たせ」

「ご苦労さん。わざわざすまんなあ」

「さっきも言ったけど、私自身の問題だからね。むしろ手助けしてもらってるのに何もできないから、ちょっと心苦しいんだよね」

そう言いながら、宏の前にお茶と茶菓子を置く春菜。

そのまま、流れるような動きで対面に座る。

「それで、先に謝っとかなあかんことがあるんやけど……」

「何？」

「春菜さんの現状を調べるために、無断でこの城に記録してあるデータとか確認したんよ。ちゃんとは見てへんけど、中にはプライバシーにかかわるような情報もようけあってなあ」

「ああ、そんなこと。必要なんだから、別に気にしなくてもいいのに」

「いやいや。親しき仲にも礼儀あり、や。いくら必要やっちゅうても、何やってもええっちゅうわけやないし」

放っておくと、必要のないどころかむしろ隠しておいてほしいことまで自分からオープンにしてきかねない春菜を窘《たしな》める宏。今の春菜にはどうにも、ダールに入ったぐらいの頃の、恋愛感情に振り回されていた時期に通じる危なっかしさを感じて仕方がない。

さすがに既成事実を作って、などということはないだろうが、誰かにそそのかされれば、ストリップぐらいは平気でやってしまいかねない。

そのあたりの余計なことを言い出しそうな澪にはあとで釘《くぎ》を刺すとして、まずはおかしなことにならぬように、さっさと用事を済ませてしまうべきだろう。

「とりあえず、や。ちょっと城のデータだけでやっても上手いことといかん感じやから、直接計測器つけて、春菜さんから出とる波形とか波長とか確認させてもらいたいんよ」

「計測器ってどんなもの？　それから、つけるってどこに？」

「しばらくつけといてもらわんとあかんから、基本は普通のアクセサリーと同じやな。つけるんは脳波測るためのヘアバンド、両手首のブレスレットに両足首のアンクレット、それからネックレスに腰に巻くチェーンや。まあ、つけた後に日常生活の邪魔ならんように、透明化したうえでほとんど皮膚と変わらんぐらいまで薄くできる仕様にしてあるけどな」

「全部、素肌につけるほうがいいんだよね？」

「せやな。あと、できたら風呂に入るときとか寝るときも、つけっぱなしにしとってほしいねん」

「了解。今すぐにつけちゃうから、計測器ちょうだい」

「ちょう待って」

春菜に催促され、先ほど用意したアクセサリーを渡す宏。

渡されたそれを、ためらいもなくその場で身につけようとする春菜。

ヘアバンドやネックレス、ブレスレットあたりはともかく、腰のチェーンとアンクレットは服の一部をはだけたり脱いだりする必要がある。

それほど派手に服が乱れるわけでも肌が露出するわけでもないとはいえ、宏にとって目のやり場に困る光景になるわけで……。

「つけてくれ、っちゅうたんは僕やけど、ここでいきなり服まくるんはどうなんよ……」

「宏君しかいないから見られても困らない。というか、私的にはむしろ宏君に見てもらえるならそれはそれで、みたいな感じなんだけど……」

「無茶言わんといてえや……」

「あ～、うん。ごめんなさい」

青ざめながらの宏の抗議に、素直に謝りながら手早く計測器を身につけて、透明化したのを確認し服を整える春菜。

復活の際に抱きしめてもらえたので、あわよくばと余計な色気を出したのだが、さすがにまだまだこういうシーンを直視するのは厳しいらしい。

もっとも、まともな男ならば普通、こういう状況でガン見するような真似はまずしない。というかできないだろうから、宏の反応がおかしいともいえないところではある。

『マスター、ハルナ様。エアリス様がお見えになられました』

春菜のある意味思い切りの良すぎる行動で微妙な空気になったところに、ローリエから業務連絡が入る。

それを受けた宏が、仕切り直しもかねてローリエに指示を出す。

『せやなあ。悪いけど、こっちはもうちょいいろいろやらなあかんっぽいから、直接兄貴らのところに案内したってくれるか？』

『分かりました』

宏の指示に従い、返事をするローリエ。

一方、平常運転に戻った春菜が宏に質問する。

「データ採るのって、どれぐらいの期間なの？」

「一週間ぐらいやな。工場の採用やら何やらがケリついたら終わりのつもりでおる」

「そっか。じゃあ、その間はあんまり変なことはしないように注意しとかないとね」

「変なことってなんやねん……」

「ん～、私の場合、般若心経がらみは避けたほうがいいんじゃないかな、って……」

「あ～……」

春菜の言葉に納得しつつ、実はデータとしては割と重要なんじゃないかと頭を悩ませる宏。

元々、春菜の体質や権能のコントロールを補助するために、どういう神具を作ればいいのかを決めるためのデータを採るのが計測の目的だ。

むしろそっち方面はじゃんじゃんやるべきではなかろうかと思わなくもない。

「般若心経がらみは、悩むとこやなあ……」

「個人的にはデータ計測以外の理由でも、そのあたりは避けたいんだけどね……」

「せやろうなあ」

「あと、ヨガとか太極拳とかもやめておいたほうがいい？」

「なんとも言えんとこやけど、そもそも春菜さん、そんなんやっとったん？」

「最近始めたんだ。煩悩の解消のために、ね……」

煩悩と聞いて、思わず目をそらす宏。

一口に煩悩と言ってもいろいろあるが、春菜が必死に解消を図らねばならない系統など一つしかなく、その原因は明らかに自分にあるので、下手なことは言えない。

春菜が心身ともに健康で健全な証拠であると同時に、いろんな意味で本気の恋をしている証拠でもあるのだが、それだけに実に難儀な話である。

「正直、ね……」

微妙な沈黙のあと、思わずといった感じで春菜がポツリと言葉を漏らし、一呼吸置いてさらに続ける。

「正直、私自身は、そういう恥ずかしいこととか目をそらしたくなるような汚い部分も含めて、一切隠す気はないんだ。むしろ、そういう部分こそ知っておいてもらいたい、そのうえで好きになってくれたら一番なのに、って」

「……」

「でも、それってものすごく宏君に負担をかけるから……」

春菜の告白に、どう答えるべきか分からずに沈黙する宏。

ここまであからさまなことを口にしておきながら、それでも春菜は決定的な言葉を口にしない。

それは、心身ともにまだ男女交際など不可能な宏に逃げ道を残しつつ、自身の恋に少しでも望みをつなげるための春菜のやさしさと狡《ずる》さであった。

「私ね。たまに、すごく澪ちゃんが羨《うらや》ましいときがあるんだよね」

「……そらまた……なんで？」

「だって、エッチな話とかしても引かれたり嫌われたりしてないよね？　私だってそういうことを普通に考えてるし話もしたいけど、私にはそこまでの度胸はないから……」

「あのなあ。嫌うかどうかはともかく、普通に澪の言動にはドン引きしとんで……」

そこに嫉妬してどうするのかという春菜の言葉に、思わず突っ込みを入れてしまう宏。

澪の言動は、女子力やヒロイン力といった、そういった恋愛に有利になる要素と引き換えに受け入れられているものだ。

さらに言えば、表情筋が仕事をしないうえに合流した頃は体型的にもまだ子供の範疇《はんちゅう》で、言い方も淡々としていた澪だからこそ、ネタで済んでいる言動なのである。

しかも、その澪ですら体つきが大人の、それも貧相とは言えないものになってきて、そろそろネタで済まなくなりつつあるのだ。

春菜が同じような言動をすれば、ドン引きどころか下手をすれば痴女認定待ったなしだろう。

「……春菜さん。今はそのあたりの話するときやないから、いったん置いとこうや」

「あっ……うん。そうだね」

結局、どう話を持っていっていいか分からなくなった宏が逃げを打ち、春菜も素直にそれに従うことで、なんとかおかしくなった空気を元に戻す。

とはいえ、横道にそれる前の時点で、すでにデリケートな話だったのだ。

完全に棚上げできるかというと、そういうわけにもいかない。

「元に戻しても微妙な感じの話にはなるけど、できるだけ普段どおりに過ごしてくれると、正式な神具作るときに調整しやすいから助かるねんわ」

「うん、分かったよ」

「権能のコントロール補助も兼ねるから、そのあたりの能力も遠慮せんと使うてくれてかまへん」

「了解」

「ただ、さすがに煩悩関連は僕の手には余るから、そっちは自分でなんとかしてな。どないしても計測中はその辺のデータも集まってまうけど、それ使って正式な神具でそっち方面まで制御とか、なんぼなんでもアレすぎるし」

「努力はするよ」

宏の最後の要請に対して、自信なさげにそう告げる春菜。

結構辛辣《しんらつ》なことを言っている宏だが、他人様の性的なことに関して踏み込みたくないというのは当たり前のことである。

そもそも、ある程度きついことを言い合える関係の春菜相手とはいえ、こういうことを女性に対して言えるようになったこと自体、宏のこれまでを考えれば大きな進歩である。

一方の春菜としても、割と安心して宏とそういうことが言える関係になれたことは喜ばしく思っている。

まあ、その内容が自分自身でも持て余していることでなければ最高だったのだが、世の中上手くいかないものだ。

残念ながら、女神になったところで、生物の三大欲求から解放されるわけではない。

それどころか、生存に一切影響がなくなり種の保存という本能からも解放されて、完全に趣味や娯楽の要素になってしまうからか、むしろ人間だった頃より欲求や執着が強くなっている部分すらある。

このあたりに関しては、一切飲まず食わずでもまったく問題のないはずのアルフェミナ達が、神々の晩餐《ばんさん》を前に我慢できなかったことからも察することができるだろう。

春菜の場合、宏に対する恋心は神化することを決めた最大の理由であり、ある種の存在意義になっている部分でもある。

それだけに表面上を取り繕うことはできても、それ以上のコントロールはほぼ不可能と言ってもいい。必然的に、そこから派生する性欲関連もそう簡単に対処できるものではない。

幸いにして、神化したことで、耐えられる欲求不満の度合いもジャンルに関係なく人間であった頃とは比較にならないぐらい高くなっており、ほんの少し満たしてやるだけでもかなり解消できるようにはなっているが、それを踏まえてもヨガや太極拳で解決できる範囲などたかが知れている。

このあたりは、今後の長期的な課題と言うしかない。

「とりあえず、準備自体はこんなもんやねんけど、少しぐらいはデータ採っといたほうがええか」

「そうだね。で、具体的に何をするの？」

「産業のテコ入れ関係でちょっと試作しとったもんをな、何個か軽く経年変化させてみたいんよ」

「なるほど。私の権能で、いい具合に時間経過させてみたい、と」

「せやねん。過酷試験するより実践的な結果が分かるし、春菜さんの権能関連のデータも採れるから、ちょうどええか、思ってな」

「分かったよ。ちょっといろいろ試してみるね」

「頼むわ」

宏に頼まれ、並べられた試作品を適当に手に取って軽く時間加速し、百年ほど経年変化をさせてみる春菜。

見た目がひどいありさまになったものもあれば風格が出たもの、中にはほとんど変わらないものがあったりとかなり興味深い変化が見て取れた。

見た目だけでなく性能面でも様々な変化が確認でき、だんだん楽しくなって宏とともに脱線し始める春菜。

結局、二人の気が済む頃には、夕食の時間になっていた。

「……ちょっと、遊びすぎたかな？」

「……せやな」

「データの方は十分かな？」

「時間加速系に関しては十分やな。ついでに、北地区のテコ入れも大方方針決まったし」

「すごく身近な素材使った表面処理が、ちょっと上級の素材と組み合わさると、いきなり化けるのが面白かったよね」

「ほんまになあ。このあたりは使用条件とか経年変化とかが絡んでくるせいで調べるんも骨やし、あんまり研究が進んでへんからなあ。分からんことだらけやわ」

数時間の間に一気に進んだ研究と、大量に集まった春菜の権能関連のデータに、二人して妙に満足そうに頷く。

宏と二人っきりで散々遊んだからか、春菜の欲求不満や煩悩もかなり収まったというか落ち着いたようである。

「そろそろご飯の用意だよね」

「せやな。問題は何食うかと、エルと冬華《とうか》の分どうするかやな」

「あ〜、そうだね。多分エルちゃんは食べていくだろうとして、冬華は起きてるのかな？」

ホムンクルスである冬華は、ことあるごとに心身の状態をバージョンアップさせる必要があるらしく、とにかくよく眠る。

眠っているときは冬眠に近い状態らしく、食事をしなくても飢えたりはしないようだが、それだけに食事の周期がどうにも不規則になりがちだ。

幸いにして、肉体的には極めて頑丈で頑健な冬華は、分量はともかく内容的には普通に大人が食べるものを食べさせても問題はない。

当人にも食材や料理法などの面での好き嫌いはないため、メニューにそこまで気を使わなくてもいいのは調理担当としては助かるところである。

「ここで話しとっても分からんから、ローリエに確認やな」

「そうだね」

『ローリエ、ちょっとええか？』

『どうなさいましたか、マスター？』

『そろそろ晩飯作ろうか、っちゅう話しとってんけど、エルは今日はどないするん？　あと、冬華は今起きとる？』

『エアリス様は、本日はこちらでお召し上がりになる、といらっしゃった際におっしゃっておりました。現在、レイオット殿下に各種書類を届けるために、ウルス城へと戻っておられます。トウカはまだ眠っています。昨夜食べた神の食材を血肉にするのに、恐らくあと二日から三日は眠っているかと思われます』

『ほな、冬華の分はいらんねんな』

ローリエの回答を聞き、頭の中でここしばらくのメニューを思い出して方針を決める宏。一応念のため、春菜にも確認を取る。

「ん～、ローテーション的にはそろそろ中華やと思うんやけど」

「そうだね。最近酢豚やってない気がするから、それでどう？」

「一品はそれでええとして、ほか何しよか。炒飯《チャーハン》か天津飯《テンシンハン》はあったほうがええやんな？」

「うん。あと、点心系も」

「そろそろ処分してまいたいふかひれあるし、スープはふかひれスープやな」

ジャンルが決まれば、あっという間にメニューが決まるのもいつものことだ。

結局、長年連れ添ったおしどり夫婦のような阿吽《あうん》の呼吸で調理に移る宏と春菜であった。

☆

そして夕食。

「ご飯作ってて思ったんだけど、結構、作る料理って似通っちゃうよね」

いつものようにそこそこ豪勢な料理を並べ、いただきますの挨拶を終えたところで、春菜がそんなことを言い出した。

「せやなあ。食材とか調味料が変わるだけで、結局調理方法は、煮る焼く蒸す揚げるのどれかやもんなあ」

「調味料はまだしも、食材が変わっても完成品はそんなに変わらないじゃない。お醤油《しょうゆ》使って甘辛く煮込んだら、肉とジャガイモをどんなもの使っても、結局肉じゃがになるわけだし」

「よっぽどやない限り、その組み合わせはしゃあないで」

「肉じゃがだけじゃなくて、他の料理も結構そういうところあるよね。むしろ、違いがストレートに分かるのって、ステーキとか塩焼きとかそういうシンプルな料理だけじゃないかな」

毎日料理をしていると、思うところがあるのだろう。

今更といえば今更な、だが料理の道を志すなら永遠に挑み続けなければならないであろう命題を、春菜が妙に熱く力強く語り始める。

「っちゅうかそれ、今更やで」

「そうなんだけど、メニューがマンネリ化してるんじゃないかって、ふと思っちゃったんだよね」

「何べんも言うけど、そんなん今更やん。っちゅうか、食うほうかてそんな毎度毎度変わったもん食いたい、っちゅうわけやないし」

春菜に対してそう反論し、同意を求めて他のメンバーに視線を向ける宏。

その視線の意図を察して、真っ先に達也が頷く。

「そうだな。そりゃまあ、何食いたいかって聞かれて何も思いつかない日ってのも普通にあるが、じゃあそういう日は食ったことがないような珍しいものが食いたいのかっつうと、そういうわけでもねえし」

「そうね。というか、なんでもいいって日は何出されても気に食わないか、逆に何が出てきてもそれが食べたかった気分だったんだって思うかのどっちかだしね」

達也の意見に真琴が同意するように、思うところを語った。

「春姉《はるねえ》。日本の場合、一般家庭でできそうな料理って、高度成長期が終わる頃までに大体完成しちゃってる」

「そうなんだよね。戦後とかは海外の食材や調理法が一気に身近になったせいか、珍妙な料理とか明らかに美味《おい》しくないのが丸分かりな料理とかいっぱいあったみたいなんだけど、そういうのってとっくに淘汰《とうた》されちゃってるし」

「ボク達だって、こっちの食材に対して試せることは、思いつく限り大体のことを試してる。その中で生き残った精鋭が今の定番メニューだから、これ以上は下手にいじらないのが正義」

どうにも妙なことにこだわり始めた春菜を牽制《けんせい》するため、定番メニューが定番メニューたる所以《ゆえん》を力説する澪。

澪からすれば、マンネリ化するほど毎日ちゃんと食事ができること自体が贅沢《ぜいたく》な話であり、新食材も特に出てきていない状況で今更妙なチャレンジをされるのは、あまり嬉しいことではない。

なので、普段は見られないほど感情豊かに説得にかかってしまうのも仕方がないことであろう。

「あの、ハルナ様」

「何、エルちゃん？」

「今日はどうして唐突に、そのようなことを気になさっているのでしょう？」

「ん〜、大した理由じゃないんだけど、さっき宏君を手伝っていろいろ実験したときに、ウルスだと割と身近にあって簡単に手に入るもので意外な結果が出たものが多かったんだ」

「それを見て、代わり映えしない毎日の料理が物足りなくなって、ということでしょうか？」

「うん、まあ、そんな感じかな」

春菜とエアリスの会話を聞いた達也と真琴が、何を作ったんだという感じの視線を宏に向ける。

その視線に苦笑しつつ、とりあえず口の中にあるものを飲み込んでから宏が答える。

「別に、作ったもん自体は大したことないんよ。単に、北地区の主要な製品を二つから三つ上のランクの素材で作った、っちゅうだけでな。問題なんは、表面処理の方でな」

「表面処理？　どういうことだ？」

「北地区に限った話やないんやけど、製品の表面処理って案外大したことやってへんかってなあ。たとえば木材やと九割が何もしてへんか単にニス塗っただけ、ごく一部に漆塗り、っちゅう程度なんよ」

「……大体読めたわね。要は、塗料とかいろいろ試したら、意外な発見が多かったってことね？」

「まあ、そういうこっちゃな。特に十年単位の時間経過による変化が、いろいろおもろいのがあってな。これ上手いことやったら、あと百年は産業のテコ入れいらんのちゃうか、っちゅうぐらいや」

「そこまでか」

「そこまでやねん」

やたら力強く言ってのける宏に、やや引きながらも納得する達也。

いくら本業が技術系の営業職とはいえ、そのあたりは基本的に門外漢なので、恐らく説明されても百年は大丈夫である根拠は理解できないであろう、という自覚はあったりする。

そんな達也の様子を見ていろいろ察した宏が、思い立ったように話を変える。

「で、まあ。僕の方はそこそこ上手いこといけそうやねんけど、採用試験はどないなん？」

「一応、ペーパーテストの作成と大雑把《おおざっぱ》な書類審査はなんとか終わったから、あとはそれで候補者を絞ってから面接で本採用だな」

「なるほどな。面接はいつの予定なん？」

「俺らは聞いてねえな。エルは知ってるか？」

「はい。三日後の予定です。明日、ペーパーテストを行って、明後日に採点と合格者の通知、という予定になっています」

かなり過密な日程に、『本当に大丈夫なのか？』と思わず微妙な表情を浮かべてしまう宏達。

それを見たエアリスが、苦笑しながら兄の思惑を口にする。

「無茶な日程なのは承知のうえです。お兄様としては、こういう無茶に対応できるかどうかも採用の基準にしているようです」

「あ～、なるほどね。でも、今日連絡して明日って、大丈夫なの？」

「普通は多分、無理です。ですので、そのあたりの調整が少しでも可能なように、明日の試験は午後からになっています」

「つまり、それに対応できなきゃ、今回はご縁がありませんでしたが、ってことになるわけね？」

「少なくとも、お兄様はそのつもりです」

レイオットのかなり思い切った採用方針に、思わず唖然《あぜん》としてしまう宏達。

とはいえ、今回のプロジェクトに関しては今後どんな無茶ぶりがくるかが分からないことを考えるなら、あながち間違った方針とも言い切れないところではある。

何にしても、王政下の国営企業だからこそ可能なやり方なのは間違いない。

「あと、今回は私とお兄様が、面接官として面接を行う予定になっています。それで、面接の日には、皆様の中から、どなたか最低一人は面接官として協力していただきたいのですが……」

「そういうのは達兄《たつにい》の仕事」

「そうね。あたし達じゃ、どんな質問すればいいかとか分かんないし」

「そういう役目をして違和感が出なくて、かつ相手からも侮られたりしない見た目と雰囲気なのって達也さんだけだよね」

「それにそもそも、僕と春菜さんは、基本別の仕事に専念すべきやろうしな」

面接官と聞いた瞬間、満場一致で達也に面倒事を押し付ける一同。

その無駄に息の合ったコンビネーションに、思わず顔が引きつる達也。

難儀なことに、その理由が基本的に否定しづらい。

少なくとも、宏と春菜が別の仕事に専念すべき状況なのは事実だし、澪に面接官などまず間違いなく務まらない。

状況的に、巻き込めそうなのは真琴ぐらいだが、それをしたところで多少達也の溜飲《りゅういん》が下がる程度で、責任や面倒くささが分散されるわけでもない。

宏、春菜、澪の三人の組み合わせで野放しにしておくのもなかなか怖いものがあるので、ここは役割分担だと割り切って、一人で面接官を行うことにする。

「……分かった。真琴まで逃げるのはちっとばかり納得はいかねえが、ヒロ達を完全に野放しにしとくのもあれだしな……」

「さすがに、プレゼントの時ほど遊ばへんで。今回は縛りもあるし」

「つっても、お前さんの場合、縛りがあればそれはそれで燃えるのがなあ……」

達也の不安そうな表情に、思わず小さく目をそらす宏。前科が山盛りあるので、反論しづらいところである。

「で、まあ、ヒロと春菜はいくらでもやることがあるとして、他は明日以降はどうするつもりなんだ？　俺は面接までは北地区に出向いて、今日のヒロの成果をもとにいろいろ打ち合わせを済ませておこうと思うんだが」

「ボクは神の城のダンジョンに行くつもり」

「あ～、澪がヒロや春菜と一緒にものづくりをしない、ってのは安心できるっつう意味でありがたいんだが、どういう風の吹きまわしだ？」

「砂クジラだけじゃ、いろいろ足りなかった。かといって、全部揃えるためにうろうろするのはちょっと面倒くさい」

「なるほどな。それで、神の城のダンジョンの設定をいじってもらって、そっちで素材集めの時間を短縮しようって腹か？」

「ん」

達也の確認に短く同意し、おかわりに手を伸ばす澪。

そんな澪の予定を聞いた真琴が、それならばと便乗することにする。

「だったら、澪一人だと心配だから、あたしも一緒に行くわ」

「神の城のダンジョンか……。この前みたいなことにならないか？」

「そ、そうならないようにするために、一緒に行くのよ！」

「ああ、一応神の城の施設だから安全性に関しては問題ないとは思うが、さすがに今は戦闘が必要な場所で単独行動するのは避けたほうがいいだろう」

「ついでに、ダイアズマーに乗ったままだとよく分かんなかった星王剣舞陣とかについても、ちょっと確認と検証をしたいところね」

「ん、手伝う」

真琴の宣言で、日本人チームの予定が全て決まる。

その流れで達也が、エアリスに話を振る。

「で、ヒロと春菜、真琴と澪で行動するのはいいとして、エルは面接まで何かやることあるのか？」

「私は、明日と明後日はアルチェムさんと一緒にオルテム村で湯治、ということになっています。例の一件であちらこちらに無理がかかっているみたいなので、アルフェミナ様とアランウェン様のお力をお借りすることになりました」

「うちの温泉やとあかんの？」

「さすがに私達の体を治療するレベルになると、神の城から出ていないと難しいそうです」

「なるほどな。ほな、しっかり養生しいや」

「間を見て、何か美味しいもの作って持っていくから」

「はい！」

宏と春菜の言葉に、嬉しそうに頷くエアリス。

そんなこんなで、昼間の慌ただしさが嘘《うそ》のように穏やかに一日を終える宏達であった。

☆

宏達が夕食を取っているのと同じ時間帯。ウルス東地区のとある小さなアパート。

「……やった！　一次審査合格だって！」

夜遅くだというのに、唐突に届いた王家の紋章で封をされた手紙。その中身を首をかしげながら確認していたエルフの少女、エルトリンデが喜びの声を上げる。

それを横で聞いていたルームメイトの六級冒険者、マリオン・カーバーは怪訝な顔をしながらエルトリンデに声をかけた。

「一応おめでとうは言っておくけど、それ本物？　暗黒街の悪者連中が、リンデを攫《さら》うために偽造した、とかはないの？」

「さすがに王家の印を偽造までしてエルフ一人を攫うのは大掛かりすぎるし、内容的にもこれで私を引っ掛けるのは無理だと思う」

「そうなの？」

「うん。明日これ持ってインスタントラーメン工場に集合しろ、って内容だもの。いくら暗黒街のボスでも、あそこに仕込みをする伝手はないでしょう？」

「あ〜……」

エルトリンデの言葉に、思わず大いに納得するマリオン。

インスタントラーメン工場は、ファーレーン王家がその威信をかけて取り組んでいる事業だ。

そこにいらぬちょっかいをかけて、無事で済む組織など存在しない。

それ以前の問題で、暗黒街の連中は揃いも揃って非人道的な人間ばかりだが、自分達が国からお目こぼしされていることが分からぬほど愚かでもない。

隔離と監視という観点で暗黒街の存在は必要だが、その構成員が今いる連中でなければいけない理由はどこにもないのだ。

それを分かっていて、王家の印まで偽造してエルフ一人攫うなど、割が合わないにもほどがある。

たとえそれが、エルフ一人でなくそこそこの人数だったとしても、リスクに見合う利益が得られるとは思えない。

なので、最初に心配したような問題はなさそうだと納得はしたものの、ではなぜこんな時間なのか、という点が胡散臭《うさんくさ》すぎて、どうにも不安がかき立てられてしょうがない。

「とりあえず、偽物じゃないってのは納得したけど、なんでこの時間なんだろうな？」

「さあ？　思いつくのは、これくらいの無茶に対応できないような人材はいらないって考え……とか、かなぁ？」

「あ～……。漏れ聞こえてくる最近の政府や王宮の状況を考えたら、普通にありそうね……」

エルトリンデの推測に、遠い目をして納得するマリオン。六級ぐらいの冒険者になると、時々その類の話も耳にするようになるのだ。

「あと、バタバタしてるうちに日程が押しちゃって、こういうぎりぎりの綱渡りになっちゃったとか……」

「……さすがにそれはないんじゃない？」

続いてエルトリンデが言い出したとんでもない推測に一瞬沈黙し、思わず笑いながらそう返すマリオン。

実はこの推測も間違ってはいないのだが、当然彼女達は知る由もない。

「まあ、なんにしても、明日は午後から筆記試験だから、今日は早めに寝てベストコンディションで挑まなきゃ！」

「リンデ、頑張れ〜」

「うん、頑張る！」

「もし無事従業員として採用されて、インスタントラーメンが従業員価格で手に入る、とかあったら、お土産よろしく」

「もちろん！　その代わり、その時は故郷に送る分も確保するから、私の代わりに配達お願いね！」

まだ受かったわけでもなければ従業員に対する優遇があるとも限らないのに、確定した未来のように語りあう二人。

運命的な出会いを果たして以来、エルトリンデはインスタントラーメンに夢中である。ウルスに居座っているのも、理由の九割はインスタントラーメンだ。

とはいえ、カップめんだろうが袋めんだろうが、インスタントラーメンは現在品薄の高級品。金もコネもないエルトリンデには、簡単に手に入る代物ではない。

それだけに、たとえ従業員に対する優遇がなくても、購入するためのコネが得られるのであればそれだけでも望外の幸せなのだ。

「……本当に、頑張れ」

そんなエルトリンデを、彼女にインスタントラーメンを食べさせた張本人の一人であるマリオンが小声で応援するのであった。

邪神編　第二六話

「さて、産業のテコ入れに関しては兄貴と北地区の人らとの打ち合わせが終わらんと動けんし、とりあえず乾パンとクラッカーの改良を考えよか」

「そうだね」

試験を作った翌日の朝。神の城の厨房《ちゅうぼう》。

やや半端な感じの時間を埋めるべく、宏《ひろし》と春菜《はるな》は散々問題となった軍用食自体に手を入れようと動き始めていた。

といっても、何でもかんでもやる時間はない。

なので、今回は少し前までやっていた軍用食の料理転用で、最後の最後まで問題児となった乾パンとクラッカーに照準を絞ったのである。

「まずは、どういう方向でいじるかのプランやな。っちゅうても、真っ先になんとかせなあかんのは、このあり得へん硬さやろうけど」

「さすがに、クラッカーが手で割れない硬さっていうのはちょっとね」

「何回も噛《か》みしめて食べんとあかん、っちゅうんはええとして、せめてライムの顎《あご》でも噛み砕けるようにせんと」

フレンチトーストとラスクを作った際のあれこれを思い出し、妙にやる気に満ちた表情で頷《うなず》きあう宏と春菜。

乾パンにせよクラッカーにせよ、あの硬さになったのはそれなりに歴史的な経緯と意味があったのだろうが、こういう食品はいざというときの非常食にもなる。

顎が疲れる程度ならともかく、子供や老人が最初から食べるのを諦めるほどの硬さはいただけない。

まず目指すは、子供や老人が安心して食べられつつ、しっかり噛む必要があって満腹感が得られる、ほど良い硬さだ。

「人によってはこれしか食べるもんない、っちゅう状況が続くこともあるやろうから、味付けとかもちょっと考えんとあかんわな」

「理想は塩だけのおにぎりとかそういう路線だよね」

「せやな、そんなところや」

軍用食に限らず携行食全般について求められるであろう条件を挙げ、他の点についても方針を確定する宏と春菜。

いつものことながら、食い物関係に関してはやたらと決断が早い。

「で、どういうふうに手をつける？」

「まずは、聞いとるレシピをそのまま再現して、どこいじったらどうなるかを確認するところからやってみよか」

「了解」

新規にレシピを作るのではなく、今使われているレシピを改造する方向で話を進める宏。

早速、聞いている手順で春菜が乾パンを作っていく。初めてのレシピのはずなのに、慣れた手つきなのは春菜ならではだ。

なお、場所こそ神の城の厨房だが、使う機材はウルスでも一般的なものであり、気温や湿度などの環境も現在のウルスに合わせている。

これらの措置はレシピを正しく再現するためのものなのだが、高すぎるスキルに関しては、現時点では対策を打つことを諦めている。

そして、一時間後。

「……うん。よく知ってる硬さだね」

「つまり、レシピは合ってるっちゅうことやな」

「なんとなくだけど、どこが原因か分かったよ」

「僕も、多分ここやろう、っちゅうんは分かったで」

お互いに目星をつけ、意見のすり合わせに入る二人。

「これはまあ、フレンチトーストの時に予想がついてたけど、まずは水の量だよね。もう少し多くしないとだめだと思う」

「水少ないんもやけど、それをまるで親の仇《かたき》のように練りまくるもんやから、生地がガチガチになっとるで」

「しかも、そこまでやってほとんど寝かさずに、これでもかっていうぐらい焼くから、岩のように硬くなってるんだよね」

小麦粉で作るレンガ、という風情のレシピに、引っかかったところをピックアップしていく宏と春菜。

地球の小麦で同じことをした場合、硬くなるのかそれとも逆に脆《もろ》くなるのかは分からない。

だが、少なくともこの世界の小麦の場合、レンガの作り方に近い方法でレンガ並みに硬いパンが焼けるのは間違いないようだ。

「生地寝かすんは柔らかなりすぎて食べ応えないパンになるリスクがあるからなしでええとして、水の量と練り方を調整してみよか」

「あとは、ちょっと他の材料を入れてみるか、だね」

「せやな。そっちも考えんとな」

まずは手順を変えずに分量と作業時間をいじる方向での調整を考えてみる宏と春菜。

とはいえ、このあたりの調整を今まで誰もやったことがないとも考えづらいので、次善の案として他の材料を投入して調整することも考える。

「じゃあ、水の量を三パターンから四パターンぐらい試してみよっか」

「それを、練り方変えて実験やな」

まず、大雑把《おおざっぱ》に傾向を見るため、水の量を変更なしから四倍まで四パターン、練り時間も同じように四パターンに分け、水の量、練り時間ともに変更なしのものを除いて合計十五の組み合わせで実験を始める。

この後、膨大な調整作業が待ち受けていることも考え、当然のごとく春菜の権能を使って時短を行うのも忘れない。

というより、むしろその前提で神の城の厨房を使っているのだから、時短を行わなければもったいない。

「練る時間は減らして半分までやな。四分の一まで減らすと粉っぽいわ」

「そうだね。硬めに仕上げる前提で考えると、四分の三よりもうちょと練ったほうがいい感じかな？」

「そんなとこやな。半分付近が一番柔らかかったし、普通のパン焼くときもこんぐらいの時間やしな。水の量は、二倍付近っちゅうとこか」

「そうだね。こっちは単純に量に比例して柔らかくなる感じだし、三倍だと練り時間が標準でも柔らかすぎる印象」

「っちゅうか、練り時間を四分の三で固定して、水の量調整したほうが早そうやな」

「あっ、そうかも」

その結果、あっという間に傾向を掴《つか》み、調整範囲を絞り込む。

なお今回、焼き時間は焦げすぎなければOKということで、ほぼ標準のままである。

そもそもの話、渡されたレシピには正確な焼き時間など記されておらず、元々加減を見ながら勘と経験で調整しているらしいのだが。

「とりあえず、こんなもんやと思うけどなあ……」

「そうだね。味も硬さもこれぐらいがちょうどいいと思う」

百回を超えるトライ&エラーの結果、ようやく新しいレシピを確定する宏と春菜。

まずは、ミッションコンプリートであろう。

「で、この試作品どうする？」

「最後のレシピで作った決定版は試食してもらえばええとして、それ以外が難儀やな」

「食べて食べられないほど硬いものじゃないけど、この量はちょっとね」

山のように積み上がった没乾パンを前に、どうしたものかと頭を抱える宏と春菜。

今回は久しぶりに手こずったため、試作の回数がトータルですごいことになってしまったのだ。一回に作る生地の量は普通のパン一個分程度とはいえ、その前に作ったものも合わせると、到底消費しきれるような分量ではなくなっている。

「どうやっても食べられそうにないものは、素直に捨てるしかないかな？」

「やろうなあ。肥料にしてもどうせ使わんと倉庫の肥やしにしてまうやろし。で、ちゃんと食えるやつの半分ぐらいは、粉砕してパン粉にするか？」

「そうだね。そのままにしておくよりは、パン粉に加工したほうが消費できると思う」

「全部パン粉にするのも芸ないし、残りはどないするか……」

「意外と、こういうのに対するアイデアって思いつかないよね」

失敗作だが食べられる乾パンの処理が思いつかず、発想力の限界にガックリする宏と春菜。

「時間ももったいないし、またフレンチトーストとかその系統の適当なおやつに加工しとこか」

「そうだね」

結局、いい使い道が思いつかず、先日レシピを完成させたおやつにすることで手を打つ宏と春菜。

そうと決まれば、とばかりにとっとと加工に入る。

もっとも、半分はミキサーで粉砕してパン粉にするだけなので、大して時間はかからない。

残りの半分にしても、食べるには多いが調理するとなるとそれほどでもない量なので、あっという間に処理が終わる。

「乾パンはまあ、これでええとして、や。クラッカーはどないしよか？」

「レシピ的にはほとんど同じで、成形するときの厚みが変わる程度なんだよね」

「なるほどなあ。要するに、ブロック状にすれば乾パンになって、平べったくすればクラッカーになるわけか」

「うん。まあ、水の量とか練り時間とかは少し変わるみたいだけど、さっきまでの作業から察するに、多分そのまま平べったくしても焼き時間とか火加減とかを調整すればいける感じ」

宏の疑問に、春菜がそう答える。

それを聞いて、なにやら少し考え込む宏。

「……思ったんやけど、仮にうちらがそこまでレシピ確定させたとして、そのレベルの差やと細かすぎて、作るほうが把握できひんのんちゃう？」

「……ちょっと、難しいかも……」

宏が口にした問題点に、難しい顔で春菜が同意する。

先ほどの焼き時間に限らず、この世界はものを作る際の標準化という概念がほとんどなく、下手をすると材料の分量や焼き時間といったものに関して、何一つ数字を把握せずに生産活動をしているケースすらある。

宏達がカレー粉のレシピを広めたことでいろいろとマシにはなってきているが、元々がそういう環境だっただけに、作る側がそんな細かいことを正確に把握できるかというと、どうしても否定的な見解にならざるを得ない。

全ての業者がそうではないにしても、その手の細かいところまで追求する業者がどの程度いるのかと言われると難しい。

「……とりあえず、レイっちとかメリザさんとかチャールズさんとかにレシピ渡して丸投げ、しかないかもなあ」

「そうだね。さすがに、広めた先全部でちゃんと作れるかどうか、ってところまで責任持つのは無理だよね」

結局、よその業者のことまでは知らない、という結論を出す宏と春菜。

一カ所二カ所ならともかく乾パンを作っているパン屋全てとなると、もはや宏達の手には負えない案件である。

「でもまあ、説明しやすくするために、焼き時間を計るための砂時計か何かは用意しておいたほうがいいんじゃないかな？」

「それも僕が作っとくわ」

春菜に言われて、焼き上げ時間に合わせた砂時計を手早く作る宏。これぐらいなら、わざわざ溶鉱炉などを使って熱さなくても問題ない。

「しかしこう、前から思っとったんやけど、こっちの一般的なオーブンは温度ムラとか大きいから、加減つかむんが面倒でかなんわ」

「そういうのも、レシピのいい加減さにつながってるんだろうね」

「せやろうなあ」

オーブンを使っていて気がついた問題点をもとに、宏と春菜が今回の仕事の厄介な点を語りあう。

こちらのオーブンは薪《まき》を使うものが一般的なので、当然のことながら、基本的に細かな温度制御などはできない。

もっと言うならば、そもそも温度計がついていないので、庫内の温度を知る手段がない。

フライパンなどと違ってリアルタイムで焼ける様子を観察できるわけでもないので、実際に焼いてみなければ焼きムラなども分からない。

当然タイマーもついていないので、焼き上がりまでの時間は自分で計る必要がある。

これでは、作業を標準化できないのも当たり前だろう。

「こら、機材方面からのテコ入れもいるか？」

「そこまでとなると、それこそどこから手をつけるか、ってことにならないかな？」

「せやなあ。しかも、本気でやるんやったら、それこそ機材作るための機材を作って、それで精度とか性能とかがええ機材作ったら、そいつで機材作るための機材をもう一段精度の高いもんにして、みたいな妙な無限ループに入ってきおるねんな」

「……聞いててこんがらがってきたんだけど、具体的な例で教えてもらっていい？」

「具体例なあ……。ちょっとニュアンスは違うけど、耐熱レンガとそれ焼く竈《かまど》の関係っちゅうんが分かりやすいか？」

「それって日本にいるときにちらっと聞いたことがある、耐熱レンガ作るのに耐熱レンガがいる、っていうあれ？」

「それやな」

宏の出した例に対して、春菜が持ち前の記憶力を発揮してポイントとなりそうな部分を口にする。

春菜のその確認を肯定しつつ、それなら話が早いとばかりに宏が説明を進めていく。

「まあ、その辺の細かい理屈とかは端折《はしょ》るけど、普通の竈やったら耐熱レンガを直接焼くっちゅんは無理なわけや。で、僕の場合はその辺をエンチャントやら何やらで力技で解決しとるけど、普通やったらその時点で使える竈で焼ける一番耐熱性の高いレンガ作って、それ使ってさらに高熱まで耐えられる竈作って、っちゅう形で耐熱レンガ焼ける竈まで進化させるわけや」

「……まあ、そうなるよね」

「で、それとは別に、そこに至るまでの副産物でもいろいろなもんが作れるようになるわけやから、それも利用してもっと耐熱性とか耐久性とかが高い素材とか作って、っちゅう感じで、それこそ太陽でも格納できるような竈が作れるまでひたすら無限ループで進化させていくわけやな」

「……えっと、耐熱レンガが焼ける竈、まではいいんだけど、そこから先って必要なの？」

「あったらなんかに使うんが人類っちゅうもんや。それに、このサイクルは他のもんでも同じでな。工作機械なんか、それこそ限界精度を何パーセントか向上させた機械で限界精度の部品作って、それ組んでさらに何パーセントか向上させて、の繰り返しやで。今やったら、一回ごとの精度向上なんか何ミクロン良くなったとかの世界で、それでもまだ粘っとるし」

「うわあ……」

「まあ、工作機械に関しては、精度だけやのうて加工速度とか作れる形状の複雑さとかに関しても、ここまでいるんか？　っちゅうぐらい追求しとるけど、これもやっとることはさっきのループと同じやからな」

「……なんかこう、めまいがしてきたよ……」

宏の言葉に、おもわずドン引きする春菜。

ややこしい話になりそうだとは思っていたが、そこで無限ループに入るほどとは思っていなかったのだ。

とはいえ、実際のところ産業革命以降の歴史というのは、量的、質的な面での生産性向上とともに、その基礎となるマザーマシンの精度、性能の向上の歴史でもある。

宏達がどの程度まで踏み込むかにもよるが、本気で産業にテコ入れをするのであれば、多少なりともそこに手をつけなければいけないだろう。

「……というか宏君。耐熱レンガに関しては分からなくもないんだけど、工作機械の話って、なんでそんなに詳しく知ってるの？」

「まあ、その辺は実家の絡みやな。うちは町工場やから機械メーカーとか売り込みかけてくるし、工場見学とかの招待もあるんよ。その関係で中学上がったぐらいまではようメーカーの見本市とか工場見学とかに連れてってもろとったし、大手の機械メーカーは自前で工作機械の歴史の展示とかやっとるから、自然と詳しくなってくるんよ」

「ああ、なるほど」

普通の高校生が知っているとは思えないことに、宏がやたら詳しい理由を知り、深く頷きながら納得する春菜。

寺の住職の息子がお経に詳しいのと、理屈の上では同じことである。

「まあ、機材の無限ループに関しては、ゲーム時代に生産活動とかスキル上げとかで散々経験しとるけどな」

「それはなんとなく分かるよ」

言わずもがなという感じの宏の補足説明に、そうだろうなという感じで応じる春菜。

理屈を知って力技で対応しているといったところで、ある程度経験していなければ不可能だろう、ということぐらいは想像がつく。

と、そこまで話をしていて、スキルの話題が出たことで春菜があることに気がつく。

「今思ったんだけどね。こっちだとスキルの影響である程度はフォローできるから、そんなに深く手を出さなくてもいいんじゃないかな？」

「そうかもしれんけど、スキルの概念についてうちらと同レベルで理解しとるん、今んところファムらとルーフェウス学院の一部教授、それから僕らと仲のええ巫女《みこ》さん連中ぐらいやで。あとはうっすらとは察しとっても、そんなはっきりと影響あるとは思ってへん感じやし」

「テレビとかと同じで、使う側は理屈とか概念を理解できてなくても大丈夫そうな気がするけど、どうかな？」

「なんとも言えんとこやけど、なあ。ジノらを見とると、意識してんのとしてへんのとでは、結構差が出とる気はするねんわ」

「あ～、そうかも……」

宏に実例を挙げられ、納得する春菜。

もっとも、宏が直接指導するか否かなどでも差が出ているので、一概にその知識によるものとは言い切れないのだが。

「こらもう、工場の人材採用とかその辺の話が終わったら、この辺の話全部きっちり相談して決めたほうがええんちゃうかな？」

「そうだね」

気にすべきことのあまりの多さに、自分達だけでは結論を出せないということで意見が一致する宏と春菜。

とはいえ、達也《たつや》が戻るまで何もしないというのも芸がない。

「とりあえず、簡単な機材の改良ぐらいはしとくか」

「それはいいんだけど、具体的には？」

「オーブンに温度計つけるとか、そのあたりやな」

「それ、簡単なの？」

結局、その手のことしかできることがない、とばかりに、創造神基準で簡単な改良というやつをやっては春菜に突っ込まれまくる宏であった。

☆

「まったく、困ったもんだ……」

二時過ぎ。北地区商業組合との交渉を終えて戻ってきた達也が、開口一番に実に面倒くさそうにそうぼやいた。

「お疲れ様。何か問題でも起こったの？」

「起こった、って次元じゃねえんだよなあ……」

春菜に問われて、参ったといった表情を見せる達也。どうやら、よほど厄介なことが起こったらしい。

「その様子やと、うちらの仕事に直接影響しそうな感じやけど、いったい何があったんよ？」

「年寄り連中が結託してごね始めてな。おかげで、今日は話がまとまらなかった」

「そういうケースも出てくるだろうとは思ってたけど、達也さんがそこまで言うんだから、相当だったんだよね？」

「まあ、なあ……」

宏と春菜の質問に、詳しい説明をするのも嫌だ、と言わんばかりの態度で達也が答える。

どうも、結託して抵抗を始めた年寄り連中というのが、よほどひどかったようだ。

「あんまり話したくなさそうやから細かいことは聞かんけど、こっちの仕事はできそうなん？」

「微妙なところだな。あの爺《じい》様達、自分達が生きている間はほんの小さな変更も許さん、と言い切ってたうえに、金とコネはあるからなあ」

「無理に進めると、金とコネを駆使して推進派を潰《つぶ》しにかかる感じじか」

「ああ。連中曰《いわ》く、技も極めてない小童《こわっぱ》が余計なことに手を出すな、だそうなんだが……」

「完全に間違いとも言えんけど、そもそも物事を極めたいんやったら、すそ野を広げるための寄り道もある程度はいるんやけどなあ……」

達也が口にした年寄り連中の言葉に対して、宏が渋い顔をする。

「まあ、とりあえず、その言いがかりを叩《たた》き潰すんは簡単やな」

「簡単なのか？」

「おう。その爺様らの最高傑作調達できるんやったら、あっちゅう間やで」

「……ああ、なるほどな。確かに、お前なら楽勝だな」

長い付き合いゆえか、その宏の言葉だけで計画を察する達也。

どうやら宏は、爺様達の最高傑作を大きく超えるものを作ったうえで、さらにそこから表面処理などで手を加えて品質を向上させたものを突き付けるつもりらしい。

「でもさ、宏君。一般人の目で見て宏君が作ったものが圧倒的に上だと評価されても、相手が素直に自分の作るものより上だって認めるかな？」

「まあ、認めんやろうな。筋が通っとるかどうかは別として、難癖つけるだけやったらいくらでもできるわけやし」

「だったら、あんまり意味がないんじゃやない？」

「でもないで。こういうんは、難癖つければつけるほど立場悪なるし、そこまで言うんやったらやってみ？　って返せば大体は終わると思うで」

所詮《しょせん》保身のための理不尽な難癖など無駄な悪あがきでしかない、といわんばかりの宏に、それもそうかと納得する春菜。

どれほど劣勢でも最後まで諦めないのは素晴らしいことだが、今回の場合はそれで守られるのはごく一部の人間のプライドと立場だけだ。

地域全体の苦境を克服する活動の邪魔をしておいて、その結果守られるのがごく一部の人間の個人的な利益でしかない時点で、味方してくれる者などたかが知れている。

「役人や貴族との癒着、とかそういうのは大丈夫なの？」

「あ～、それに関してだが、北地区の場合は役人はともかく、貴族との癒着については気にしなくていいぞ」

「そうなの？」

「ああ。つっても、パトロンになってる貴族が結構いるから、最初から癒着的なものがある前提で動けって意味だがな」

「あ～、そっち方面。だったら、賄賂と利益誘導っていうパターンは気にしなくてもいいかな？」

「せやな」

貴族と北地区の職人達との関係を聞き、そう結論を出す春菜と宏。

パトロンというのはその性質上、いいものを作らなければ離れていく。

それゆえに、今回のように作るものを改良するといった動きに関しては、普通はまず邪魔をすることはない。

自分が応援している職人やお抱え商人のライバルがそういう動きをしていた場合はまた別だが、今回に関しては自分達のところも含む全体の底上げだ。

自分の金を使わずに勝手に今までよりいいものを作るようにしてくれるうえに、相手は王家がバックについている工房とあっては、邪魔するリスクの方が高い。

なので、貴族相手に関しては、気にする必要はまったくないと言い切っていいだろう。

「まあ、そういうわけやから兄貴、その爺様らの最高傑作、どうにかして手に入らんか？」

「……最高傑作、となるとちょっと手間がかかりそうだな。そもそも、どれを最高傑作というかにもよるし、な」

「パトロンついとるんやったら、そこの評価でええんちゃう？」

「そうだな。じゃあ少し休憩したら城に顔出して、そっち方面から探ってみるわ」

「頼むわ」

方針も決まり、お茶を飲んで一服してから城へ向かう達也。

それを見送ったところで、春菜がポツリと呟《つぶや》く。

「結局、役人が絡んでる可能性は否定できないよね？」

「そら、こんだけ大きくて歴史のある国やったら、腐敗ゼロとか絶対無理やん。うちらがファーレーンの事情に深入りすることになったんも、元をたどれば王権が弱なって統制効かんなったっちゅうんが根っこにあったわけやし」

「そういえば、そうだったよね」

カタリナの乱に絡んだ一連のあれこれを思い出し、苦い顔をする宏と春菜。

国家に限らずどんな集団でも、古くなればなるほど、規模が大きくなればなるほど、しがらみや習慣などに端を発した腐敗というやつが避けられなくなっていく。

基本的にトップの目が行き届かなくなるのが原因ではあるが、仮に行き届いていても、トップの言うことなど聞かなくなってくるのだ。

それが行きつくとどうなるか、というのが、宏達が直接かかわる直前のファーレーンである。

そこまで状況が進んでいたのだから、元凶を排除したところですぐに状況がよくなることなどありえない。

上層部の掃除こそ済んではいるが、それゆえに余計に目が行き届かなくなったのだから当然であろう。

「まあ、役人かんどったところで、この件に関しては大したことはできんやろ。今回行動するんは元から普通に商売しとるところばっかりやし、薬類以外は特に許可とかいるわけやないし」

「それもそうだね」

宏の言葉に、納得する春菜。

ポーション類の販売許可を出さないとかであればともかく、それ以上となると商売への不当な圧力となる。

カタリナの乱以前ならそれも通じたであろうが、今はタガを締めなおしている最中ということもあり、発覚すると必要以上に厳しい処分が下される。

商業ギルドなどもそれが分かっているので、そういう事例があれば容赦なく王宮へと告発に行く。

この環境下で、よそに被害が出ているわけでもない単なる内輪揉《も》めに口を挟んだり、権限もないのに一方だけに不公平な肩入れをしたりする役人などまずいない。

「にしても、結局今からは何もできん感じやんなあ」

「そうだね。ところでふと思ったんだけど、よく考えたら今回妨害してきたお爺さん達の名前とか所属とか、何一つ聞いてなかったよね」

「せやなあ。爺様ら、で通じるうえに基本的に興味なかったもんやから、名前聞いてへんっちゅうことに全然気ぃつかんかったわ」

春菜に指摘され、視線を明後日《あさって》の方向に泳がせながらそう答える宏。

もっとも、指摘した春菜自身、妨害に走った連中のプロフィールにまったく興味がなかったため、詳しく聞こうという発想は一切なかったのだが。

「とりあえず、今後のこともあるから、ファムらにちょっと指導してくるわ」

「了解。私は……、そうだね。宏君、ちょっと質問なんだけど、いい？」

「なんや？」

「今の私でも、霊帝織機って使える？」

「何織るかによるけど、今の春菜さんやったらまあ、品質とか性能とか気にせえへんねんやったら、霊布でも五割ぐらいの確率で成功するやろ」

「そっか。じゃあ、ちょっと霊布にチャレンジしてくるよ」

「おう。頑張ってき」

なんとなく間抜けな空気に気まずくなり、話題転換のついでに今から何をするかを決める宏と春菜。

こうして、この日は結局これといった進展もないまま、ファム達がしごかれただけで営業時間を終えるアズマ工房であった。

☆

「そこまで！」

時と場所は変わり、夕方のインスタントラーメン工場、大会議室。

ようやく筆記試験の最後の科目が終わり、受験者達が様々な感情のこもったため息を一斉に吐き出していた。

「……うああ……。半分も解けなかった〜……」

「そもそも……筆記試験つったっけ？　こういう形式の試験って初めて受けたから、意味が分かるまで時間がかかっちまったよ……」

誰かの言葉を皮切りに、口々に愚痴をこぼす受験者達。

この世界では筆記試験というものが一般的ではないこともあり、春菜達が作った試験問題は、非常に難易度が高かったようだ。

因《ちな》みに、今回の筆記試験、いわゆる国語に当たる問題以外は、日本でいう小学校高学年の学力があれば普通に全部解ける内容になっている。

ついでに言えば、計算問題に関しては、分数の割り算のような日本でも学力低下などのネタとして使われがちな、躓《つまず》く人間が多い種類の問題は含まれていない。

それでもこういう反応が出るのだから、教育の差というのはかなり大きな影響を持っているといえよう。

「……今回の問題、日常的に細かい計算をし慣れてないと厳しそうだけど、やっぱりそれぐらい難しい仕事なのかしら？」

他の受験者に比べると余裕を見せていたエルトリンデが、別の意味で疲れをにじませながら今日の試験を振り返る。

製薬をメインに活動していることもあり、エルトリンデは細かい数字にはめっぽう強い。

薬によっては相手の種族や年齢などに合わせて材料の分量を小数点以下の数字で調整することもあるので、単純な四則演算には慣れているのだ。

なので、今回の試験で出された算数の問題は大して難しいとは感じなかったが、同僚である他の冒険者達やよく依頼を受ける人達の学力を知っているだけに、随分と難易度の高い問題を出してきたと思わざるを得ないのだ。

「ねえ、聞いてよエルトリンデ……。多分、アタシ終わった……」

帰り支度をしていると、冒険者協会ウルス東支部でよく話をする馴染《なじ》みの女性冒険者が愚痴りに来た。

「あ〜、うん。ちょっと難しかったよね。文章問題は、値引き交渉に慣れてないとどの数字が何かってピンとこないだろうな、って感じたし」

「そうなのよ……。文章の合間に数字がいっぱい出てきて、これ何をどうすればいいのかって全然分かんなくてさ……」

「内容的には比較的単純だったから、商売の経験がある人には有利だったかもしれないね」

「商売なんて、経験してると思う!?」

エルトリンデのある種優等生的な言葉に、女性冒険者が噛みついてくる。

エルトリンデに文句を言っても仕方がないのは分かっているが、すました感じでそうもあっさり言われてしまうと、腹が立ってしょうがないらしい。

「その代わり、後半の図形の選択問題は、意味が分かれば冒険者の人達の方が有利だと思うんだけど……」

「いやいや、問題の意味を理解するのに時間かかったっての！　どれとどれが一緒の図形かってのは一発で分かっても、それをどう答えればいいか分かるまでに時間かかったし！」

「解答例もあったんだから、さすがにそれはどうかと思うけど……」

理不尽な怒りをぶつけてくる女性冒険者に、思わず呆《あき》れてやや厳しい突っ込みを入れてしまうエルトリンデ。

いくらなんでも、例題と説き方の解説、さらには解答用紙に記入例として例題の答えまで書いてくれていて、問題の意味が分からないというのは擁護できない。

「何にしても、もう試験は終わっちゃったんだし、諦めて合格ラインが意外と低いことを祈るしかないよ」

「いやまあ、そうなんだけど……」

「そもそも、国家の重要産業なんだから、雇う人材にそれなり以上のレベルを求めてくるのは当然だと思うし」

「……うう、正論すぎて反論できない……」

エルトリンデからの連続攻撃の前に、あっという間にしおれていく女冒険者。

自分でも筋が通らぬ文句を言っていた自覚があっただけに、正論で攻められると弱い。

「それじゃあ、そろそろ帰ろうか。いつまでも残ってグダグダやっているのは、心証の面でマイナスだろうしね」

「……そだね～……。愚痴はパーティメンバーにでも聞いてもらうかな……」

エルトリンデの提案に、すっかりしおれきってしまった女冒険者が素直に従う。

自分の席に戻って筆記用具などを片付け始めた女冒険者を見て、すでに片付けが終わった自分の机の上を再確認。軽くはたいて細かなごみを集め、あとで捨てるために適当な布で包む。

そのまま退室しようとしたところで、試験監督をしていた文官と目が合い軽く会釈をすると、相手も会釈を返してくる。

その表情がご苦労様でしたと告げているように感じられて、少しばかり嫌な予感がするエルトリンデ。

どうにも、そのご苦労様が試験のことだけではない気がして仕方がない。

（……うわあ、何かメモしてる……）

その嫌な予感に押されて文官の姿をもう一度確認し、手元のクリップボードに何やら書き込んでいるのを見ていろいろ確信するエルトリンデ。

どうやら、先ほどの一連のやり取りやその内容も踏まえての『ご苦労様でした』だったと考えてよさそうである。

恐らく、目が合ってしまったのもこちらを観察していたからであり、書き込んでいるのは今のやり取り全般であろう。

こうなってくると、先ほどの心証云々《うんぬん》についてもあり得ない話ではなくなってきている。

（早く帰ろう……）

なんとなく長居したくなくなって、荷物を手にそそくさと試験会場をあとにするエルトリンデ。

きっと悪い印象は与えていないだろうとは思うが、それとて、いつ何があってガラッと変わるか分からない。

とにかく失礼にならないように、慌てて逃げようとしていると思われないように、細心の注意を払いつつ、速やかに試験会場のあったインスタントラーメン工場の事務棟から出ようとしたところで、同様に帰宅しようとしていた受験者の男性と接触しそうになる。

もっとも、接触といってもぶつかりそうになったとかそういう危険な状況ではなく、単に出入口のドアを開けようとして、同時にドアノブに手を伸ばしてしまうというベタな展開だったのだが。

「あっ、すみません」

「いえいえ。お先にどうぞ」

とっさに謝罪したエルトリンデに、三十路《みそじ》に差し掛かろうかというぐらいの年頃の、大柄で実に感じの良い男性がにこやかに道を譲ってくれる。

その清潔でさわやかな、だが隙らしい隙も見えないできる男の印象からすると、どこかの商会の幹部クラスか、もしかすると貴族なのかもしれない。

こういう人が採用されるんだろうな、などと思いながらも、軽く一つ頭を下げて家路へと急ぐ。

実はこの紳士的と思われている男性には昨日ぐらいから大小様々なトラブルが続いており、精神的にはいろいろ限界を迎えつつあったのだ。

この時点でのこの態度は、なけなしのプライドでどうにか取り繕っているだけのものだったのだが、その意地っ張りが功を奏してか、エルトリンデの観察眼をもきっちり欺いている。

残念ながらこの後、彼にはいろいろと信じられないトラブルが続発し、その前のものも合わせてわずか三日足らずで見る影もなく落ちぶれてしまうのだが、まともな状態で関わる機会がこの時だけしかなかったエルトリンデには、当然知る由もない。

そのまま夕日を浴びながらインスタントラーメン工場を出ると、そこにはマリオンがいた。

「え？　マリオン？」

「迎えに来たよ」

「嬉《うれ》しいけど、仕事はいいの？」

「リンデのことが気になって仕方なかったからね。自分でも危ないと思って、あんまり難しい依頼は引き受けなかったんだよ」

マリオンの言葉に、思わずくすぐったそうな表情を浮かべるエルトリンデ。

そこまで気にしてもらっていることに一瞬申しわけなさを感じたものの、立場が逆なら恐らく自分も仕事に身が入らないだろう、ということに思い至って、素直にその気持ちをありがたく思うことにしたのだ。

「それで、どうだった？」

「手ごたえはそこそこかな？　少なくとも、一緒に受けた冒険者の中では上の方だと思う」

「なるほどね。まっ、リンデは基本頭脳労働者だからね。頭の出来を問われる類《たぐい》のは、そうそう失敗しないんじゃない？」

「言語関係の問題に結構手こずったから、全部解けたわけじゃないんだけどね」

過大な評価をくれるマリオンに対し、苦笑しながら実際のところを告げるエルトリンデ。

手も足も出ない問題はなかったが、時間中に答えが浮かばなかった問題は結構あったので、実のところマリオンが評価してくれるほどの自信はない。

「それで、このあとはどういう日程になってんの？」

「正確なところは分からないんだけど、筆記試験に合格した人にはまた連絡が来るみたい。採点があるから、早くて明日の夜になるようだけど」

「また、慌ただしい日程ねぇ」

「うん、そうだね」

マリオンの感想に、素直に頷くエルトリンデ。

とはいえ、すでにこの筆記試験の時点で非常に慌ただしい、どころか普通に考えて無茶としか言いようのない日程だったこともあり、特に思うところもない。

「何にしても試験は終わったんだし、あとは祈るぐらいしかできないかな。今日はもう大人しく夕飯の買い出しと支度にしよう」

「だねえ。因みに、合格の連絡が来たとして、それで晴れて採用なの？」

「まだ不明だけど、なんとなくまだ何かがありそうな気はするね。まあ、特に根拠とかはないんだけど」

「リンデのそういう勘はよく当たるから、そのつもりでいたほうがよさそうだね」

エルトリンデの予想を聞いて、まだまだしばらくはバタバタしそうだと苦笑するマリオン。

「それで、今日は何か食べたいものって、ある？」

「久しぶりに、リンデが作ったテローナが食べたいね」

「じゃあそうしよっか。今日は時間あるから、じっくり煮込んだやつを作ってあげる」

マリオンのリクエストに、笑顔で応えるエルトリンデ。

日によっては雪が積もることもあるこの時期、芯から温まるテローナは上は王侯貴族から下は庶民まで、身分に関係なくファーレーン人のささやかなご馳走《ちそう》である。

生まれは赤道直下の地域だとはいえ、マリオンも生粋のファーレーン人だ。しかも育ったのはウルスなので、冬といえばテローナという思考は骨の髄まで染みついている。

しかも、エルトリンデの作るテローナは、手間暇も愛情もたっぷりかけられた特別製だ。マリオンにとっては、どんな高級食材を使った料理もかなわない、最高のご馳走である。

「問題は、この時間にいいシャルプが残ってるか、かな」

「あたしは、リンデみたいに食材の目利きができないからねえ……」

「ある程度は覚えたほうが、後々困らないよ？」

「覚えようとは思ってるんだけどね……」

「今日はさすがに難しいから、明日にでもまた一緒に買い物に行って教えてあげるね」

「そうだね。いい機会だから、教えてもらうか」

そんなことを言いながら、そろそろ店じまいが始まっている市場の方へと歩いていく二人。

こうして、無茶ぶりが炸裂《さくれつ》しまくった筆記試験は終わりを告げたのであった。

☆

同じく夕方、場所はオルテム村。

「……なんだか、とても体が楽になった気がします」

「こうしてみると、私もエル様も、自分で思っていた以上に体のあちらこちらにダメージが残っていたのがよく分かりますよね……」

アランウェン神殿の巫女の部屋。浴衣姿でゆったりとくつろぎながら自分達の体調を確認し、エアリスとアルチェムがため息をつく。

この日一日、二人はアルフェミナとアランウェンの指示に従い、温泉につかってはゴロゴロし、食事をしてはゴロゴロし、と、普段からは考えられないほど怠惰に過ごしていた。

元々の目的が湯治とはいえ、日がな一日食っちゃ寝で過ごすというのはどうしても気が引けるエアリスとアルチェムだったが、各々が仕える神に拒否権なしの命令として言われてしまえば抵抗の余地もない。

とはいえ、時間を持て余すのではないかという二人の不安とは裏腹に、温泉から上がったあとや食事のあとに指示に従って横になれば、それだけであっさり熟睡していたのだが。

なお、浴衣ということで予想はつくかもしれないが、現在エアリス達が過ごしている部屋は和室である。

「それにしても、この神殿に温泉やこういうお部屋があったとは思いませんでした」

「アランウェン様がご自身で増設されたそうです。温泉も、自分用のものが欲しいからと、地脈に干渉してここまで引っ張ってこられたそうで……」

「そういう経緯が……」

アルチェムに説明され、いろんなことに納得するエアリス。

どうりで、神の城の温泉と変わらないほどよく効くわけである。

そのまま、座布団を並べてゴロンと転がるエアリス。普段は絶対しないようなはしたない格好であるが、この部屋にはエアリスをしてそういうことをさせてしまうような、不思議な空気がある。

部屋の片隅にある、誰がどこから持ち込んだのか不明なレトロ感あふれる揉み玉が露出したマッサージチェア。

そこに腰かけたアルチェムが、そのなかなかに容赦のない揉み加減に妙な声を出しながら、ゆっくりと体を弛緩《しかん》させる。

一応神殿の一室のはずなのに、もはやその部屋はどこからどう見ても、温泉地にあるひなびた旅館の客室にしか見えない。

「……こういう時間も、いいものですね……」

「……そうですね……」

「……お兄様が大変なときに、とは思うのですが……」

「……湯治が終わったら、その分まで働く、ということで……」

「……そうですね……」

完全にこの部屋の持つ空気に飲まれ、二人してうつらうつらしながら実に都合のいいことを言うエアリスとアルチェム。

言ったのがこの二人でなければ、完全に仕事をしないフラグであろう。

そんな感じで空腹を感じるまでうたた寝をし、その間にいつの間にか準備されていた夕食を自分達で並べて食べ始める。

なお、この日の夕食は鍋である。

「優しい味の、いいおダシですね。これでおそばを食べるのも美味《おい》しそうです」

「野菜もお肉も、普通のものなんですね」

「そのようですね。食材は普通のものを使っているのでしょう。お昼の食材も普通のものでしたし」

卓上コンロでくつくつと煮込まれる具材をはふはふと食べながら、夕食についてそんな感想を口にするエアリスとアルチェム。

もっとも、普通の食材だからといって別段文句があるわけではない。

単に、そういう感想を持っただけである。

まあ、神々の命令で湯治を行っているのに、出てくる食事が普通の食材を使ったものだというのは、不思議に思ってもおかしくない点であろう。

「えっと、それで、明日の昼頃まで同じように過ごせばいいんですよね？」

「そのようです」

夕食の牡丹《ぼたん》鍋をあらかた食べ終え、シメの雑炊づくりに移ったところで、明日の予定についてアルチェムがエアリスに問う。

その問いを聞いたエアリスが、自分の分とアルチェムの分の雑炊をよそいながら頷く。

とはいっても、基本的にずっと神殿の中で温泉につかり、飯を食って寝るだけだ。

当然、予定というほどの予定など存在しない。

「「ごちそうさまでした」」

シメの雑炊を米粒一つ残さず堪能し、満足げなため息を漏らしてから二人同時に食後の挨拶を済ませるエアリスとアルチェム。

そのまま、質の良い睡眠をとりやすくなる効果があるハーブティを淹《い》れ、もうしばらく駄弁《だべ》ることにする。

あとはもう寝るか、せいぜいもう一度温泉につかりに行くかぐらいしかない時間ではあるが、まだ風呂に行こうという気分ではなく、かといって先ほどまで眠っていたので眠気もない、という微妙な気分なのだ。

「それにしても、ここのお料理はどなたが用意してくださっているのでしょう？」

ハーブティを一口飲んで喉を潤したところで、不意に気になったことをエアリスが口にする。

それを聞いたアルチェムが、言われてみればという感じで首をかしげる。

「そういえば、食器類の片付けも、いつの間にか終わっていますよね」

「そうですね。オルテム村の方がやってくださっているのでしょうか？」

「ん〜……。村の人達がやってくれたと考えるには、なんかしっくりこないんですよね……」

エアリスの意見に、腑《ふ》に落ちないといった感じでそう返答するアルチェム。

ある面においてオクトガルと気質が似ている村人達が、熟睡中、もしくは入浴中のエアリスとアルチェムに気づかれないように後片付けをする、などという気の利いた真似をしてくれるとは到底思えないようだ。

それ以前にそもそも、今いる巫女の間には、オルテム村の村人はまず入ってこない。

一応神様のお膝元だけあって、彼らでも何となく恐れ多いと思わせる何かがあるのだ。

「あと、どうもこの鍋の味、オルテム村の味とはちょっと違う感じですし」

「……言われてみれば、どちらかといえばヒロシ様やハルナ様が作るものに似た味付けですね」

「あっ、確かに」

エアリスの一言で、一番腑に落ちていなかった要素がはっきりと理解できる。

「では、今回のお料理は全てヒロシ様かハルナ様がご用意してくださっているのでしょうか？」

「……それも、なんかしっくりこないんですよね」

「……自分で言っておいてなんですが、私もちょっとしっくりきてません」

「まあ、晩ご飯に関してはお鍋だったので、ハルナさんが差し入れの時に下ごしらえだけしたものを持ってきてくれたのかもしれませんけど……」

宏達が作るものに似ている、という感想から一瞬そういう結論を出しかけたものの、強烈な違和感にあっさり撤回するエアリスとアルチェム。

理由はいくつかあるが、決定的なのは宏と春菜が作る料理は、今日出されたものよりもっとレベルが高いという点であろう。

特に、今日の昼食に出された山菜ご飯には、そのあたりの違和感が強い。言うなれば、一流料理人がとったダシや下ごしらえした食材で、一般人が仕上げを行った感じである。

おやつぐらいの時間に春菜が差し入れを持ってきてくれたので、夕食に関してはその時に一緒に持ってきてくれたのかもしれないが、少なくとも昼食は宏や春菜の料理ではないと断言できる。

「……手がかりがなさすぎて、考えても分かりません……」

しばらく様々な可能性を挙げては否定し、を繰り返したところで、エアリスがギブアップをする。

「多分、何か抜け道というか、私達が知らない方法があるんでしょうけど……」

エアリス同様、手がかりのなさに唸《うな》るアルチェム。

「……明日にでも、アルフェミナ様に直接伺ってみます」

「そうですね」

結局、考えるだけ無駄だと、直接自身が仕える神に教えてもらうことにするエアリス。

そもそもの話、どんなからくりであっても、エアリス達にはあまり関係ないのだが。

なお、エアリス達にあまり関係のない事柄ということで予想がつくかもしれないが、翌日にはすっかりこの疑問について忘れ去ってしまい、結局アルフェミナに何も質問せずに終わってしまうのはお約束である。

「ところで、今日のインスタントラーメン工場の筆記試験は、どうだったんでしょうね？」

「多分、今お兄様の部下の人達が必死になって採点を続けている時間だと思います。明日、帰ってからお兄様と打ち合わせをして、明後日以降に行われる面接に私も立ち会うことになっています」

「いい人がいると、いいですね」

「そうですね」

どうでもいいと割り切ったせいか、唐突にインスタントラーメン工場の話に話題が飛ぶアルチェムとエアリス。

直接的には一切かかわりのないアルチェムだが、インスタントラーメン工場の増設に端を発したここ数日のあれこれについては、事情をほぼ正確に理解している。

エアリス達ファーレーン王家ほどではないにしても、なんだかんだでインスタントラーメンにはお世話になっていることもあり、それなりに本気で上手《うま》くいくように祈ってはいる。

もっとも、この件に関しては、祈る以外アルチェムにできることは何もない。

「筆記試験ってどんな内容だったんですか？」

「時間的な都合でそれほどしっかり内容を見ることはできませんでしたが、計算と図形の問題が比較的多かった記憶があります」

「計算と図形ですか？」

「はい。計算に関しては、四則演算は全て、きっちり使うようになっていました。図形の方は、選択肢の中から同じものを選ぶ、といった問題ばかりでした」

「四則演算っていうことは、掛け算割り算も普通に入ってくるんですよね？」

「はい」

「……それって、結構難しいのでは？」

「計算の方は、そうかもしれません」

エアリスが告げた試験内容に、うわあ、という表情を浮かべるアルチェム。

この世界では、商人か役人、もしくは城勤めの人間でもなければ、読み書きができる人でも普通は足し算引き算ぐらいまでしかできない。

それでもウルスなどの都会では、各種ギルドや神殿の分殿などが学校代わりに読み書きと計算の基礎を教えているので、そこで生まれ育った人間の八割がたはそのレベルには達している。

それ以上となると国が運営している学校に通う必要があるが、こちらはそれなりの富裕層でなければ無理なので、必然的に四則演算の平均レベルは足し算引き算まで、ということになる。なので、アルチェムの反応も頷けよう。

因みに、そのアルチェムはどうなのかというと、巫女の修行のためにウルスのアルフェミナ神殿でお世話になっている関係上、日本でいう中学生レベルの教育は受けている。

つまり、今回の採用試験で行われた筆記試験ぐらいなら、制限時間がなければ余裕で全ての問題を解けるぐらいの学力はある。

「とはいえ、それだけだとさすがに不公平ということなのか、地理や歴史、語学など、いろんな分野の問題が入っていました。地理や歴史はファーレーンだけでなくいろいろな国のことが出題されていましたし、語学も日常会話のレベルですが、主要国家の言語は全て出題されていました」

「それ全部網羅するというのも、それはそれで相当大変そうな気がするんですけど……」

「どれか一つでも合格ラインを超えていて、かつ足切りに引っかかった分野がなければ面接までは進めるので、大丈夫ですよ」

エアリスの言葉を聞き、それは本当に大丈夫といえるのか、と反射的に考えてしまうアルチェム。そのアルチェムの様子を見たエアリスが、苦笑しつつ補足説明をする。

「そもそも、筆記試験に関しては、必要最低限の知識や教養があるかどうかを見つつ、少々足りなくてもいいので知的分野に関して光るものを持っている人材を探すのが目的です。なので、足切りのラインはそれほど高くありません」

「でも、外国語とかは全然読み書きできない人の方が普通ですよね？　地理なんかも、普通は生まれた土地以外のことなんてまったく知らなくても全然困りませんから、ファーレーン国内のことですらほとんど何も知らないのが普通ですし」

「そちらは、少しでもできる人が引っ掛かればいいな、ぐらいの感覚ですので、まったく解けなくても問題ありません」

「……そうなんですか……」

「はい。といっても、問題の作成は全部アズマ工房の皆様にお任せしましたので、そこまで深く考えてくださったかどうかまではちょっと」

エアリスが口にした経緯を聞き、それなら仕方がないと納得するアルチェム。

宏達のことだ。頼まれて引き受けた時点で、そんな複雑なことなど考えず、故郷の基準で試験を作っていたとしてもおかしくはない。

「さて、私はもう一度お風呂をいただいてから休みます。アルチェムさんはどうなさいますか？」

「あっ、私もそうします」

寝る前にもう一度温泉に入る、というエアリスに付き合うことにするアルチェム。

こうして、巫女達の骨休めはのんびりとした空気のまま初日を終えるのであった。

☆

「……若造どもがっ！」

エアリス達が夕食を取っていたのと同じ頃。

北地区のとある工房では、一人の老人が酒をあおりながら、忌々《いまいま》しそうにそう吐き捨てた。

「伝統の意味も重みも知らぬくせに、何が改革か！」

昼間の出来事の鬱憤《うっぷん》を晴らすかのように叫ぶこの老人、名はマルカス・リードという。先代の北地区商業組合の長であり、宏達の手によるテコ入れを潰そうとしている一派の中心人物である。

そろそろ八十の声が聞こえてくるほどの年を重ねており、もはやまともに作品を作ることもできなくなって久しいが、それでもかつては先代の国王をはじめとする諸国の王に献上品を作ったこともある、間違いなく一流と呼べるだけの木工職人ではあった。

それだけに、チャールズをはじめとした若造達の技量のなさが気に食わず、やるべきことをやらずに改革だと叫んでいることに腹が立ってしょうがないのだ。

もっとも、こういう人物のお約束ではあるが、実際には彼が思っているほど、チャールズ達の技量は低くはない。中には、とうにマルカスの最高傑作を超えるだけのものをいくつも作っている職人もいる。

世代交代が絡むとよくある話だが、なまじ最高の職人として称《たた》えられた時期が長かったマルカスは、過去の栄光による思い入れが強すぎて、他人を公平に評価できなくなっているのである。

「血のにじむような修業もせず、安易によそ者の手を借りて小手先の技だけ真似た上っ面だけの小細工に走るようなゴミも、そこに付け込んで我らを食い物にしようとしているよそ者も、一人残らず叩き潰してくれる！」

血走った眼《め》でテーブルの上にグラスを叩きつけるように置き、そう叫ぶマルカス。

そこには理性的に物事を見ようとする意識は一切感じられない。

「見ていてくれ、サリア！　儂《わし》はこの北地区を守ってみせる！」

自身の最高傑作、若き日の亡き妻をモチーフにした女性の木像に向かって、決意を新たにするマルカス。

北地区の改革は、実に前途多難な船出を迎えているのであった。

邪神編　第二七話

「お届け物で～す」

筆記試験の翌日。アズマ工房ウルス本部の食堂。朝食の準備をしていると、唐突にオクトガル達が転移してきた。

「また、朝はよから何持ってきたん？」

「達也《たつや》ちゃんがあっちこっちに頼んでたもの～」

「ああ、どこぞの爺《じい》様らの最高傑作、っちゅうやつか」

「ＹｅｓＹｅｓＹｅｓＹｅｓ～」

「もう用意してくれたのか。頼んだ貴族達もだが、お前さん達も仕事が早いな」

「私達～」

「配達は～」

「迅速確実がモットーなの～」

達也の感心したような言葉にそう答えつつ、食堂の誰の邪魔にもならないであろう空きテーブルの上に、いろんなものをどこからともなく取り出しては並べていくオクトガル達。

そこには、実に様々な分野の様々な製品が並んでいた。

「……また、ようさん借りてきたんやな」

「貸主からの伝言～。レンタル料の代わりに修理～」

「なるほど、了解や。コピーするにしてもいっぺんは隅々まで観察せんとあかんから、そのついでに修理しとくわ」

「お願いするの～」

「任しとき。で、お駄賃は？」

「だし巻き卵ラブ～」

「や、そうやで、春菜《はるな》さん」

「は～い」

宏《ひろし》に言われ、笑顔で小皿にだし巻き卵を一切れずつ取り分ける春菜。それを不思議な回転をしながら、まだかまだかと待ちわびるオクトガル達。

「はい、どうぞ」

「ありがとう～」

春菜から差し出された出し巻き卵をどこからともなく取り出したフォークで突き刺し、迷うことなく口に入れる。

じっくり味わうように口の中で咀嚼《そしゃく》しつつ、先ほどまでとはまた違う幸せそうな回転をすること十秒。

「まいう～！」

満面の笑顔でそれだけを告げ、オクトガル達は挨拶もせずに転移していった。

「さて、私達もご飯にしようか」

「それはいいのですが、オクトガルが持ってきたものはいったい何なのです？　芸風その他にいろいろと見覚えがあるのですが……」

目の前で大量に積み上げられた様々なジャンルの製品に、胡散臭《うさんくさ》そうな目線を向けながらノーラが突っ込む。

その横では、ライムが好奇心に目を輝かせながら、複雑怪奇なつなぎ方をしているタンスを食い入るように見つめている。

「北地区の産業のテコ入れすんのに、現状で最高傑作と言われてんのがどんな感じなんかっちゅうサンプル集めたもんやな」

「最高傑作？　本当に？」

「もっと正確に言うと、〝今の北地区の人らの先代に当たる人らの最高傑作〟と言われとる製品を集めたもんや。さすがに何十年か実用品として使われとるから、あっちこっちに傷んでるところがあるんはしゃあないわな」

最高傑作と聞いて疑わしそうにしていたファムに、宏がそんな補足説明をする。

すると、何やらピンときたのか、ファムが納得したように手をポンと叩《たた》くと、質問を口にする。

「もしかしてだけど、その先代達が文句言ってきたから、それ以上のものを作れることを見せつけて、プライドをへし折る必要が出てきた、とか？」

「よう分かったな？　ファム察しええやん」

「スラムではよくあった話だし、ここで働いてるとそういう下克上もそれなりに耳に入ってくるからね」

やたらアグレッシブな発想にあっさりたどり着いたファムが、なぜそう思ったのか、その理由を簡単に述べる。

「まあ、それ以前の問題として、使い込まれて傷んでいることを差し引いても、北地区の製品にはもっといいものがありますから、これが最高傑作って、私でも何かあるなって思いますよ」

「よう考えたら、ウルスで流通しとるもんに関しては、自分らの方が詳しいわな」

「そりゃ、理由があるとはいえあっちこっちふらふらしてる親方達と違って、ノーラ達はここでずっと暮らしているのです。中央市場にも出入りしているのに、親方達の方が詳しいようでは終わりなのです」

「そりゃそうね」

テレスやノーラの言い分に、それぞれに納得してみせる宏と真琴《まこと》。

だが、その言葉を聞いた達也と澪《みお》は、何か引っかかるものがあったらしい。

なんとなく腑《ふ》に落ちない、という風情で質問を口にする。

「今の話で気になったことがあるんだが、いいか？」

「ボクも」

「どうしたの、タツヤさん、ミオさん？」

「いやな。中央市場に出入りするぐらいで、北地区の製品にもっといいものがある、なんて知る機会があるのか、ってのが気になってな」

「ボクが気になったのは、アズマ工房としては中央市場と直接取引はしてなかったはずだけど、そんなに出入りする機会があるのかどうか」

「ああ、その話」

達也と澪の疑問に、上司が自分達の日頃の暮らしについてほとんど知らないという事実に、今更のように思い当たるファム。

いい機会なので、普段どんなことをしているかを知ってもらうことにする。

「えっとね。アタシ達、最近は暇ができるとあっちこっちの市場とか覗《のぞ》きに行ってるんだ」

「へんなものとかすごいものとかいろいろ売ってて面白いの！」

「さすがに食べ物関係以外で買おうと思ったものがあったことは一度もありませんが、いろいろ参考にはなってますね」

「親方達があまり指導する時間を作れない関係上、どうしても独学になりがちで限界があるのです。なので、よそのやり方も見て分かるものぐらいは取り入れようと勉強しているのです」

「ついでに、相場の勉強にもなるよね。アタシ達が作ってるものはいろいろ基準が違いすぎるから、いまだに自分で値付けとかできないけど」

余暇時間の過ごし方を、そんなふうに楽しげに語るファム達。だが、その物の見方はすっかり職人か商売人のそれである。

「そういうのも別に悪くはないんだけど……遊びに行ったりはしなくていいの？」

「だから、遊びに行っているのです」

「そういう仕事っぽい内容じゃなくて、劇を見に行ったりとか海水浴とかピクニックみたいなことをしたりとか、そういうことはしないの？」

「ピクニックはこの季節にはつらいですよ、さすがに。それに、ピクニックに行くのと採取に行くのとの間に、違いらしい違いがありませんし」

「劇とかは言い回しが大仰な割に内容が薄いから、お金払ってまではねえ。歌とか音楽はハルナさんの歌に慣れちゃって、そういうところで聞けるようなのもあんまり感動はないし」

「前にメリザおじちゃんにげきじょうにつれていってもらったけど、よく分からなくてあまり面白くなかったの」

朝食を並べながらの春菜の問いかけに対し、ノーラを筆頭に夢のない現実的な答えが次々と返ってくる。

それを聞いて、思わず頭を抱えそうになり、そもそもウルスの産業構造的にそれも仕方がないか、と納得する春菜。

以前にも少し触れたかもしれないが、根本的な話として、ウルスではいわゆる娯楽産業があまり発達していない。

たとえば演劇やコンサートを例にとると、一般的に劇場というのは高尚なもの扱いで、チケット代も庶民にはなかなか手が出ない値段になっていることが多い。

結果として、庶民には内容が理解できないものや、内容は分かっても納得しがたく面白味が感じられないものが幅を利かせているのが現状である。

また、出版関連に関しても、ガリ版印刷や活版印刷は存在しているが、まだ娯楽小説がバンバン印刷されるというところまでは至っておらず、現状では挿絵などが不要な学術書や教科書類と申請書などの行政書類が印刷物の八割以上を占めている。

そんな現状ゆえに、子供はともかく大人の場合、庶民の娯楽といえばもっぱら酒と買い物と噂《うわさ》話《ばなし》であり、時折広場などに姿を見せる大道芸人や吟遊詩人が、たまのお楽しみといったところになる。

そして、酒が娯楽として成立しないファムやライムの場合、消去法で買い物が一番の娯楽になるのだが、大抵のものはもっといいものが工房にあるため、どうしても購買意欲は低くなってしまう。そのあたりのなんとも言いがたい事情が積み重なり、市場の観察という、それは娯楽なのか、というものが今一番の娯楽になってしまったのだ。

もちろん、ファムとライムはルミナ達と遊ぶこともあるし、テレスとノーラも近所づきあいや噂話的なやり取りに時間を割くことも少なくはない。他にも、ちょっとした遊びに誘われて参加することはそれなりにある。

が、ルミナ達と遊ぶのはともかく、それ以外は市場を冷やかして回る以上の楽しみにはなっていないのだ。

「まあ、それが楽しいってんだったら、それはそれでいいんじゃない？」

「せやな。今後のこと考えたら好都合やし」

宏の口から今後のことだの好都合だの聞き捨てならない発言が飛び出したことに対し、嫌な予感がする、という表情を一切隠そうともせず、ノーラが口を開く。

「あの、親方……。今後のこと、とはどういうことなのです？」

「すぐにっちゅう話やないんやけどな、自分らには今後、北地区と共同研究をやってもらう予定やねんわ」

「ああ、そういうことなのですか」

宏の言葉に、なぜかほっとしたような表情を浮かべるノーラ。

他のメンバーはというと、ファムとテレスはどことなくわくわくしているような様子を見せ、ライムはよく分かっていない様子で首をかしげている。

そんな微妙な反応に、なぜか達也が慌てる。

「なんか、えらくあっさり納得したようだが、結構大仕事なんだぞ？」

「そんなことぐらい、分かっているのです」

「恐らく十年二十年って単位で続ける類《たぐい》の仕事になるんだが、本当にいいのか？　ここを独立したり、辞めたりっていう選択が取りづらくなるんだぞ？」

「辞めたり独立したりするつもりはないのです。少なくとも三級ポーションぐらいは作れてアミュオン鋼クラスの素材で道具や家具なんかが作れないと、アズマ工房で修業したなんて恥ずかしくて名乗れないのです」

「別に、そこまでアズマ工房の看板に価値持たせんでもええと思うんやけどなあ」

やたら気合いの入ったノーラの言葉と、それに完全に同意しているファム達の態度に、創業者であるはずの宏が完全に引いてしまう。

正直なところ、宏はアズマ工房という看板に対するノーラ達の思い入れについて、完全に見誤っていた。

「看板の価値なんて、世間とそこで働いてる人がつけるものだからね」

「そういうもんか？」

「そういうものだよ」

ドン引きしている宏に対して、春菜がフォローしているのかトドメを刺しているのか分からない言葉をかける。

好き放題やってあっちこっちに多大な影響を与えまくっている割に、どうにも認識が甘い宏に対して危機感を覚えたようだ。

「とりあえず宏君。看板の価値を上げるのにあくせくする必要はないけど、ファムちゃん達はうちに所属してるってことに誇りを持ってるんだから、そこはちゃんと酌んであげないとだめだよ」

今まで数多《あまた》見てきた実例などと照らし合わせて、軽めに釘《くぎ》は刺しておく春菜。

なんだかんだと言ってもしっかりお嬢様をやってきた春菜は、身内の関係者に実業家が多かったこともあり、看板の価値や世間の評価が創業者の身の丈や認識を大きく超えてしまった実例をいくつも知っている。

そのパターンにはまってしまった場合、取引先や従業員、地域と良好な関係を築いているならともかく、そうでなければ高確率で派手にこけてしまうものなのだ。

アズマ工房に限って言えば、扱っているものが扱っているものであり、しかも宏がすでに神化しているのでそう簡単に倒産などはしないだろうが、それでもトップの意識がこれなのは、春菜的にはかなり見過ごせないところである。

「……春菜さんの言わんとしてることも分からんではないんやけど、なんかこう、看板に愛着持つんはともかく、プライド持つんは何かちゃう気がすんねんなあ……」

「と、いうと？」

「うちらは職人やねんから、最終的に当てにできるんは自分の腕だけやん。せやから自分の腕に自信と誇りを持つんはともかく、ここに所属してんねんで、っちゅうことにプライド持つんは納得いかんっちゅうか……」

「ん～……、まあ、それも間違った考え方ではないかな……」

意外とまじめなことを言い出した宏に、思わず難しい顔で唸《うな》ってしまう春菜。

「まあ、朝飯の前にする話でもないし、そもそもどう言いつくろったところで、アズマ工房はようやく創業一周年を迎えたばかりの新興勢力や。ブランド価値っちゅう観点で見るにしても、看板云々《うんぬん》を言い出すんは早すぎんで」

「そうだね」

朝食の準備が終わったというのに、それを放置してまでするような話ではないということで、とりあえず話を切り上げることにする宏と春菜。

「とりあえず、朝飯食ったらあれ全部チェックするから、今後のためにファムらも一緒に作業な」

「「「はーい」」」

「春菜さんは、悪いんやけどファムらの穴埋めで八級のポーション類作っといてくれへん？」

「了解」

朝食の前に、各人の今日の作業を割り振っていく宏。宏の指示に素直に頷《うなず》くファム達。

それを受けて、達也が自身の予定を口にする。

「だったら俺は、明日の面接の打ち合わせに行ってくるわ」

達也の予定を聞いた真琴が、ついでだからと自分と澪の本日の予定について申告する。

「そのあたりの事情は分かったわ。あたしと澪はこれと言ってできることもないし、昨日の続きをするわね」

「ん」

「了解や。ほな、今日も一日がんばろか。いただきます」

「「「「「「いただきます」」」」」」

宏の号令に合わせて、全員がいただきますを唱和する。

こうして、アズマ工房の一日はスタートを切ったのであった。

☆

「いつになったら、軍用食の購入を再開してくださるんですかね？」

同じ日の午前九時過ぎ。西地区の役所。

窓口が開くと同時に押しかけては厭味《いやみ》ったらしくそう言ってきた男性に、担当職員のクライブ・レミントンは内心で深くため息をついていた。

男性の名はスルト・オルタンス。西地区の食料品大手、オルタンス商会の会頭である。

「こちらとしても早急に購入を再開したいのですが、中央の備品担当者が頑《かたく》なに首を縦に振りませんでね……」

「昨日も、いや、この一件が起こってからずっと同じ返事だ。西地区の役所は、本当に解決する気があるのですかな？」

「そりゃもちろん、解決できるなら解決したいですとも」

「ならば、結果を見せてほしいものですな」

スルトの厭味全開な言葉に、クライブが表情を取り繕えずに顔をゆがめる。

ここ数日の恒例行事となったやり取りではあるが、そう言われて愉快なわけもない。

いくら常日頃からいろんなものを差し入れしてもらったり、自分達の手に余る調達がらみの差配を丸投げしたりとかなりの恩恵を受けているとはいえ、物事には限度というものがある。

役所全体がオルタンス商会に対して恩も弱みもあるため、どれほど不愉快になっても必死にこらえていたが、そろそろ我慢も限界に達していた。

「そうですね。いい機会ですから、はっきり申し上げましょう」

「なんですかな？」

「こんな末端の役所の言葉など、中央のエリート気取りが聞く耳を持つわけがないでしょう。あの連中は、自分の裁量で決めたことを変更させせられるのが大っ嫌いですからね」

「それをなんとかするのが、そちらの仕事ではないのですかな？」

「中央の連中は、よほどの大事でもない限りは、末端からの陳情などまず取り合いません。役所に怒鳴り込んでいる暇があるなら、男爵以上の貴族の方の耳に入るように動いたほうがよほど早くて確実ですよ」

「そんなコネがあるわけがなかろうが！」

「分かっていますよ、そんなことぐらい。私達かそちらのどちらかにその手のコネがあれば、最初からこんな事態にはなっていません」

赤裸々でかつ身も蓋《ふた》もないクライブの言葉に、スルトが返事に詰まって黙り込む。

オルタンス商会は西地区の食料品大手ではあるが、基本的に一般市民や軍、冒険者などに向けた商売をしており、貴族や金持ちの顧客はほぼいない。

そして役所に関しては、先々代の国王の時代にいろいろあったため、基本的に王宮の担当者以外、貴族との接点は持てないようにされている。

結果として、食料品関連で王宮が暴走した場合、西地区は対処のしようがないのだ。

因《ちな》みに、このあたりの構図は別に食料品関係に限った話ではなく、そもそも西地区には直接貴族と接点がある商会がない。

顧客の関係者の関係者、というレベルでは一応騎士爵や一代貴族には接点があるが、男爵以上のいわゆる貴族扱いされる階級の貴族とは無縁である。

「……本当に、どうにもならんのですか？」

「……残念ながら、奇跡を祈るしかできません」

「……せめて、立て直しを図れる程度の公的な融資などは受けられませんか？　うちはまだ余力があるから踏みとどまれなくもないが、小さいところはそろそろ限界だ」

「そちらに関しては、昨日いい答えが返ってきました。決裁に少し時間がかかるそうですので、数日お待ちください」

「そうですか。ならば、融資が下りてくるまでは、こちらでできる限り援助してなんとか限界までもたせましょう」

「お願いします」

どうにか希望が見えたことで、ようやく落ち着いて話を終えるスルトとクライブ。

西地区の食料関係全体としては特に軍用食に依存しているわけではないとはいえ、ボリュームや利益率的に、取引がいきなり打ち切られたのはかなりのダメージだった。

中にはほぼ軍用食の生産しかしていないような業者もあるだけに、今回の件は深刻、などという言葉では言い表せないものがある。

役所と組んで城への納品分の差配を行っていたオルタンス商会が、関係各所から集中砲火を受けるのも当然であろう。

定期的に食べ物や酒をふるまう程度とはいえ、役所に賄賂のようなものを渡して関係を維持していることも、その役得としてオルタンス商会の割り当て分を多く取っていることも、こういうときに買う反感が大きくなる理由である。

余談ながら、オルタンス商会に関して言えば、中間マージンを取ったり外注先に賄賂を要求したりといったことをしていない時点で、こういう形で利権を確保、維持している業者としてはかなりまともなほうである。

が、利権から締め出された者からすれば当然いい気分ではなく、何かあるたびに総攻撃を食らうことになるのだ。

なお、法的にはかなり黒に近いグレーではあるが、厳格に取り締まると仕事が回らないため、オルタンス商会ぐらいの軽い癒着はお目こぼしされている。

「さて、もう少し文句を聞いて回ってきますか」

「お疲れ様です」

「正直、こういうことがなくとも役得なしでやってられん役目だというのに、隣の芝生はよほど青く見えるのでしょうなあ……」

「でしょうねえ……」

そう言いながら立ち去っていくスルトを見送り、上をせっつくための書類を作る作業に入るクレイグ。

この件ですでに王太子自身が直接動いていることも、数日後に全ての問題が一度にまとめて解決することも、この時のクレイグは知る由もなかった。

☆

「むう、出ない……」

「出ないわね……」

昼過ぎ、神の城のダンジョン。

昼食のために狩りを中断した澪と真琴は、サンドイッチを片手に、目的のモンスターおよび必要素材のあまりの出なさ加減をぼやいていた。

二人が目的としているモンスターはミノタウロスにオルトロス、必要としている素材はタンや毒ブレス袋などの器官と肝臓など一部の臓器にできる石である。

ケルベロスではなくオルトロスなのは、ケルベロスのものは瘴気《しょうき》が回りすぎて変質しており、どう処理したところで使い物にならないからだ。

「ローリエ、ちゃんと出現率あげてくれてるのかしら……」

「ローリエがそんなミスをするとは思えないから、多分ボク達の物欲センサーがばっちり仕事しちゃってると思う……」

「だとしたら、どうしようもないわね……」

「ん……」

ローリエに確率を制御してもらっているというのに、肝心のモンスターやアイテムが妙に出ない理由を、そう結論づける真琴と澪。

その単語の響きから想像できるかと思うが、物欲センサーとは、戦闘を繰り返してアイテムを集めるゲームなどで、延々と戦い続けているのに欲しいものだけが手に入らない状況が続くことをネタにした言葉である。

欲しいと思っているもの以外は、それこそ出現率一万分の一などのレアアイテムですら複数個出ているのに、肝心の狙っているものだけは出現率に関係なく異常に出が悪い状況のことを自嘲をこめてそう言う。

現在の真琴と澪もそういう状況で、モンスター的には出現率を上げてもらわなくても結構遭遇するはずのオルトロスやミノタウロスと、確率を制御してもらわなければ滅多に遇《あ》わないはずのダークドラゴンやレアメタルワームとの遭遇回数がほぼ同じという、なんとも言えない状況になっているのである。

また、首尾よく目当てのモンスターを倒せても、肝臓にできる石が欲しいのにもっと手に入りづらい腎臓にできる石の方ばかり大量に集まるとか、毒のブレス袋が出ずに火炎や氷結のブレス袋が出たりと、ことごとく狙っているものをすり抜けているのだ。

ゲームではないのだが、物欲センサーに邪魔をされている典型的な状況だといえよう。

もっとも、実際には平均的なドロップ量から見て一割少ないかどうかという程度なので、二人が思っているほどドロップ量が少ないわけではないのだが、倒すのに若干手間がかかるレアモンスターとの遭遇率の高さから、どうにもそういう錯覚があるようだ。

なお、今回のように効率が悪い場合、実際のドロップ率よりも目当てのもののドロップ率が低く感じるというのは、素材狩りあるあるの一つである。

「ねえ、澪。今まで集めたもので、別のものを作るとかできないの？」

「……どれも微妙に何かが足りない」

「……そう……」

「しかも、足りないものがどれもこれも普通なら簡単に手に入るというか、ゲーム時代だったらレベル上げの過程で山ほど狩ってて余らせてるはずのものばかり……」

「あ～……、よくある話ね……」

またしてもよくある状況としか言えない話が飛び出して、思わずげんなりする真琴。

こちらは日常生活でもよく経験することであろう。

特にあり合わせで料理を作る、となった場合に起こりがちな話で、そういうときに限って買いに行っても売り切れていたり、その日はたまたま入荷がなかったり、調達してもなお微妙に足りなかったりするのは、もはやお約束と言える。

「因みに、何が足りないの？」

「ベイルリザードとかあのクラスのモンスターの素材」

「あ～、確かにそのクラスは近場で狩れるやつ以外は、全然狩りに行ってないわねえ……」

「ん」

『普通なら余っているはずの足りないもの』の詳細を聞き、いろいろな意味で納得する真琴。早期に余るほどの量のワイバーン素材を入手した結果、わざわざ中途半端なランクのものを取りに行く必要がなくなってしまったこともあり、宏達が保有する素材は非常に種類とランクが偏ったものとなっている。

特に澪が口にしたベイルリザードに代表される、七級から五級にかけての冒険者が討伐依頼で仕留めてくるようなモンスターに関しては、ほとんど手を出していない。

まったく狩っていないわけではないが、大部分が宏達の行動範囲から外れた場所に生息していることもあってか、狩ったのも拠点を置いている場所の近場に出現するハンターツリーやトロール鳥などに限られている。

一応、エレーナの治療のためにソルマイセンを採りに行った際、そのランクのモンスターは山ほど仕留めているのだが、大部分が瘴気にやられて変異していたうえ、数が多すぎてちゃんと処理できなかったので、素材としてはほぼ回収していない。

ゲームの『フェアクロ』でならば間違いなく余らせているランクの素材に足を引っ張られるあたり、実は思っているほど回り道をしてこなかったのではないかという疑惑が、今更のように浮かび上がってくる。

「あと、五級付近の薬草も結構足りない」

「薬草はファム達が使ってるものに在庫があるんじゃないの？」

「まだファム達はそこまで届いてないし、仮にあったとしても、意図して取っておかないと普通捨てちゃう部分だから、多分必要量は残ってない」

「なるほどね」

澪の説明に、よく分からないものの納得しておく真琴。

正直な話、料理や製薬についてはほぼ何も知らないので、専門家の言葉に異を唱える気はない。

「で、澪。どうする？」

「続ける以外、選択肢ない」

「狩りを続けるのはいいんだけどね、そのちょっとだけ足りないあれこれにターゲットを切り替えるのか、って話よ？」

「この調子だと、どうせ今の二の舞になる」

「……まあ、それもそうかもしれないわね……」

澪の身も蓋もない意見に、どことなくハイライトが消えた感じの目で同意する真琴。

昨日と今日の運勢を見るに、どんな選択をしても物欲センサーに阻まれる未来しか見えない。

「このまま続けるとして、あとどれだけ必要なのよ？」

「あればあるだけ使うけど、目標としてはあとミノタウロスの肝臓の石が三十、オルトロスの毒ブレス袋が五十」

「……また、微妙に多いわね」

「ん」

澪の指定した数に、思わずげんなりする真琴。

常日頃なら大した数ではない。というより、それぐらいの数は狩るうちに入らないのがネトゲ廃人というものだが、物欲センサーに振り回されていると感じる状況では、あと数個というところで時間切れになる気がして仕方がないのだ。

因みに、澪としては現状のスキルが数値で把握できない関係上、本来はどちらの素材も何万個単位で欲しい。

が、さすがに今ほど物欲センサーが仕事をしなかったとしても、その数を集める時間などないことは分かり切っているので、現実的に回収できそうな数で妥協したのである。

最大の問題は、妥協した数ですら、回収できるかどうか怪しいという点なのだが。

「こんなことだったら、リハビリの時に仕留めたモンスターから、素材をもっとちゃんと回収しておけばよかったわね……」

「真琴姉《まことねえ》、それ今更……」

真琴の後悔の言葉を、澪が切り捨てる。

そもそもの話、素材を取れるようなきれいな状態で仕留められた数の方が圧倒的に少なく、また素材として使えるものも大部分は胃袋に収まっているのだから、仮にちゃんと回収していても今回の目標数にはさほど影響がない。

「それじゃ、諦めて狩りますか……」

「ん、頑張ろう……」

真琴の宣言に、澪が力なく気合いを入れなおす。

結局この後の狩りの成果は、毒ブレス袋が目標より三つ多く、その分肝臓の石が一つ少ないという、なんとも評価しづらい結果となったのであった。

☆

「こちら、エルトリンデ様のお宅でしょうか？」

同じ日の昼過ぎ。エルトリンデとマリオンの部屋。

もしかしてということで仕事を午前中だけで切り上げ、部屋に戻っていたエルトリンデのもとに、筆記試験の案内の時のように王宮からの使者が訪れた。

「はい。私がエルトリンデですが？」

「あっ、ご在宅だったんですね。こちら、エルトリンデ様への手紙です。お確かめください」

「……はい、確かに。サインか何か、必要ですか？」

「あっ、お願いします」

使者に言われ、受け取りのサインをするエルトリンデ。

使者が会釈して立ち去るのを見送ったあと、はやる気持ちを抑えて丁寧に封筒を開ける。

そこには筆記試験の合格と、明日の昼からインスタントラーメン工場にて面接を行うということ、その際の服装などこまごまとした注意事項が書かれていた。

「やった！　合格だ！」

その内容を見て、思わず飛び上がらんばかりに大喜びするエルトリンデ。

そこに、虫の知らせでもあったのか、タイミングよくマリオンが帰ってくる。

「ただいま」

「あっ、おかえりマリオン。早かったわね」

「なんとなく、もしかしたら早い時間に連絡が来るんじゃないか、って思ったんだ。その分だと、正解だったみたいね」

エルトリンデの様子から、どうやら予想どおり合格通知が来たらしいとあたりをつけるマリオン。

不合格かもしれないなどという考えは、浮かれに浮かれているエルトリンデの様子から、即座に否定している。

「合格おめでとう、リンデ」

「ありがとう。でも、まだ試験は全部終わったわけじゃないの」

そう言って、合格通知を見せるエルトリンデ。

その内容を見たマリオンが小さく苦笑する。

「なるほどね。しっかし、こう言っちゃなんだけど、単なる従業員の募集にしかすぎないはずなのに、またものすごく手間暇かけてるわね」

「うん。それだけ、この事業が重要ってことなんだろうね」

マリオンの言葉に、エルトリンデが真剣な顔でそう告げる。

国が重視している事業だからこそ、手間暇をかけて従業員を選別している。

そのエルトリンデの考え自体は間違っているわけではないが、実は試験内容は宏達が日本の一定以上の規模を持つ企業で一般に行われているものを持ち込み、それをそのまま実践しているだけだということまでは当然分からない。

恐らくそのことを知れば、民間の組織がそこまでやるのかと、二人して呆《あき》れるだろうことは想像に難くない。

それぐらい、今回の採用試験は手間暇が常識外れにかかっているのだ。

「それでね、マリオン。ちょっと不安があるんだけど……」

「不安？　どんな？」

「私、旅装束か汚れてもいいような仕事着以外、服がないんだけど、やっぱり正装とまでは言わなくても、それなりにちゃんとした服装で行かなきゃ駄目……よね？」

「……普通ならそこまでは必要ないんじゃない？　って言うところだけど、さすがにこの厳重さだとありえないとは言い切れないかもね……」

エルトリンデの不安に、マリオンも大丈夫と言い切れずに困った表情を浮かべる。

普通の庶民は、エルトリンデのように仕事着しか持っていないものだ。

一応所帯を持っているような年齢の人間は礼服ぐらい作っていることもあるが、それとて全員が持てるものでもない。

なので、そのあたりの事情を考えるなら、清潔な服装でと書かれてはいても一番きれいな仕事着で十分だと考えるのが普通だろう。

が、これまでの試験にかかっている手間を考えると、それで大丈夫とは自信を持って言えないところである。

「……よし！　今後何かに使うかもしれないし、それっぽい服を買いに行こう！」

「それはいいんだけど、リンデ。服ってそんなに簡単に手に入るものなの？　そういうちゃんとした服って、一から仕立ててもらわなきゃいけないんじゃない？　間に合うの？」

「既製服で私の体型に近いものを買って、最悪自分で調整しようと思う」

「……まあ、リンデならできるんでしょうけど、そんなに都合のいい服って売ってるかしら？」

「それは探してみないと分からないね……」

服を買いに行くと言い出したエルトリンデに対し、不安要素を次々と挙げていくマリオン。

日本をはじめとした先進国なら、礼服の既製品というのは普通に売っているが、こちらの世界では新品の既製服というのは、まったくないわけではないがそれほど豊富に取り揃《そろ》えられているわけではない。

しかも、エルトリンデはエルフとしては小柄で、必然的にファーレーンの女性の平均的な体型からも外れている。

女性らしい凹凸にしてもエルフの平均から見ればかなりグラマラスなほうだが、それでもアルチェムほど極端な体型をしているわけではなく、ヒューマン種から見れば相当スレンダーな部類になる。

そうそう都合よく、体に合う服などあるとは思えない。

「まあ、そっちは探してみなきゃしょうがないとして、さ。今って何か仕事してたんでしょ？　それはいいの？」

「そんなの、夜にやればいいよ」

今やっている仕事を、あっさり後回しにするエルトリンデ。

それを聞いて、本当かという表情を浮かべてしまうマリオン。

どうにも、インスタントラーメンが絡むと、時々エルトリンデは非常にダメなお姉さんになってしまうのが不安でしょうがない。

「リンデがそれでいいっていうんだったら一応は信用するけど、本当に大丈夫？」

「大丈夫大丈夫。これ、例の軍用食でシチュー作る調理器具のレポートだから、そこまで急ぎじゃないし」

「ああ、あれね。なら、確かに大丈夫か」

エルトリンデの説明を聞いて、ようやく納得するマリオン。

冒険者協会のアンからどうしてもと名指しで頼まれた調理器具の使用レポート。

実際、レポート自体はそれほど急ぎというわけではなく、提出自体も最悪マリオンが代理で行っても問題ない。

もともと、エルトリンデがインスタントラーメン工場の採用試験に応募していることを知ったうえで、可能な範囲でいいからという条件で受けた依頼だ。

これぐらいの融通は利かせても、文句は言われないだろう。

「まあ、そういうことなら、早いとこ服探しに行こうか」

「ええ。そもそも、あるかどうか自体が賭けに近いから、本気になって探さないと」

いろいろ納得したところで、エルトリンデの服探しを手伝うべく急いで支度するマリオン。

帰ってきたばかりではあるが、相方の一大事なので、そこは気にしないようだ。

基本的に体力が充実している近接戦闘型の冒険者だからこそ、と言えるかもしれない。

「さて、一応礼服に近いものを探すわけだし、まずは中央市場からか？」

「その前に、とりあえず協会に預けてあるお金、おろしてきたほうがいいかな？」

「服ぐらい、あたしが立て替えるよ。いくら礼服っていっても、さすがに装備一式よりは安いだろうしね」

「いいの？」

「もちろん」

手持ちを気にして寄り道をしようとするエルトリンデに対し、マリオンが立て替えを申し出る。

マリオンが言ったように、彼女達が出入りできるレベルの店では、いくら高くても装備品の値段を超えるようなことはまずない。

理由はいろいろあるが、まず第一にそれらの店は生地の種類と質を抑えているからである。

といっても、質の差は生地の種類ほど値段に影響しない。アズマ工房レベルのとんでもない品物でもなければ、木綿や麻の生地は絹に比べて半額以下なのが普通となる。

それだけに、絹製品を扱う店となると、場合によっては出入りするだけでも紹介状が必要になったりということも珍しくなく、冒険者の大部分にとっては無縁な存在だ。

なので、その大部分に含まれる彼女達の場合、ちゃんとした貴族の前に出られるような服でも、そんなに値段は高くならないのだ。

他にもレース編みや精緻な刺繍《ししゅう》など手間がかかる繊細な作業が入っていたり、生地や糸が珍しい色で染められていたりすれば値段は上がるが、それもエルトリンデやマリオンが出入りできるような店ではほとんど扱っていないものである。

結果として、一番いいものを選んだとしても、マリオンクラスの冒険者が使う装備品の足元にも及ばない値段にしかならないのだ。

マリオンに限らず五級や六級の冒険者は、常日頃からいざというときのために武器一つぐらいは調達できる程度の現金は持ち歩いているので、こういう突発的な買い物でお金を立て替えるぐらいは問題ない。

なお、エルトリンデが言った協会でお金をおろす、という点についてこれまで触れる機会がなかったので一応ここで触れておく。

なんだかんだと言って、個人で多額の現金や換金用の高価な宝石などを持っていると物騒なので、冒険者協会は現金や貴重品を冒険者達から預かるサービスも行っている。

ただし、冒険者協会は銀行のような金融機関ではないので、あくまで現金は預かるだけ。貸し出しなどの資産運用はしていないので、利息がついたりといったことはない。

むしろ、口座を作るときと初めてお金を預けるときだけとはいえ、定額の手数料を取られる。これは、貴重品の預かりも同じだ。

そのうち、お金を預けたときに取られる手数料は保証料名目の供託金なので、引退などの理由で全額引き出したときには返金される。

裏を返せば仕事の途中などで命を落としたときには保証料は返金されないが、これに関しては遺族や受け取る資格のある仲間などに預かり金を返金する、その処理のための費用として使われるのだ。

「で、どこから見て回る？」

「そうね。やっぱり、まずはトゥーランド服飾店からかな？」

「まあ、まずそこからだよね、普通」

マリオンの問いかけに少し考えてから、ウルスで最も扱っている既製服の品数が多い店の名を告げるエルトリンデ。

トゥーランド服飾店は、普段着から正装として辛うじて認めてもらえるレベルの服まで、様々なシーンに合わせた衣装を扱っている店である。

この世界の服屋の基本どおり、この店も主力となるのはオーダーメイドなのだが、他の店より分業の考え方が進んでいるためか、オーダーを受けて作る際に同じ体型の人向けの別の服や、似たようなデザインのサイズ違いなどを作っては店頭に並べることがある。

結果として、既製服の在庫の種類と量がウルスでも一番となっているのだ。

「でも、あそこになかったらどこ探せばいいんだろう？」

「もう、その時は総当たりでしょ」

マリオンの不安に対し、エルトリンデが覚悟を決めた表情できっぱりと言い切る。

元々体型的に既製服がある確率が低いのだ。冒険者だし、そこは足で稼ぐしかない。

「それにしても、前も言ったけど、もう少し余裕が欲しいよね」

「本当にね」

部屋を出て急ぎ足で中央市場に向かいながら、展開の急さ加減をぼやくマリオンとエルトリンデ。

王家のやることに文句を言っても無駄ではあるが、さすがにこれだけ慌ただしい展開が続くと、いろいろ物申したくなるのも仕方がないだろう。

せめて合否判定の基準がもう少し明確ならいいのだが、現状では完膚なきまでにブラックボックスになっている。

それだけに、人を雇うのにこんなに手間をかける必要があるのかとか、こんなに手間をかけるのであれば、もっと期間を長くとることはできないのかとか、そのあたりの不満や突っ込みがあふれかえってしまうのだ。

マリオンとエルトリンデの不満ももっともなもので、日本でほぼ同じ形の採用試験を行っている企業の場合、履歴書による審査から筆記試験と面接まで短くとも二週間は間が空き、各々の試験の間でも最低一週間以上はインターバルを置くのが普通である。

間違っても、一週間やそこらで全ての試験を終えるような真似はしない。

というより、こんな試験のやり方をすれば、ブラック企業として炎上待ったなしである。

「あっ、とっ、ごめん」

「す、すみません」

そんな不満を愚痴りあっているうちに周囲に対する気配りがおろそかになってしまい、すれ違おうとしていた誰かにぶつかってしまうマリオン。

そのことにとっさに二人して謝ると、ぶつかられた男は一瞬面倒くさげに睨《にら》みつけたあと、黙ってその場を立ち去ってしまう。

その態度に何か言う余裕もなく、男の姿に唖然《あぜん》としてしまうマリオンとエルトリンデ。

彼女達の反応も仕方がない。

何しろこの男、今時どんな貧乏人でもこのレベルでボロい服を着ていることはない、と言い切れるほどボロボロの服装をしていた。

ボロボロなのは服だけではなく、靴は靴底が中途半端にはがれてパカパカ開く状態で、髪もぼさぼさ、無精ひげは生え放題、ぎりぎり臭《にお》ってはいないが、もうずいぶん風呂に入っていないのが見て分かるほど体も薄汚れている。

仮に宏達が彼の姿を見たとすれば、『昭和の爆発コント』と称するであろう姿なのだが、現実に街中を普通に歩いていると、かなり異様で凄惨《せいさん》な印象が強い。

よく見れば顔立ちがかなりのハンサムであり、体格的にも背が高くてスマートなところが、よりみすぼらしさと異様さ、凄惨さを強調している。

「……今の、何さ？」

「……さあ？」

あまりに異様な光景に、さっきまで愚痴っていた内容もすっかり忘れ去り、思わず呆然《ぼうぜん》とその後ろ姿を見送ってしまうマリオンとエルトリンデ。

しかもあの男、エルトリンデの記憶に引っかかるものがあったりする。

「……ねえ、マリオン」

「……どうしたの、リンデ？」

「……多分だけど、さっきの人に見覚えがある……」

「えっ!?　そうなの!?」

「うん。変わりすぎてて確信は持てないけど……」

少し考え込んでからそんなことを言い出したエルトリンデに対し、思わず驚きの声を上げてしまうマリオン。

普通に考えて、おおよそエルトリンデと接点がありそうな人種には見えないのだ。

「多分なんだけど、あの人昨日の試験の帰り際に、親切にしてくれた人じゃないかなって……」

「ああ、何か言ってたね。でも、すごく爽やかで紳士的な人だったんでしょ？　まだ若い人だって言ってたはずだし、どう考えてもさっきの人とは印象が一致しないんだけど……」

「……でも、顔立ちや体格は同じだったし、格好と無精髭《ぶしょうひげ》で老けて見えるけど、多分あの人まだ二十代だと思う」

「……そう？」

「そこまでじっくり見てないから断言はしづらいけど、多分見た目の印象ほど年は取ってないいんじゃないかな」

マリオンの突っ込みに、自信なさげにそう告げるエルトリンデ。

ヒューマン種の外見年齢は、髪型や清潔さ、服装、女性の場合は化粧などで結構変わってくるうえに、エルトリンデはエルフなのでヒューマン種の年齢など正確に見極められる自信はない。

「それにしても、いったい何があったのかな……？」

「たった一日であれって、異界化した空間に巻き込まれたとか、そういう種類の事故でもなきゃそうはならないんだけど……」

昨日を知っているエルトリンデの言葉に、マリオンも悩ましそうな表情で思うところを口にする。

彼の身に起こったことに関しては、マリオンの推測は当たらずとも遠からず、といったところなのだが、その出来事があまりに突飛なうえにすさまじい内容だけに、残念ながらそういう種類の妙な事件に遭遇した経験がない二人には想像もつかない。

「…まあ、気にしないでおきましょう」

「……了解」

しばし考え込んだ末、男に対してそう結論を出すエルトリンデとマリオン。

このあと、男はさらに数奇な運命に翻弄《ほんろう》されて最低限の面影もなくなってエルトリンデの前に再び姿を現すのだが、当然ながらエルトリンデにもマリオンにも、そんなことを予測することはできない。

「つい立ち止まっちゃったけど、早く服を探しに行かなきゃ」

「そうそう。あまりにインパクトが強かったから、思わず忘れるところだった」

エルトリンデに言われ、どうにか立ち直ったマリオンが一つ頷く。

急いでトゥーランド服飾店に向かい、二人がかりで既製服を片っ端から確認する。

「……ないね……」

「じゃあ、店員さんに聞いてみるよ。すいませ～ん」

「はい、ただいま！」

欲しいサイズの服が店頭にないことを確認し、念のために店員を呼んで聞いてみるマリオン。

店員の回答は、

「申しわけありません。こちらのお客様に合うサイズの服ですが、最後の在庫品が三日ほど前に売れてしまいまして……」

というものであった。

「あっちゃ～……」

「……残念。次に入るのは、いつになりますか？」

「そうですね。現在いくつか縫製中のものがありますが、早くて明後日以降になりそうです」

「そうですか……」

「本当に、申しわけありません」

あまりに意気消沈するエルトリンデに、心底申しわけなさそうに謝罪する店員。

普段あまり見かけないエルフだけに、その美貌でがっかりされると罪悪感が半端ないのだ。

「いいえ。あればいいな、と思ってはいましたが、体格的にあまり需要があるサイズじゃないのは分かっていましたので……」

「本当に、本当にご期待に沿えなくて申しわけありません……」

エルトリンデに慰めの言葉のようなものをかけられ、さらに謝る店員。

このままだと永久にこのスパイラルから抜け出せなくなりそうだと判断したエルトリンデとマリオンは、対応してくれた店員に軽く感謝の言葉をかけていそいそと店を出る。

「……やっぱりなかったか〜」

「しらみ潰《つぶ》しに探すしかないね……」

店を出てすぐ、決意を固めたような表情でそう言いながら頷きあう二人。

あったらいいな、という淡い期待が打ち砕かれたことで、完全に意識が切り替わったのだ。

「どうする？　二人とも違う店を手分けして探す？」

「それより、同じ店を二人で手分けしてしらみ潰しにしたほうが早く終わるんじゃないかな？」

一番近い店に向かいつつ、狩人の目になりながら眼光鋭く打ち合わせを済ますマリオンとエルトリンデ。その姿は、まるで人気ブランド店のバーゲンセールやスーパーのタイムセールに挑む主婦のようだ。

そんな歴戦のツワモノが持つような気配と眼光で、二人は中央市場の服店を次々と襲撃する。

しらみ潰しに一軒一軒確認して回り、時には店員も巻き込んで、その店のありったけの在庫を調べていく。

そうやって、あまりの見つからなさに途中で諦めそうになりながらも市場全体が店じまいをするぎりぎりまで探し回り――――、

「あった！」

「本当に!?」

ついに裏通りの目立たない場所にあった最後の店で、エルトリンデが自身にぴったりのサイズの服を一着だけ見つける。

その服は、エルトリンデが今着ている青い服とほとんど同じデザインであった。

「……なんかそれ、普段着てるのと全然変わんなくない？」

「今回は、そこまで贅沢《ぜいたく》を言えないかなって。それにこの服、デザインはほとんど同じでも、生地の質とか縫製とかが全然違うから、いつものちょっとくたびれてきてる服とは上品さが大違いだし」

「……ごめん、あたしには見ても分からない」

体に当てて見せながらそう説明するエルトリンデに、正直に思うところを告げるマリオン。

実際に着てみれば分かるのかもしれないが、マリオンの審美眼では、少なくとも体に当てただけではその違いを見抜くことなどできない。

せいぜい、木綿にしてはきれいな光沢があるかも、ぐらいである。

「それで、リンデ。試着してみなくていいの？」

「大丈夫。サイズは見て分かるから」

マリオンの不安に対し、笑顔でそう言い切るエルトリンデ。

便利屋の名は伊達《だて》ではなく、その服が着られるかどうかぐらい、見れば分かるのだ。

「まあ、最悪調整してもどうしようもなさそうだったら、サイズ自動調整のエンチャントかけてどうにかするし」

「ちょっと待って。それってすごく難しくて魔力いっぱいいるエンチャントじゃないの？」

「触媒を工夫すれば、どうにかできると思う。まあ、どう頑張っても私だけの魔力じゃ足りないから、虎の子の魔力結晶を一個、使う必要はありそうだけど」

その言葉に、いろんな意味で不安になるマリオン。

宏が標準装備と言わんばかりに付与しまくっているサイズ自動調整のエンチャントだが、実際にはそんなに軽々しく付与できるようなものではない。

付与する術者の技量にもよるが、必要な魔力量が非常に多く、また単純に難易度が高いこともあり、使える術者がそれほどいないのだ。

特に要求魔力の多さがシビアで、エルフゆえに魔力量が多いエルトリンデをして、一人で完成させるためには大きめの魔力結晶を外部バッテリーとして使い潰さなければ魔力が足りないほどだ。

では普通はどうやって付与しているのかというと、三人ぐらいの付与魔術師で儀式を行って、数日かけて完成させるのである。

そのため、需要が多い割に普及しておらず値段も非常に高く、下手をすれば王族でも軽々しく使えない類のエンチャントだったりする。

背に腹は代えられぬとはいえ、本来ならこんな木綿の服などに付与するようなものではない。

「ねえ、リンデ。リンデのものだからダメとは言わないけど、魔力結晶をそれに使っちゃって大丈夫なの？」

「一番魔力の貯蓄量が多いのを使えば、枯渇するところまではいかないはず。枯渇させなきゃ、そのうちまた魔力は溜《た》まってくるし」

「だったらいいんだけどさ……」

「それに、採用試験に合格すれば魔力結晶の出番は一気に減るし、そうでなくても普段の仕事だと、一個使いきったぐらいじゃ影響は出ないから大丈夫。判断ミスして枯渇させちゃったとしても、一つぐらいならもう一度作るし」

「ん～、まあ、それもそうかもね」

何を言っても引く気はないと判断し、エルトリンデの判断を受け入れるマリオン。

インスタントラーメンのことでいろいろ舞い上がっているのが不安要素ではあるが、このあたりの判断はそれほど間違っているとも思えない。

大体、街中の仕事主体で余った魔力を溜め続けた結果が、エルトリンデの虎の子となっている五個の魔力結晶だ。

よほどでない限り、一個減ったぐらいでどうにかなりはしないだろう。

「じゃあ、とりあえずこれ、支払いしてくるよ」

「ありがとう。お金は試験終わってから返すから、ちゃんと金額覚えておいてね」

「分かってるよ。とりあえず、探し回ってるうちに結構汗かいちゃったし、帰りにお風呂寄っていこうよ」

「うん、そうしよう」

そんなことを話しながら支払いを済ませるマリオン。

予想どおり、普段使っている装備品のメンテナンス費用と大差ないぐらいの、マリオンの収入からすればはした金といった金額だ。

そのあと、公衆浴場で普段より念入りに体を洗って髪や肌の手入れをし、口臭などに気を使ったメニューの夕食を済ませて、彼女達の慌ただしかった一日は終わりを告げる。

なお、自信満々だったエルトリンデの見立てどおり、本日購入した服は恐ろしいほど彼女にフィットしており、一切手を入れる必要もなく着こなすことができるのであった。

☆

同じ日の夕食時、アズマ工房ウルス本部。

今日一日の作業を終えた宏達は、夕食のしゃぶしゃぶをつつきながらその日の報告を行っていた。

「打ち合わせってのが、よもや面接官に対するレクチャーだとは思わなかったぞ……」

肉を鍋のダシにくぐらせながら、そんなふうにぼやく達也。

打ち合わせというのは名ばかりで、今日の達也の本当の仕事は、インスタントラーメン工場の会議室を面接会場として準備し、レイオット達に面接の手順や選考基準などをレクチャーすることであった。

　なお、その関係からか、エアリスは湯治を終えた足でそのまま工場に向かっているが、こちらには顔を出すことなくウルス城に戻ったため、この夕食の席にはいない。

　ファム達も何やら自分達だけで話し合いをしたいらしく、食べている場所と物は同じだが、席は大きく離れている。

「レクチャーって、まったく同じじゃなくても、お城でも文官とかの採用の時に面接ぐらいは普通にやってるよね？」

「こんな大規模な面接なんて初めてで、どんな会場にしてどんな流れでやればいいかが分からないって話でなあ」

「そうなの？」

「面接だの試験だので採用するのなんて基本的に下っ端だから、部署ごとでしかやってなくて規模が小さいんだと」

「ああ、そういうことかあ」

　達也の説明を聞いて、納得する春菜。

　人材採用においてはコネが重視されるこちらの世界では、複数の部署がまとめて採用試験を行うことなど、まずない。

　カタリナの乱以降はどこも深刻な人員不足なので状況が変わっているが、基本的に試験を行って採用を決めるのは、年齢などの理由で辞めた人間が出た部署が、その穴埋めのために行う場合だけだ。

なので、それなりの人数が応募してくるとはいえ学校を出ている人間が対象になるため、今回ほど大規模なことにはならない。

例外はメイドや使用人の類だが、こちらは下働きとして応募者を一カ所に集め、責任者がざっと人柄を見て弾《はじ》いたあと、適当にあちらこちらに分配してこき使うというやり方で適性を確認する。

先ほどのケースと違い、そもそもそんなに丁寧に試験など行わないため、面接などと言えるほどの過程はない。

試験を行うことがある部署ですらこうなのだから、紹介された人材を雇うのが通例であるレイオット達王族や上級の文官などが、今回のような大規模な採用活動についてのノウハウがないのも当たり前である。

なお、騎士団をはじめとした軍部に関しては、採用基準が全然違うのでここでは省く。

「で、とりあえず大急ぎでインスタントラーメン工場に移動して、会場にちょうどいい広さの会議室を選んで、机とか椅子を面接用にセッティングして、文官こき使って案内看板とか作らせて、ってやってるうちにエルが合流してきてな」

「そのまま、明日の流れをレクチャーしたってわけね？」

「ああ。まあ幸いにして、平の文官採用するときの面接のやり方が、俺の知ってるやつとほとんど変わらなかったから、質問事項とかそういうのを説明して、軽く練習するだけでなんとかなったけどな」

「それ、本当に幸いにして、って感じよねえ」

達也の報告を聞き、深々とため息をつく真琴。

さすがに、会場のセッティングまでレクチャーが必要だとは思わなかっただけに、面接の基本的な要素が共有できただけでも随分ましだろう。

真琴だったらキレてちゃぶ台を返しそうになるぐらいの泥縄ぶりだけに、よく達也は最後まで付き合ったものだと感心するしかない。

こちらに対する配慮の結果とはいえ、明らかに無茶な日程を組んだ影響が大きく出ている。

「僕が言うこっちゃないかもしれんけど、そんな状況やのに、ようこんな日程で進めようと思ったもんやな」

「というか、師匠、達兄《たつにい》。疑問なんだけど、これ、採点どうやって間に合わせた？」

「言われてみれば、そこも相当無理しとるなあ。兄貴は何か聞いとる？」

「それに関しては、例の軍用食の調達関連で悪さしてた連中のうち、解雇や法的な処罰を与えるほどの関与はしてないが無罪放免とはいかないやつらに、徹夜で採点させたらしいぞ」

達也の口から放たれた恐ろしくブラックな裏話に、肉を鍋で泳がせていた宏と澪の動きが止まる。

少なくとも職を失ったり前科がついたりするよりましだろうが、自業自得とはいえ非常に哀れな扱いである。

とはいえ、ここ数日のレイオットの苦労や西地区をはじめとした多数の食品業者が受けた被害を考えると、同情の余地など一切ないのだが。

「……別に、今回の問題に加担した連中に同情する気はないけど、それって殿下のイメージに傷がついたりしないのかしらねえ？」

「国によっては、関与の度合いに関係なく問答無用で解雇したうえで、過剰じゃないかってレベルで法的な処罰を与えたりするところもあるみたいだから、むしろそれで済んでるのはかなりの温情だ、って感じみたいだったぞ」

「そう……」

達也の説明に、いまいち腑に落ちないものを感じつつも、そんなものかと納得しておく真琴。

世界も違えば政治システムも違うのだから、日本のブラック企業云々の基準を持ってきても仕方がない。

「ボク的には、殿下の評判とかよりむしろ、そんなこととしてちゃんと採点できてるのかの方が気になる」

「そうだね。これで落ちたからって、後は非正規雇用しかないみたいな労働環境じゃないとはいっても、一応、人の一生を左右する可能性はあるわけだし、そんなミスが連発しそうなことをしていいのかな？」

「問題見た時点で俺らの指定した基準じゃ厳しすぎるのが確実だったらしくて、少々採点ミスがあったぐらいじゃそうそう影響でないぐらいには合格ライン下げたんだと」

澪と春菜の疑問に対し、達也がかなり身も蓋もない答えを告げる。

それを聞いて複雑な顔をする春菜と、やっぱりという表情を浮かべる澪。

一度難易度を下げて作り直したとはいえ、問題の作成を春菜と達也が行った時点で、澪には間違いなくこちらの教育水準をはるかにオーバーすることが予想できていたのだ。

が、予想できたところで、ではどれぐらいならいいのかと問われても、こちらの平均的な学力など知る由もない澪には、答えらるわけがないのだが。

「僕は結局、筆記試験の内容、全然見てへんかったな。今更やけど、ちょっと見せてもろてええ？」

「そういえば見せてなかったよね。ちょっと待ってね、今出すから」

宏の要請を受け、鍋の最中だというのに筆記試験の問題用紙を取り出す春菜。

もはや用が済んだものとはいえ、かなり適当な扱いである。

「はい、これ」

「おう、ありがとう。どれどれ……？」

春菜から問題用紙を受け取り、内容をざっと確認する宏。

確認した感想は、

「……なんっちゅうかこう、合格基準決めんの難しそうな感じやな」

であった。

「宏君も、そう思うの？」

「せやなあ。試験問題なんか作ったことあらへんからなんともよう言わんけど、こう、問題の範囲も難易度の幅もかなり広いから、正直どこが合格ラインとしてちょうどええんかがピンとこん感じやなあ」

上から目線に聞こえる宏の言葉に、思わず神妙な顔をしてしまう春菜。

達也も少しばかり思うところがあるようで、ビールを手に難しい顔をしている。

「まあ、元々筆記試験の問題なんかよう作らんで丸投げした僕が、偉そうなこと言うたらあかんとは思うけどな。どんぐらいがええんか分かってへんのは僕も同じじゃやし。下手に難易度とかの幅絞ったら、それはそれで試験としての意味がなくなる可能性もあるし」

どうにも深刻に受け止められてしまったらしいと知り、慌ててそう言い添える宏。

そもそもの話、根本的にこちらの教育水準とインスタントラーメン工場の従業員に必要な学力、そのどちらもちゃんと理解していないのは宏も同じことだ。

仮に宏が参加していても、結局何も変わらなかっただろう。

「まあ……そのあたりは殿下がどうにかしてくれたんだし、今更あたし達が気にすることでもないでしょ」

「ん。というか、本来は問題作成自体、殿下の仕事」

空気が重くなりそうだったので、なかなかな力業で話を終わらせる真琴と澪。

言っては何だが、明日面接という時点で、筆記試験についてはもはや終わった話である。

「で、話を変えるけど、あたし達の方は目標未達って感じだから、明日からどうしようか迷ってる感じなのよね」

「ん」

「目標未達っちゅうと、どんぐらい足らんかったん？」

「一割ぐらいって感じだったのよね、澪？」

「ん、それぐらい」

宏に問われて、なんとも言えない不足具合を告げる真琴と澪。

「一応確認やけど、足らんと問題あるん？」

「元々目標自体が大雑把《おおざっぱ》だったから、別に問題はない。元の目標でも足りない。というか、あったらあっただけ使う」

さらに突っ込んだ確認をする宏に、澪が正直に答える。

生産廃人の素材集めなんて、もとより目標などあってないようなものである。

目標を決めたのは、終了ラインを設定しておかないといつまでも終わらないからにすぎない。

真琴も澪も、その終了ラインに到達せずに切り上げたから、何となく消化不良になっているだけなのだ。

「そりゃまた、悩ましいところだよな」

「そうなのよ。状況的にいつまでも狩りをしてるわけにもいかない感じだし、だからっていって、じゃあ他に何かやることあるのか、っていうと、澪はともかくあたしはこれといってやりたいこともやらなきゃいけないこともないし」

「真琴さんに頼まなあかんことも、もうちょい先はともかく今の時点では特にないしなあ」

「もうちょい先はともかくって、もうちょっとしたら何かあるの？」

「採用試験終わって新人入ってきたら、新商品の開発指導とセットでパッケージデザインも仕込まなあかんやん。そのあたりは僕やと疎いし、春菜さんは開発指導に回らんとあかんから、真琴さんにお願いせなあかんことやねんけど、これまたもうちょい先になるし」

宏の言葉に納得する真琴。

だが、そうなってくると、やはり真琴は現状では何もすることがない。

アズマ工房における真琴の役割は、基本的には前衛型アタッカーとしての素材調達の補助である。

最近になってデザイナーという役割も追加されはしたものの、それも現時点では毎日仕事があるわけではない。

かといって、澪との狩りでストックがない素材の存在も結構発覚していることもあり、いつ足りないものを調達しに行かなければならない、という状況になるか分からない現状では、あまり好き勝手にうろつきまわるのも気が引けるところである。

「澪がまだ素材集めする、っていうんだったら手伝うけど、そうでないんだったら状況が動くか新人研修が始まるまで、待機要員として漫画に専念しておくわ」

「まあ、そんなところだろうな。澪はどうする気だ？」

「集めた素材でポーション系とか細かいアイテム作って鍛える。今ある分でも、一日二日は消化にかかる」

「そうか」

「というか、あるだけ使うけど、ちょっと使ってからでないと、さらにどれだけ積み増すべきかの判断がつかない」

澪の言葉に、それもそうかと納得する一同。

特にネトゲのスキル上げなどでよくある話だが、大体これぐらいで目的を達成できると予想しても、正確な必要量はやってみないと分からないということは多々ある。

「まあ、あたし達の方はそれでいいとして、宏は状況的にどうなの？」

「僕の方は、ちょっと厄介な問題が出てきて中断しとる」

「厄介な問題？　何やらかしたのよ？」

「自分の権能をよう扱いきれへんで、借りた爺様らの最高傑作のうち、最初に修理した調度品三点ほどが、元の何倍もええ出来になってもうてなあ……」

「また、ものすごくやらかしたわね……」

宏の白状した内容に、思わず天を仰ぐ真琴。

爺様達の言い分を叩き潰すために借りたものを、爺様達の有利になるように修理しては本末転倒である。

単に宏の能力を認めさせるだけなら、その程度ではまったく障害にならない。が、北地区の普通の職人達のことも認めさせなければならないとなると、痛恨のミスだと言えよう。

「さすがにそりゃ、まずいだろう……」

「ん。でも、予想はできてた」

「そうよね。春菜を見てたら予想できるだろうに、なんで誰も突っ込まなかったのかしら……」

「えっと、私は人のこと言えない。というか、この程度で済まないぐらいひどいから、この件に関してはノーコメントで……」

「春姉《はるねえ》は神化する前から、明らかにこういうケースでは今回の比じゃないぐらいやっちゃってる」

「春菜に関しては、神々も匙《さじ》投げてる節があるぐらいだからなあ……」

「むしろ、神化して自覚持つようになった分、改善の可能性が出てきてよかったんじゃない？」

宏のミスに対していろいろ思うところを口にしつつ、そのままの流れで春菜に集中砲火を叩き込む澪、達也、真琴の三人。

それに対して反論するにも反論できない春菜が、なんとか建設的な方向に話の流れを修正しようと試みる。

「それで宏君、やっちゃったものは仕方ないとして、これからどうするの？」

「僕が直接修理したらアウトやからな。ちょっと時間かかるけど、ファムらに指導して代わりに修理してもらおうか、思ってんねんわ」

「ん〜、今後の指導っていう意味ではファムちゃん達に修理してもらうのはありだと思うけど、付け入る隙を与えないってことを考えるなら、澪ちゃんが修理するんじゃ、ダメなの？」

「せやなあ……。やってみんことにはええとも悪いともいえんから、ちょっとやってみよか。澪はそれでええか？」

「ん、分かった」

春菜の提案を聞き、少し考えて宏がそう結論を出す。

この件に関して宏の考えを正直に話すなら、澪にやらせた場合、自分がやったときよりましな結果になるだろうとはいえ、元のものより良くなる可能性は否定できない、どころかむしろそうなる確率が高いのではないかと思っている。

澪とファム達では、その程度には技量に開きがあるのだ。

が、すでに三点ほどが手遅れの状態なのだから、今更一点二点増えたところで大差ない。

なので、澪を鍛える意味合いも含めて、今回はやるだけやってみることにしたのである。

「とりあえず、どういう結果になるかとか、どの程度の時間がかかるかとかはなんとも言えん感じになってもうたから、爺様らとの対決の日程はちょっと調整がいる感じやな」

「その辺に関しては、最初から何日か時間貰《もら》って、準備が整ったらこっちから連絡する方向で調整してるから安心してくれ」

「了解や。助かるわ」

「いくらヒロの作業がとんでもなく速いっつっても、ファム達も関わってくるんだから予定が読めないだろう、って思ってな」

「本気で助かるわ」

達也の段取りの良さに、大いに感謝する宏。

さすがの達也も今回のような事態は想定していなかったが、インスタントラーメン工場の方の動きが読めないこともあって、最初からトラブルが起こる前提で日程を調整してあったのだ。

優秀な会社員としての面目躍如と言えよう。

「それはそうと、鍋もええ具合に減ってきたし、そろそろシメにいかへん？」

「ん、賛成」

「シメは何にする？　あたしとしてはうどんとかもいいけど、やっぱりここは雑炊かしらね？」

「インスタントラーメンがらみのことをいろいろやってるんだし、せっかくだから袋めん入れようかと思うんだけど、どうかな？」

「久しぶりにそれもいいな。銘柄はどれにする？」

「元祖鶏ガラか札幌の味噌《みそ》がいいかなって思うんだけど、リクエストとかある？」

「いまいち試す機会がのうて未知の領域なんやけど、具からがっつりダシが出とる鍋に、元祖鶏ガラみたいな味がしっかりついてるやつ入れると、どないなるん？」

「具材の種類とか食べた分量とか何鍋だったのかとかにもよるけど、ダシと鶏ガラスープがマッチして意外と美味《おい》しいよ。試してみる？」

「みんながええんやったら試してみたいんやけど、どない？」

宏の質問に特に誰も異を唱えず、この日のシメは元祖鶏ガラとなる。

元々のスープが昆布ダシのみのしゃぶしゃぶだったこともあり、元祖鶏ガラはなかなかのマッチ具合で宏達を幸せにするのであった。

☆

「……インスタントラーメン工場の採用試験によって、少しばかり普段より多くの瘴気が発生していますね……」

「まあ、さすがにあれだけ無茶な日程で勢いに任せて話を進めれば、振り回された候補者から負の感情があふれるのも宿命というものじゃろうなあ……」

神々の集会場。

インスタントラーメン工場の採用試験に関する一部始終を確認していたアルフェミナとダルジャンが、そのあまりの強行軍ぶりに困り果てた様子でぼやいていた。

「いつものこととはいえ、宏殿と春菜殿が関わると、どうしてこう猛烈な勢いで話が大きくなるのでしょうね……」

「それがやつらの宿命じゃ、と言いたいところではあるが、さすがに儂《わし》も、ファーレーン王家がここまで突っ走るとは予想できなんだわ」

「だから、迂闊《うかつ》なたきつけ方はしないでくれ、と、あれほど抗議したのです！」

「うむ……。すまんことをした……」

アルフェミナのキレ気味の抗議に、平身低頭という体《てい》でひたすら謝るしかないダルジャン。

宏と春菜のトラブル拡大能力を、少しばかり甘く見すぎていたのだ。

今回に関しては元々からウォルディス戦の後始末に問題があったとはいえ、宏の作業の速さが拍車をかけている面は否定できない。

「エアリスがレイオットを諫《いさ》めなかったのも、王が何も言わなかったのも、大きな誤算でした」

「無茶を言うでない。王は現在それどころではなく忙しくて、日程など把握もしてなかろうし、姫《ひめ》巫女《みこ》殿に至っては今回の日程が無茶かどうかを判断できるような教育も受けてなければ、それを思い知るような経験もない」

「確かにそうなのですが……」

「しかも姫巫女殿の場合、今日言われて今日という仕事もざらよ。それで採用試験の日程が性急すぎると判断できるのであれば、その方が驚きよ」

「やはり、早い段階でエアリスに神託を降ろして、もう少しブレーキをかけるべきでしたね……」

ダルジャンに指摘され、深々とため息を漏らすアルフェミナ。

その間も危険な因果律を潰す手は止めない。

「では、今後も同じことを繰り返さぬよう、神託だけは降ろしておきましょう……」

「うむ。遅きに失した感はあるが、何もせぬよりはましであろう。それに、王の方も報告を受けて釘を刺しに動いたようじゃ。今回性急な動きをした原因である、小僧達の拘束時間を最小限に抑えたいという理由もなくなる以上、今後はまともになるじゃろう」

疲れ切った様子でとりあえず打てる手を打っておくアルフェミナと、それを慰めるように希望的観測を告げるダルジャン。

インスタントラーメン工場の採用試験は、神々をも振り回しつつ最終局面になだれ込むのであった。

邪神編　第二八話

ついに迎えた面接当日。いつもの朝食より少し早い時間。

直前の打ち合わせ兼朝食にレイオットとエアリスが訪れていたことで、アズマ工房全体が妙な緊張感に包まれていた。

「なんか、えらい緊張してるやん……」

「ああ……」

黙り込んだまま味噌汁《みそしる》に口をつけていたレイオットが、宏《ひろし》に突っ込まれて渋々それを認める。

隣を見ると、エアリスも聖女モードのアルカイックスマイルを張り付けたまま、味わっているのやらいないのやらという微妙なペースとテンポで食事を続けている。

時折、すでに食べ終わって骨になっている魚をほぐそうとしているあたり、恐らく味は分かっていないのではないかと思わなくもない。

なお、ファム達職員とジノ達新米グループも一緒に食事をしている。

宏の動向に影響を与える今日以降の日程は、ファム達にとっても無関係ではない。

そのため、一緒に話を聞かされているのである。

「しかし、別段自分らがそこまで緊張せんでもええと思うんやけど、なんでそんなにガチガチなん？」

「いやな。さすがに今回の日程は、無茶ぶりが過ぎる自覚があってな……」

「恐らく、選考に残った方々もかなり不満を抱えているのではないかと思うと、少しばかり気が重いと申しますか……」

「無茶するからやで……」

今更すぎるレイオットとエアリスの答えに、思わず呆《あき》れた声を出してしまう宏。

自業自得であるレイオットはともかく、単に巻き込まれただけのエアリスは、いくら止めなかったとはいえ、とばっちりもいいところである。

レイオットを止めなかったという部分に関しても、今回の件にそれほどしっかり関わっているわけでもないのだから、非難するのは少々酷であろう。

しかも、エアリスはその立場上、よほど目に余ることでもない限り、政治に対して口を挟まないように教育を受けている。

その面でも、エアリスがレイオットを諌《いさ》めるのは難しかったのは間違いない。

「殿下、エルちゃんにも迷惑がかかるんだから、もう少し慎重にやらなきゃだめですよ？」

「ああ……。今回はさすがに、いくら何でも焦りすぎたと反省している」

「エルちゃんも、口で言うほどにはピンとこなかったんだろうとは思うけど、ちょっと忙しそうだなと思ったらちゃんと殿下を止めなきゃだめだよ？」

「はい……。今回ご迷惑をかけた候補者の皆様には、非常に申しわけなく思っています……」

苦笑しながらやんわりと釘《くぎ》を刺した春菜《はるな》に対し、心底反省したという様子でうなだれるレイオットとエアリス。

それを見ていた澪《みお》が、少しばかり不思議そうに口を挟む。

「殿下は何で、今更そこに気がついて反省？」

「昨日の夕食の時に、父上に叱《しか》られてな……」

「アルフェミナ様からも苦情をいただきまして、やはりお兄様のやっていることは性急すぎたのだと思い知りまして……」

「とはいえ、大雪が降ったわけでもなく自然災害やモンスターの大発生が起こっているわけでもないとなれば、今更変更すればそれこそ大混乱だからな。今回は恨み言を全部受け止めるしかない」

「そりゃまあ、そうでしょうね。仮にあたしが候補者だとしたら、当日になって変更って言われたら、それこそ本気でキレる自信があります」

反省しつつも、今更変更などできないと予定どおりに進めることを宣言するレイオットに、真琴《まこと》が真顔でそう言い切る。

誰がどう見ても中止すべきだと判断できるような理由でもない限り、ドタキャンは信頼を落とす行動としてはトップクラスのものだろう。

しかも今回の場合、ここまで無茶ぶりで振り回し続けた挙句に、ということになる。

その反発は推して知るべし、である。

「それで、殿下。結局、残ってる候補者は何人？」

「三十四名だな。恐らくだが、そのうち何名かは日程に対応できずに脱落するだろうから、最終的には三十名前後になるだろうと考えている」

「無茶ぶりの日程に対応できるかどうかでふるいにかけるのは、さすがにどうかと思う」

「それについては、重々反省している……」

澪にまで日程について突っ込まれ、完全にしおれてしまうレイオット。

その様子を見かねた達也《たつや》が、話の流れを変える。

「昨日はバタバタしててそこまで考えなかったんだが、その人数だと食事挟んでも二時過ぎには終わるんだよな」

「そうなの？」

「ああ。多分覚えはあるだろうが、面接ってやつはよっぽどじゃない限り、普通長くて一人十分ぐらいなんだ。だから今回は一人五分を目途に、ちょっと突っ込んだ質問をしたい相手だけ十分ぐらいかける形で進める予定だから、そのぐらいには終わるはずだ」

「そうなんだ。でも、それで相手のこととか分かるの？」

「そんなもん、たかが面接で少々突っ込んで質問したぐらいで大したことが分かるわけねえよ」

「だよね？」

「ただ、そのぐらいの時間でも、こいつは絶対だめだろうってぐらいは判断できるから、そういうのをふるい落とすのが目的と言えるな」

「私からも補足させていただきますと、アルフェミナ様がこれ以上単なる採用試験でごたごたが長引くのを嫌っておられまして、絶対に採用してはいけない方だけは助言をくださることになっています」

達也とエアリスの言葉に、そういうものかと納得する春菜。

たかだか五分程度では初対面の相手について分かることなどほとんどないが、それでも信用できるできないは少し話すだけでも意外と分かる、というのは春菜自身にも覚えがあることだ。

「で、まあ、話を戻すが、終わったあとに結構時間があると思うんだ。だから、少しだけでも今日のうちに新人研修を挟んでもいいんじゃないか、と思うんだがどうだ？」

「面接の合格者って、今日発表するの？」

「ああ。面接の場でそのまま合否を告げるか、それとも後でどこか別の部屋に集めて連絡するか、そのあたりの詳細ははっきりとは決めていないが、終わってすぐの時点で合格者をはっきりさせるつもりだ」

「これ以上長引かせても、碌《ろく》なことにならないんじゃないかって感じだからな。バイトとか零細企業とかだったら、その場で合否を告げるのも珍しいことじゃないし」

「ああ、うん。そうだね」

達也が口にした理由に、なんとなく納得してしまう春菜。

別に合否をその場で告げるのは珍しい話ではない、というのもそうだが、何よりもこれ以上採用関係の作業を長引かせても碌なことにならない、というのがすさまじいまでの説得力に満ちていたのだ。

「でも、合格者はともかく、不合格者にその場ではっきり告げちゃうといろいろ問題が出そうだから、よっぽどはっきり不合格って場合を除いて、不合格者には後日合否を伝えるってことにして素直に帰ってもらったほうがいいんじゃないかな?」

「……そうだな。では、合格者にはその場で告げることにしよう」

「うん。それが安全だと思う」

春菜の提案を受け、合格発表をそういう方向で進めることにするレイオット。

方針が決まったところで、達也が何か気になることがあるらしく、突然難しい顔をする。

「どうしたの、達也さん?」

「ん? ああ、一つ思ったんだが、口頭で合格って伝えただけだったら、合格しましたって嘘《うそ》つくやつが出てくるんじゃないかと思ったんだが……」

「あ~……」

「タツヤ、それに関しては考えがある」

達也の懸念に対して春菜が言われてみればと納得しかけ、レイオットが横から口を挟む。

「考えですか?」

「ああ。今日一部をやるか全て明日からにするかはともかく、最初の研修には私とエアリスも参加すればいい」

「確かに、それなら嘘つきは簡単に排除できるよね。殿下もエルちゃんも、人の顔を覚えるの得意中の得意だし」

「ああ。そもそもの話、カタリナ姉上が生きていた頃ならともかく、今になって私を正面から謀《たばか》ろうとする度胸がある愚か者は、そうそういなかろうがな」

自信満々に言い切るレイオットに対し、思わず苦笑するエアリス。

レイオットの言い分は事実ではあるが、恐らく本音は宏が行う研修がどんなものか、実際に参加して確認したいだけだろう。それが分かるぐらいには、兄の思考回路を理解している。

もっとも、そんなことを考えているエアリスにしたって、今後の参考のために宏がどんなことをするのか見たいと思っているので、とても兄のことを笑えはしないのだが。

「達兄《たつにい》。それ以上の騙《かた》り対策はないと思う」

「そうだな。仮にも王家が直接かかわってる事業なんだから、そんなやつは堂々と処罰できるよな」

「ん」

レイオットの出した案に、もろ手を挙げて賛成する澪と達也。

いくら影響力が落ちているとはいえ、仮にもファーレーンは絶対王政の国だ。

その程度のことができるぐらいには、王家の権威も影響力も回復しているのである。

「で、合格通知に関してはそれでいいとして、研修に関してはどうだ？」

「残り時間次第やろうな。それと、念のためにもっぺん確認しとくけど、研修の内容はこっちで勝手に決めてええんやな？」

達也の提案を受け、レイオットに確認をする宏。

宏に念を押されたレイオットが、一つ頷《うなず》いて口を開く。

「ああ。内容や期間は、ヒロシに一任する」

「分かった。ほな、とりあえず一回、パッケージも含めて新商品完成させたら研修終わり、っちゅうことにしよか」

「それで構わないが、結構時間がかかるのではないか？」

「まあ、いっぺんやらせて流れを理解させれば、あとはほっといても勝手に作るやろう。原価計算とかは元おった従業員の経理の人ができるはずやから、教育も含めてそっちに任せればええし」

『それでいいか？』と問いかける宏の視線に、残りのメンバー全員が頷く。

「……にしても、面接終わるんは二時過ぎか。っちゅうことは、多分研修には使えて二時間ぐらいやけど、最初から聞いとったらともかく、今日言われて今日やとなあ。兄貴には悪いけどやっぱり無理やと思うわ」

「あ～、やっぱりそうだよな……」

「すまんなあ。もうちょい準備進めとくべきやったわ」

「いや。こっちこそ、行き当たりばったりですまん。もうちょっと日程をちゃんと考えておけばよかったんだが……」

宏の謝罪に対して、謝罪で返す達也。

さすがの宏も、人数も分からなければ時間もはっきりしていない今回ばかりは、力技でなんとかするのも難しいようだ。

「まあ、できるだけテンポよく話進めていったほうがええやろうから、それ踏まえて研修の内容とか日程とか組んでいこうか」

「そうだな」

お互いに反省したところで、同じミスを繰り返さないように、研修の日程を決めることにする。

「じゃあ、明日に関してはざっとやること説明して、軽く工場見学させたあと、グループ分けして明後日いっぱいぐらいまでは実際のライン作業させる感じやな」

「そうね。試作するにしても、少しぐらいライン作業を経験してないと、とんでもないものを作ったりしかねないものね」

「そうそう。ラインに材料供給するのも一苦労、みたいな食材使ったり、ってのは、ちょっとでもライン作業を経験すればかなり避けられるからな」

「どういう過程で製品になるかも知らんと、商品開発なんざできんからな。っちゅうても、うちのラインは内部構造が密閉されとるから、あんまりそういう面では参考にはならんけど」

宏がつけたオチに、思わずなんだそりゃという表情を浮かべる達也と真琴。

「異物混入とかいたずらとか防ごうと思ったら、密閉するしかなかったんよ。コンベアに指突っ込んで引きちぎられてラーメンの具になって出荷されてまうとか、日本でもまったく起こってへんわけやないからな」

「……一応朝飯の最中なんだから、グロいこと言うなよ……」

宏の出した例に、思わず青い顔で突っ込む達也。

宏の言ったことは確かに注意が必要な内容ではあるが、少なくとも食事時に口にするようなことではない。

「まあ、中でどんな作業してるか見えるように、液晶パネルみたいなんで作業状況をリアルタイムで流すようにはしてるんやけどな」

「なるほどなあ」

「それで話戻すとして、一応そういうところに注目してもらいながら明日明後日とライン作業してもらって、そのあと軍用食ラーメンでも参考事例にして商品開発の過程を教え込んで、自分らだけで新製品を開発させて終わり、っちゅう感じでええんちゃうか？」

「私はそんなところだと思うけど、達也さんとか真琴さんはどう思う？」

「新製品開発の結果がそこはかとなく不安ではあるが、流れとしてはそんなもんだろうな」

「そうね。どんな結果になるかはともかく、研修内容自体はそんなところでしょうね」

宏と春菜の問いかけに、いまいち不安をぬぐいきれない様子ながらも一応肯定する達也と真琴。

なお、澪に話を振らないのは、澪本人がこっちに話を振るなというオーラを全身から放っていたためである。

身内限定とはいえ、こういう形ではっきりと意思を伝えられるようになったのは、ある意味大いなる進歩であろう。

レイオットとエアリスに聞かないのは、そもそも丸投げしてきたのがその二人なので、聞いても意味がないからなのは言うまでもないだろう。

余談ながら、実は宏達はすでに、軍用食でインスタントラーメンを開発し終えている。

レイオットとメリザ、北地区の商業組合トップのチャールズを交えての話し合いのあと、微妙に空いてしまった時間を埋めるため、澪の意見を聞いてさくっと完成させたのだ。

「で、研修は基本、僕と春菜さんでやって、部分的に真琴さんに講師やってもらう形になるけど、真琴さんはそれでええ？」

「ええ、もちろん。てか、あたしはそれでいいんだけど、春菜には聞かなくてもいいの？」

「飯が絡んでんのに、春菜さんが嫌とか言うわけないやん」

「その言葉、そのまま宏君に返していい？」

宏が遠慮なく放ったお前が言うな的な台詞に、妙に嬉《うれ》しそうに言い返す春菜。

相手が春菜だからこその奇跡とはいえ、宏が女性相手にこんなことを平気で言えるようになったというのは、どことなく感慨深いものがある。

もっとも、宏の背景を知らなければ、単に宏と春菜でいちゃついているようにしか見えない光景であろう。

そのあたりを端的に示すように、嬉しそうにニコニコ見守っているエアリスや無表情ながらどことなく感激している澪の横で、ノーラがやたらとやさぐれた表情をしているのが印象的である。

「あと、明日の工場見学やけど誰が行くことにするん？　あくまで新人研修の一環やし、それに合わせて人選したほうがええ思うねん」

「だったら講師するやつが行ったほうがいいんじゃねえか？」

「それやったら、妥当なんは春菜さんと真琴さんか？　それに、さっきの話もあるからレイっちとエルも、っちゅうとこか。あと兄貴どうする？」

「いや、俺は今回はやめとく。面接官が一緒に回るってのも気を使うだろうし、工場見学とラインでの生産実習が終わった後の研修で使う資料とかも作っておいたほうがいいだろうしな」

「あたしも、ちょっと気を使いそうだからパスね。とりあえずしばらくは、デザインまわりのテキストと教材、思いつく範囲で準備しとくわ」

「了解や」

宏に振られて、さっさと逃げを打つ達也と真琴。

本音はインスタントラーメンの製造工程なんて全然知らない以上、変な質問が飛んできて答えに困るリスクを避けたかっただけであり、そのあたりの二人の考えは当然宏も察している。

そのうえで、別に無理して参加してもらう必要もないと、見逃すことにしたのだ。

「じゃあ、ボクは師匠達が研修に関わってる間ずっと、ファム達と一緒に最高傑作の解析と修復？」

「基本的にはそうなるが、今日と明日は手が空いてるときでいいから、ヒロや春菜と相談してインスタントラーメンの開発手順をまとめた資料を作ってくれ」

「それと、途中で開発の方の指導とかも、なんぼか手伝ってもらうことになるわ」

「ん、分かった」

達也と宏の要請を了承する澪。

最終的に宏と春菜の意見も取り入れて修正することになるだろうが、料理の開発、それもインスタントラーメンなんてものについては、明日の工場見学に参加しない人間で内容が分かるのは澪だけである。

また、同じ理由で、宏と春菜以外で商品開発に口を挟めるのも澪だけだ。

基本、人見知りな澪の性格上、全面的に指導を手伝ってもらうにはいろいろ不安があるが、宏か春菜が指導している横で補助するぐらいは問題ない。

人生経験的なものと性格の向き不向きの問題でメインで動くのは難しい澪だが、足りないところを補ってもらうにはうってつけの人材なのである。

そんな澪がポツリと思ったところを口にする。

「でも、工場見学って、楽しそう。ボク、工場見学って、したことない」

「ライムもこうじょう、見たい！」

「アタシも、親方が組んでた生産ラインが稼働してるとこ見たことないから、今後のために一度見てみたいよ」

澪の言葉にライムとファムが乗っかり、テレスとノーラも声に出さないまでも期待に満ちた視線を宏に向ける。

「あ～……明日のはさすがに研修の一環やし大人数で行くのもあれやからな……。せやなあ、日ぃ変えて明後日に娯楽寄りの内容で、うちらアズマ工房一行の工場見学しよか」

その視線に屈したわけでもないが、勉強も兼ねた娯楽の一環として工場見学をすることに決める宏。

その宏の決断に、ファム達職員組から歓声が上がる。

「で、ファムらと澪は確定として、他はどないする？」

「そうだなあ……研修じゃないんだったら、俺も参加するかな。新しいラインがどこか変わったのか、興味はあるしな。真琴はどうする？」

「そうね。案外みんなで遊ぶ機会ってないから、あたしも参加するわ」

「春菜さんは二日連続になるけど、どうする？」

「もちろん、参加するよ。殿下とエルちゃんもだよね」

「はい！」

「そうだな。娯楽としての工場見学、というものにも興味がある」

その流れで宏が何やらアイデアを思いついたようで、レイオットに視線を向ける。

「今思ったんやけどな、事前申込制で一般人の工場見学も受け入れたらええんちゃうか？」

「……ふむ。その理由は？」

「一番大きいんは、娯楽が増えるっちゅうことやな。うちらの故郷でも、工場見学は一般的ではないんやけどそこまでハードル高いもんでもないから、割と気軽に応募しては楽しんでる人もおったし」

「そうなのか？」

「確かに、割とありますね。企業や工場の方も、それなりに積極的に募集をかけてたりしますし」

宏と達也の説明に、何やら思案するレイオット。

そんなレイオットに、期待に満ちた視線を向けるエアリス。

どうやらエアリスには、インスタントラーメン工場の工場見学を一般開放することに対する、明確なメリットが見えているようだ。

「……そうだな。すぐにというのは難しいが、基本的に一般開放する方向で調整しよう」

少し考えたあと、そう結論を出すレイオット。

レイオットにも何やらメリットが見えたようで、割と乗り気になっている様子である。

「じゃあ、明後日あたし達の工場見学の時に、一般開放する見学ルートと見学内容も決めちゃいましょうか」

「せやな」

「決めちゃったほうが、殿下やエルちゃんも話を進めやすいだろうしね」

真琴の提案に、宏と春菜がすぐに賛成する。

達也と澪も口には出さないが異論はないようで、澪などはすでに工場見学になにを期待するかをリストアップしようとしていたりする。

「ほな、そういう方針で行くとして、明日の工場見学は従業員用の内容でやらなあかんな。今後のためにも、こっちのマニュアルも作るか」

「宏君、従業員用の内容ってどんなの？」

「まだ決めてへんから、どないしてもアドリブになるやろうな。最低限、一般開放の時にはまず見せへん、ラインの起動手順とか朝一で初めて動くところとか、そういうところは見せて説明せんとあかんやろうとは思うけど」

「あ～、確かにそういうのって、普通の工場見学ではあんまり見せてもらうことはないよね」

「大概は、順調にガンガン流れとるところしか見せんやろうしな」

宏が言った方針に、春菜があっさり納得する。

他にも一般向けの工場見学ではまず見せない要素はいろいろあるが、明日そこまで見せるかどうかはなんとも言えないところである。

「レイっちとエルが参加するんやったら、オリエンテーションより先に工場見学の方がよさそうやな」

「我々に配慮してくれなくても、問題はないが？」

「僕らは気にせんでも、研修受ける従業員が気にするやん」

「……ああ、言われてみればそうだな……」

「なあ、レイっち。騙りやろうとするやつ自分らの権威使って潰《つぶ》す気満々なくせに、ちょっとうちらになじみすぎちゃうか？」

「……すまん」

宏に厳しいツッコミを受け、思わずうなだれながら謝ってしまうレイオット。

さすがに自分でも、ちょっとばかり調子に乗っていたと自覚せざるを得ない。

父親に釘を刺されたあとでこれなので、レイオットのへこみ具合も尋常ではない。

「まあ、そうへこまんと。とりあえず、そういう流れでいこか。そういやエル、アルチェムはどないしたん？　湯治で一緒やったんやろ？」

「それが、湯治の最中にいろいろありまして……、いま必死に繕い物を……」

「……ああ。何となくいろいろ察したわ。さすがにそれを僕らが手ぇ出すんも憚《はばか》られんなあ……」

「一応、神の城でローリエさんにお手伝いいただいているようですので、今日一日で大体は終わるかと思います」

エアリスの補足説明に、それなら特に問題ないか、と何となく安心する宏。

特に触れてはいないが、ウォルディスとの戦争の最中、宏は不足する人手を補うため大量にドールサーバントを作っている。

それらは扱える素材という点では宏どころか春菜にも遠く及ばず、せいぜいが半年前のファム達とならいい勝負という程度の能力しかないが、縫製の正確さや品質だけで言うならファム達をも上回る。

アルチェムがエロトラブル誘発体質でボロボロにしてしまった服ぐらいなら、余裕で新品同様に修理することができるのだ。

むしろ、機能としてはそういう方面に特化していると言ってもいい。

「んじゃあ、それに関してはあんまり深く追及したら碌なことにならん気ぃするし、ちょっと置いとこか」

「そうですね」

「それで、結構ええ時間になってもうてんねんけど、まだ行かんで大丈夫なん？」

「「「あっ！」」」

宏に指摘され、そろそろ面接会場へ向かったほうがいい時間になっていることに気づく面接官組。

移動そのものはエアリスの転移で行うので、開始時間まではまだかなり余裕がある。

だが、一応直前に行う類《たぐい》の準備や打ち合わせがあり、何より候補者の中にはもっと早くから来て待っている気の早い者が間違いなくいる。

そういうことを考えると、早めに移動しておいたほうがいいのは間違いない。

「それではヒロシ様、ハルナ様。ごちそうさまでした」

「すまんが、あとは頼む」

「それじゃ、ちっと行ってくるわ」

そう言って、さっと身だしなみをチェックして会場に転移する面接官組。

それを見送ったあと、お茶を飲み干した宏が席を立つ。

「ほな、こっちも作業に移ろうか」

「そうだね」

「ビシバシいくから、ファムらは覚悟決めや」

「そんなの、とっくに決まってるよ」

「その種の覚悟は、最初の年越しの時点で決まっていますよ、親方」

「それも、半端じゃないレベルで固めているのです。生半可な覚悟では、この工房でこの先、生き残ることはできないのです」

宏の声掛けに応じて、妙にキリっとした表情でそう言い切るファム達。

特にノーラは、やたら凛々《りり》しい顔で妙なことを言い出す。

ノーラの台詞に澪が何やら遠い目をしているが、深く追及してはいけないだろう。

「私は、今日もポーションづくりでいいの？」

「途中から手伝ってほしいことがあるから、それまではファムらの穴埋めでポーション作っといたって」

「うん、分かったよ」

宏の指示に頷く春菜。

これまで触れる機会がなかったが、実は春菜、こうやってちょくちょく穴埋めを手伝ってきた結果、ひそかに七級ポーションが七割ぐらいの成功率で作れるようになっている。

「今日もみんなでがんばるの！」

ライムの締めの言葉で、宏達も本日の作業に移るのであった。

☆

「とりあえず師匠、昨日ミスしたの見せて」

約三十分後、ジノ達の指導を終えた直後のアズマ工房ウルス本部の作業室。

自分の使う道具を揃《そろ》えるや否や、澪が宏にそう言い放つ。

「おう」

澪に言われて素直にミスした修理品を持ってくる宏。

それを見た瞬間、澪にしては珍しくオーバーリアクションで天を仰ぐ。

「師匠、いくらなんでも失敗が豪快すぎる……」

「言われんでも、それぐらい分かっとんで」

澪に言われ、ため息交じりにそう反論する宏。

澪が天を仰ぎ、宏がため息交じりに言い返すしかないだけあって、昨日宏が修復した調度品は、どれも王族の部屋か謁見《えっけん》の間、他国の王族クラスを招くための部屋ぐらいにしか置けないと断言せざるを得ないほど立派なものになってしまっていた。

はっきり言って、普通の木材では人間がどうやってもこの領域に達することはできない。

目的が目的でなければ、そして宏が神化していなければ、失敗などとは口が裂けても言えないような結果である。

「まあ、こういう状態やからな。僕が手ぇ出したら碌なことにならん」

「理解。ボクも修理してみるから、指導よろしく」

「おう」

宏の失敗をきっちり理解したところで、手頃なサイズのものということで、組木細工のからくり仕掛けの小物入れを修理しにかかる澪。

その流れを、横に座ったままメモを片手にじっと観察しているファム、ライム、テレス、ノーラの四人。

ファム達三人はおろか、ライムまでいっぱしの職人だと感じさせられるほどの真剣さに、澪的にはいまいちやりにくいものを感じる。

だが、それに文句を言っては、いつまで経ってもお互いに進歩などない。

まずは状態の確認がてら、構造の確認をする。

「やっぱり普段使いしてるからか、あっちこっちにガタがきてる」

「せやな」

「師匠、やっぱりまずは図面を起こすところからやったほうが？」

「当たり前やん。ぶっつけでやるとか、危なっかしすぎんで」

「ん」

念のために確認を取り、宏に一刀両断されたことで、方針が間違っていなかったことを確信する澪。

まずは寸法を測って収納状態での三面図を、さらに仕掛けを展開して中を取り出せるようにした状態での三面図を描き上げていく。

なかなか凝った構造だけあって、宏のように圧倒的な能力を持っている職人か、澪のようにある程度以上シーフ系のスキルに通じている、もしくは現在の春菜のように空間に関する特殊能力を高レベルで保有しているかのいずれかでなければ、まず初見で中身を取り出すことはできないだろう。

もっとも、春菜に関していえば、仮に神化していなかった頃でも、その極端な運により初見でもたまたま一発で開いてしまう、という可能性は否定できないのだが。

「……これだけガタがきてると、実測値が正しいかどうか自信がない……」

「全部測れば大体の元の寸法は予測できるから、それに合わせて調整すればええねん」

「師匠は、あれの修理したときに図面描いた？」

「一点は外観の簡単な補修だけやったから省略したけど、他の二点はちゃんと描いたで」

「見せてもらっていい？」

「おう」

澪に請われ、昨日の修理の際に描いた図面を広げて見せる宏。

その枚数と寸法の細かさ、さらには部品を一つ外すたびに外し方と外した状態を描いた図を起こしているという、非常に慎重で繊細な仕事ぶりに、澪だけでなく昨日宏の指導を受けていたはずのファム達まで驚きのあまりどよめいている。

「……師匠、ここまでやらないとだめ？」

「単なるタンス程度やったら別にええんやけどな、ここにあるやつはあっちこっちにからくり仕掛け仕込んであるんが多いから、一個外すたびに記録しとかんと元に戻せへんようになんで」

「……それ、師匠でも？」

「僕の場合は、もっと効率よくて強度も出る構造に作り替えてまいそうになるから、勝手なオリジナルを作らんように記録に残した、っちゅう感じやけどな」

宏の告げた理由に、それもそうかと納得してしまう澪。

時折自重するのを忘れる宏のことだ。こうして図面にでも残しておかなければ、構造が分からなくなったことにして、使う側の手順や使い勝手を維持したままもっと作りやすい構造に変更するぐらいのことは平気でやってのけるだろう。

「親方、昨日こんなにいっぱい図面描いてたっけ？」

「一応な。っちゅうても、昨日はそんな紙ようさん広げるスペースなかったから、大きめの図面用紙に描きこめるだけ描きこんだんやけどな」

「あっ、そうなんだ」

「パーツ外すたびに何かメモしてたのはノーラも気づいていたのですが、ここまでびっちり描きこんでたとは思わなかったのです」

「というか、あの時のメモって、長くて一分かかってなかったですよね？」

「こんなもん、慣れやで」

「親方すごいの！」

ファムの問いに対する宏の言葉、その内容と記憶の中の昨日の作業風景を照らし合わせて、目を丸くするノーラとテレス。

ライムだけは、そのすさまじさがどれほどのものかピンときていないようで、見ているだけで気が遠くなるほど細かい図面を大量に描いた宏のすごさを、無邪気に称《たた》えている。

「師匠、もしかしてあとで描きなおした？」

「いんや。切り離して拡大コピーで見やすいサイズに揃えただけやで」

「拡大コピー？　真琴姉《まことねえ》の印刷機借りたの？」

「誕生日プレゼント堪能しとるときに、不便やったから片手間で作った」

「……コピー機って、片手間で作れるんだ……」

「今やったら、真琴さんにプレゼントしたぐらいのもんやったら、材料用意しとけば五分もかからんと作れんで」

あまりに予想外かつ豪快な宏の言葉に、今日何度目かの遠い目をしてしまう澪。

考えてみれば、真琴に印刷機をプレゼントしたのはフォーレの頃で、まだ宏は神化していないどころかエンチャントのエクストラスキル・神力付与も身につけていなかった。

その頃に可能だったのだから、神化してからそれなりに時間が経っている今、数分で作ることができても何ら不思議ではない。

が、なんとなくそのあたりのことは、澪の意識から抜け落ちていたのである。

「まあ、その辺の話は置いといて、や。うだうだやっとったら終わらんから、さっきの続きやってき」

「ん」

宏に促され、作業に戻る澪。

こういうのは根気が勝負、と己に言い聞かせながら、パーツを一個外しては外す手順と外した部品、部品を外した本体の状態をせっせと記録していく。

そうして完全にばらし終わったところで、仕掛けのメインとなっている主軸の摩耗具合を見て思わず渋い顔をする。

「師匠、これ……」

「ここまでとなると、作り直したほうが早いわな」

「でも、この軸が通ってた穴、全部サイズが違う」

「ヘタって広がった結果やから、そうなるわな」

冷静にあっさりそんなことを告げる宏に、思わずジトッとした目を向けてしまう澪。

澪が知りたいのは解決策であって、そんな分かり切った話ではない。

「ちゅうか、澪はこういう種類の修理って、やったことなかったんやっけ？」

「ない。というより師匠。師匠が作るものって、基本自動修復が標準搭載」

「ああ、そらそうやな」

「それに、道具類の大部分は、修理じゃなくて作り直し。せいぜい刃物を研ぐ程度」

澪に突っ込まれ、あまり修理関係は仕込んでいなかったことを、今更ながらに思い知る宏。

やはり、必要のないことというのはなかなか腕が磨かれたりしないのだ。

「ほなまあ、どうやるかの指導の前に、澪が修理した経験があるもん、教えてや」

「ん。といっても、穴があいた鍋とかフライパン以外は、せいぜい箪笥《たんす》の引き出しを作り直したりとかその程度。こんな微妙な修理はしたことない」

「なるほどな。っちゅうことは、昨日の指導の分、この手の修理に関してはファムらの方が上になるわけか」

「そうかも」

なかなかの盲点に、こいつはやっちまったと反省する宏。

言われてみればの話ではあるが、澪の現在の環境では、修理の腕を磨く必要も機会もない。

もっと正確に言えば、自動修復が効果を発揮しないレベルの壊れ方となると、基本的に修理の余地もなく廃棄するしかないのだ。

もっとも、自動修復のエンチャントは、基本的に使用上はっきりと不都合が出る類の破損や摩耗を修復するものだ。

なので武器類、たとえば刀の場合、刃こぼれは修復されるが、目視で分からず鞘《さや》からの出し入れに影響がない程度の歪《ゆが》みのような、達人でなければ問題にならないような不具合は修復されないことが多い。

そういった微妙な不具合は、宏が定期的にメンテナンスすることで微調整している。

残念ながら、今の澪の技量では最近の宏達の装備に使われている素材を扱うことはできないので、必然的にそういった種類の修理を経験することもないのだ。

「ほなまあ、説明するために、ずっと同じような状態のパーツ、廃材で作ってまうわ」

そう言って、澪がばらした組木細工の各パーツと寸分たがわぬものを、目の前でどんどん作り上げていく宏。

心を折るためにわざわざもっといいものを作る、などということをしなくても、目の前で同じことをしてやれば、大抵の職人はそれだけで完全に負けを認めるのではないか。

そう思わざるを得ないほど、目の前で宏がやってのけたことは非常識であった。

「親方すごーい！」

「そうか？　単にそのまま写しとっとるだけやから、そんな大したことはしてへんで？」

「見ただけで同じものが作れる職人なんて、親方ぐらいしかいないのです」

目をキラキラと輝かせながら歓声を上げるライムに、宏が不思議そうに首をかしげる。

そんな宏に常識というものを突っ込むノーラだが、どうやら宏には通じていないようだ。

なお、ファムとテレスは突っ込むだけ無駄と悟ってか、宏のやっていることを目に焼き付けることに専念している。

そして、当事者の澪はというと、何やら完全に諦めた様子で、次の宏の説明を待っていた。

「素材がちゃうから完全に同じとは言えんけど、基本的な考え方は変わらんからこれで説明していくわ」

「……ん」

「まず、穴やけどな。考え方としては二パターンあって、一つは軸を若干太くする前提で穴の大きさが同じになるように広げ直す。もう一つは思いっきりおっきく広げたあと、ブッシュ作ってからこんで接着剤で固定する。やり方としてはどっちでもええけど、どっちもそれなりにリスクはあるからな」

「ん。分かってる。ただ、ボクが勘違いしてるとまずいから、リスクの説明もお願い」

「せやな。まず、広げるほうやけど、当然軸が太くなるわけやから、今まで問題なかったところが干渉する可能性は出てくるわな」

「ブッシュの方は、やっぱり外れる可能性？」

「おう。それと、上手《うま》いことやらんと、強度が落ちおる。あと、場合によってはどっちかが割れることもあるな」

宏の説明に、それもそうだと納得する澪。

宏達が言っているブッシュとは、軸と穴を調整するために使う筒状の軸受けである。

ブッシュを使った軸穴の調整や補修作業というのは、基本的にやっていることは組木で穴を埋めるのと同じだが、一般的なやり方だけあって一カ所を切って無理やり突っ込んで萎《しぼ》むようにするパターンをはじめ、いろいろな方法が開発されている。

ブッシュを入れて穴のサイズを調整する場合、宏が説明した問題のほかに、穴にはめ込むブッシュをちゃんと調整しなければ、見ても分からない程度に板から飛び出したりへこんだりして不具合を起こす可能性もある。

言ってしまえば異物を突っ込むのだから、その種のリスクは避けようがない。

「参考までに、師匠はこういう場合、どうする？」

「教えんのはかまへんけど、まずはいっぺんやってみ」

「……残念」

「参考までにっちゅうけど、答え教えるようなもんやん。楽を考えたらあかんで」

「むう……」

あっさり魂胆を見抜かれ、不満そうにする澪。

そんな澪に苦笑しつつ、同じものを四つ作ってファム達に配る。

「自分らもこいつでちょっと修理してみ」

「分かったよ」

「頑張ってみるのです」

「終わったら、採点お願いしますね」

「しゅうりも面白そう！」

宏にコピー部品を配られ、上を目指す若き職人の目つきになりながら、喜々として作業に入っていくファム達。

見事に教育が行き届いている、としか言いようがない光景である。

「……むぅ」

しばらく無言で様々な調整を続けたが、ついにギブアップしたかのように澪がうなる。

「師匠……。これ、穴がいびつに広がってるせいで、同芯出すのが難しい……」

「まあ、そこで躓《つまず》くやろうなとは思っとったで。一応確認やけど、芯分かるようにけがき線入れてから穴のテンプレート使っても厳しいか？」

「うん。片方が、ものすごく穴が広がる……」

「なるほどな。じゃあ、こっちやからこその方法、っちゅうやつを軽く実演して見せよか」

「……そんな方法、あるの？」

「基本的には、ブッシュはめ込むんに近いんやけどな。まあ、見とき」

どうしようもなく行き詰まった様子の澪に、解答例を一つ見せることにする宏。

考えずに答えを写すような行為は成長の妨げになるが、そもそも答えを導くための手がかりが足りていない状態でいつまでも考えさせても、それはそれで弟子を育てるうえではマイナスにしかならない。

なお、念のために補足しておくと、けがき線というのは目印のために入れる線のことである。

「まず、正規の寸法の軸を作る。んで、軸を通す前まで全部のパーツ組んだあと、軸の周りに薄く削って作った木材の帯を二重にならんように巻いてな、穴の方に接着剤を薄く塗ってから接着剤がつかんように注意して軸を突っ込む」

「師匠、それって穴に帯が引っ掛かってずれたりしない？」

「そうならんように、若干穴の内側磨いてデコボコを取っといたるんがコツやな。逆に、帯巻いてもまだガタがあるようやったら、もう一周帯を巻くとええで」

「ガタの調整は分かった。でも、それで同芯が出るの？　ボク、そのやり方だと同芯は出ないんじゃないかって気がする」

「ここで、この世界特有のやり方が出てくんねんわ。穴に通したあと、接着剤が乾く前に錬金術の要領で魔力通したったら、内側に軸に合わせた穴になるようにきれいに帯が定着するから、そのままま っすぐ通して反対側の穴にも同じことしたったらええ」

「……そんなやり方が……」

「今まで道具や製品を作るときに散々似たようなことをやってきたのに、説明されるまで思いっきり盲点だったのです……」

宏に実演され、思わず呆然《ぼうぜん》とやり方についての感想を漏らす澪。

澪の言葉に同意するように、己の不明を恥じるノーラ。

元々超えられるとは微塵《みじん》も思っていなかったとはいえ、まだまだ師の背中は遠い。遠すぎる。

「他の部分のガタも、大体はこの種のやり方で修正できんで」

「親方、昨日教わった微調整はだめなの？」

「正攻法はあっちやな、当然。あれも上手いことやったら、元の状態とほぼ変わらん状態に持っていけるしな」

ファムの質問に、にやりと笑ってそう答える宏。

宏が昨日ファム達に教えた調整法というのは、主にタンスの引き出しなどを直すとき行うやり方で、ガタがきている面をやすりやカンナなどで平面にし、調整用の板を張り付けてすり合わせをする、という、錬金術を使わず今回のやり方を行う方法、とでもいうべき手法であった。

余談ながら、地球の製品においても工作機械のテーブルなど、モーターによって前後左右に自在に動く構造になっているパーツの場合、あとでそういった調整を行えるよう、最初から土台とテーブルの間のガタを殺すための薄板を一枚噛《か》ましている。

他にも、木材製品の長期使用と経年劣化による歪みや摩耗を調整するのに、場合によっては薄いテープのようなものを使う手法もないわけではない。

美術品や遺跡の修復になってくると、接着剤と様々な材質の粉末を使ってすり合わせをしながら元の状態に復元するケースが一番多いので、宏が教えた方法はある意味では基本中の基本と言えなくもない。

「そういうわけやから、まあ、最後までやってみ」

そう言って、澪達の作業を監督すること、約一時間。

「……むう」

「まあ、そうなるやろうなあ、とは思っとったで」

朝の時点で宏が予想していたとおり、澪が修理したものはどう考えても元の製品より性能も美観も上、という状態になってしまう。

さすがに宏がやった結果と比較すれば数段劣るが、残念ながらそれは複数の意味で何の慰めにもなっていない。

「っちゅうわけで、こっから先はファムらに期待っちゅう感じやな」

「あんなに苦労したのに、結果がまさかのおまいう状態……」

「世の中、そんなもんやで」

宏に慰められ、さらにへこむ澪。

結局、北地区の爺様《じい》達との勝負がつくまでの間、借りてきた品々の修理はファム達の担当にならざるを得なくなるのであった。

☆

「もう、あっちはいいの？」

「おう。しばらくは自分らだけでやりたい、っちゅうとったからな」

澪が修理を終え、その結果にへこんでからさらに三十分後。

一通りの指導を終え、ファム達の自主性に任せることにした宏は、春菜と澪を助手にして次の作業に移っていた。

「それで宏君。私が手伝うことって何？」

「春菜さんにしか頼めんことっちゅうたら、そらもう時間制御しかないやん」

「あっ、やっぱり？」

宏の言葉に、まあそれしかないかと苦笑しながら頷く春菜。

とはいえ、よほどのことがない限りは、宏がわざわざ春菜の時間制御に頼る必要などない。

恐らくだが、ここしばらくの調理関係の試作のように、数こなして条件を割り出す必要がある類の何かをしようとしているのだろう。

「ねえ、師匠。わざわざ春姉《はるねえ》の手を借りるって、何作るつもり？」

「作ろうとしてんのは二つ。使い捨てのマスクと、新型の食品ライン用のクリーンスーツやな」

「「えっ？」」

宏の言葉に、思わず己の耳を疑う春菜と澪。

こういってては何だが、どちらもインスタントラーメン工場立ち上げの際に、十分すぎるほどの性能と生産性のものを開発、製造手段と共に納品済みのはずなのだ。

「ねえ、宏君。クリーンスーツって、わざわざ新しいのを作らなきゃいけないの？」

「候補者に関してはよう知らんねんけど、もしジャイアント種が合格した場合、今のやとサイズに問題が出おるんよ。それとは別に、開発用に単なるエプロンっちゅうか白衣に近いやつも必要になるんちゃうか、思ってな」

「あ〜、言われてみれば……」

「でも師匠、それぐらいだったら、春姉の手を借りるまでもないはず」

「春菜さんに手ぇ借りたいんは、むしろマスクの方やねん」

「「マスク？」」

宏の言い出した言葉に、さらに二人して声を揃えて疑問を口にする。

正直な話、マスクこそ今のままで十分ではないのか。そんな気がしてならないのだ。

「えっと、新型のマスクが必要になるって、どういう理由で？」

「まあ、さっきのクリーンスーツとおんなじで、エルフみたいなヒューマン種に近い顔しとる種族はええけど、そうでない種族にも対応しとかんとまずいわけやん」

「ああ、それはそうだよね。というより、むしろクリーンスーツより問題が多いよね」

「せやろ」

宏が挙げたファンタジーな世界ならではの問題、その重要性に理解を示す春菜。だが、宏にとってはその問題は序の口で、実際にはもっと重大な問題があったりする。

「で、それ以上に重要なんが、な。新人研修あるやん。今までのマスクやと声がこもってしもて、意思疎通に問題が出そうな気がするんよ」

「……それはそうかもしれないけど、前はどうしてたの？」

「前の時は、レイっちがかき集めてきたそれはそれは優秀な人材ばっかりやったからな。少々声がくぐもってようと意思疎通に問題は出えへんかったし、そもそもやるんはライン作業だけやったわけや」

「ああ、うん。そうだね」

「せやけど今回は、マスクしたまま新製品の開発もさせるわけやから、ちゃんと声聞こえへんとヤバそうな気がすんねんわ」

「あー、そういうこと……」

「確かにそれは重要……」

言われてみればという感じで、宏の懸念に全面的に同意する春菜と澪。

残念ながら、今回はどんな人材が混ざっているか分からない。

最低限の常識や人間性は備えていようが、宏のように、ある程度それらを備えたうえで常識をどこかに置き去りにしたような無茶をやらかす人間だっているだろう。

さらに言えば、新製品の開発に関しては、そういう人材こそ戦力になるのである。

言った言わないを避けるためにも、聞き取りにくいマスクという問題は解消しておかなければならない。

「というか師匠、よくそこに気がついた」

「前々から、気にはなっとったんよ。ただ、別に急いで手ぇ入れる理由も必要もなかったから、とりあえず後回しにして置いといたんやけど……」

「けど?」

「今回は放置しとくと、レイっちの胃が心配でな……」

「「ああ……」」

宏の言い分に、全力で納得する春菜と澪。

ウォルディスとマルクトの戦争が終わってから今まで、レイオットにはストレスが溜まる事件が続いている。

そこにこんなことで余計なトラブルを持ち込むのは、いくらなんでも哀れに過ぎる。

それに、前々から気にはなっていたのだ。いい機会なのだから、対処できるときにやっておくに越したことはない。

「まあ、そういうわけやから、まずはすぐ終わるクリーンスーツ関係をサクッと作って、そっから三人でマスク開発やな」

「そうだね。明日からの私達の指導にも影響があるし、頑張って今日中に完成させないとね」

「ん。こっちのご当地インスタントラーメンの未来のためにも、全力で完成させる」

宏の言葉に、やたら気合いを入れて返事をする春菜と澪。

特に春菜は、ひそかに自分にとって他人事《ひとごと》ではないことに気がついたこともあり、気合いの入り方は尋常ではない。

が、こういうときに春菜が気合いを入れると、大抵碌なことにならないのはお約束のパターンだ。

結局、クリーンスーツ関係は宏が言ったとおりサクッと終わったのだが、マスクに関しては、

「……うわあ……。これ、フィット感がなさすぎてあぶない……」

「……ん……。つけてること忘れて、そのままものを食べようとしそう……」

「こいつは逆に窮屈すぎて、慣れる前につけとる人間が切れそうやな……」

「なんか、顔の形変わりそうなほどの締め付けになってるよね……」

「これで外したときに顔に跡がついてないとか、逆に感心する……」

「こっちは声はきっちり通るのに、通気性ゼロで間違いなく窒息するよ」

「春姉とか師匠とかみたいに生き物の壁を乗り越えた存在じゃなきゃ、息苦しくてそもそも声すら出せない」

「こいつに至っては、マスクとしての機能一切あらへんし……」

こんなふうに完成までに迷走に迷走を重ね、ある意味奇跡だとしか言いようがない珍妙な試作品

を何千何万と作り出す羽目になる。

しかも、迷走は試作だけでは終わらず……、

「師匠、量産試作したら、マスクが全部羽ばたいてどっかに飛んでいった……」

「こっちは耐久性がまったくなくて、つけようとして引っ張っただけで耳ゴムが外れるよ……」

「師匠、次はサイズが異常に大きくなってる……」

「うわあ、ゴムが引っ張っても全然伸びないよ……」

「同じ条件で量産試作しとんのに、何で結果がこんなに極端に変わんねん……」

普通に量産するためのシステムの構築でも問題が続出し、春菜の時間操作を使ってなお、完成したのは達也達が帰宅するぎりぎりになってしまったのであった。

☆

その日の夕方。アズマ工房ウルス。

「ふう……。ようやく、採用試験が終わったな……」

帰ってきてお茶を飲み、一息ついたところで、達也が安堵《あんど》のため息とともにそう口にする。

「お疲れ様、どうだった？」

「まあ、良くも悪くも、いろんな人材が来てたな」

「そっか。それで、合格したのは？」

「当初の予想どおり、十人だな。といっても、落とした候補者も大部分は絶対ダメってレベルでは

なくて、どうにもならないほど変なやつってのは数人だったんだがな」

「合格者は全部ヒューマン種？」

「いや。種族的にはヒューマン種が六人で、残りの採用枠はエルフ、ドワーフ、ヒルジャイアント、オークだった。因《ちな》みに、エルフとオークが女性で、ドワーフとジャイアントが男性だ」

お茶を出してくれた春菜の問いに、そう答える達也。

書類選考の段階では二割程度だったヒューマン種以外の候補者も、採用試験が進むにつれてどんどんその割合を増やし、最終的には半分近くを占めるまでに勢力を増したことになる。

もっとも、勢力だなんだといったところで、同じ種族が複数合格しているのはヒューマン種のみなので、ヒューマン種の勢力自体はゆるぎないと言える。

因みに現在、達也以外でここにいるのは春菜、そして宏と澪の三人だ。

ファム達はいまだにせっせと修理の技を磨いており、真琴は何やらインスピレーションが湧いたらしく、部屋にこもりきりで何かを描いている。

「さすがにゴブリンとかリザードマンとかの採用はなかってんな」

「そもそも、何人かいたゴブリンはともかく、リザードマンとかその類の種族は、候補者にいなかったからな」

「やっぱおらんか」

「根本的な話として、リザードマンは環境的な問題のせいか、ウルスでは滅多に見ないからなあ」

「そうかもなあ」

自分でもうすうす思っていたことを達也に言われ、リザードマンについては素直に引き下がる宏。

だが、ゴブリンについてはもう少し気になっているらしく、素直に納得せずに食い下がってくる。

「リザードマンはしゃあないとして、ゴブリン全滅っちゅうんはそないに人数少なかったん？」

「ああ。一応いたってだけで、数からすればエルフより少なかったぐらいだからな」

「そうなんや？」

「おう。つってもエルフは三人でゴブリンは二人、って程度の差だしな。エルフにしてもゴブリンにしても、落ちた理由自体は今回の無茶な日程が原因なんだが」

「あ～……。そらしゃあないか」

達也が口にした理由に、半ば同情しつつ納得する宏。

「因みに、ゴブリンは学科試験受けられなくて全滅、エルフは一人は学科試験不参加、もう一人は面接会場に来なかった」

「なるほどな。っちゅうか、ゴブリンは学科受けて合格できそうやったん？　あいつら、頭の良し悪しはともかく、学力っちゅう面では結構微妙やった記憶あるんやけど」

「かもなあ。実際、ゴブリンはゴヴェジョンの旦那みたいに上位種に進化してないと、寿命的な問題で高度な教育ってのは難しいだろうしな」

「ん。ゴヴェジョンおじさんは特殊な例外」

疑問を持った宏に対して、達也と澪が正直な認識を告げる。

短命な種族の頭が悪いかどうかはともかく、教育を受ける期間というのは確実に短くなる。

今回の採用試験のように、判断基準として学力が入るとどうしても厳しくはなるだろう。

「ただ、それを踏まえても、書類段階でゴブリンは少なかった」

「だなあ。正直、ゴブリンの出生数を考えると、もうちょっといてもよかった気はするが」

「そこ追及する場合、根本的にゴブリンとかが街に出稼ぎに来る必要がどの程度あるんか、っちゅう話になってくるから、おらんほうが自然やわな」

いわゆる人間の括《くく》りに入っている種族でも、リザードマンやアントマンを筆頭に、諸般の事情で人里に滅多に姿を現さない種族はいくらでもいる。

例に出たゴブリンなどはまだ見かけるほうで、体の小さなフェアリーや逆に大きすぎる一部のジャイアント種などは、方向性は真逆なれど同等レベルで身の危険を感じるため、まず人里近くに顔を出すことはない。

マーメイドなどの水棲《すいせい》種族に至っては、そもそも陸に上がるだけで多大な苦労をするので、船乗り以外にとっては都市伝説の領域に至っている。

「そういえば、オーク以外は獣人系の種族も採用なかったんだ」

「ああ。一人、非常に悩んだ人材はいたんだが、な。いわゆる二足歩行で手の形が人間と同じの、人語を話す全身モフモフ系の種族でなあ……」

「あ～、食品扱う工場だと、悩ましいところだよね……」

「そうなんだよな。食品関係の工場じゃなきゃ、間違いなく採用だったんだが……」

「それは仕方ないよ……」

不採用になった理由を聞き、納得と共に達也に若干同情する春菜。

種族という本人にはどうしようもない理由で、数人いた話にならないレベルの人材と同じように不合格を告げねばならなかったのだ。

それはもう、忸怩《じくじ》たる思いだっただろう。

「まあ、そういうわけだから、明日からの研修はそのあたりの種族差も考慮してくれ」

「了解や。っちゅうか、クリーンスーツ作っといて正解やったな」

「そうだね」

「マスクも、苦労した甲斐《かい》があった」

「なんだ、もう対応してくれてたのか」

「体格の問題と種族特有の顔の形の問題は、今日のうちに対処しとかんとまずいかと思ってな。ただ、マスクは冗談抜きで、なんでこんなに苦労するんやっちゅうぐらい手こずったけどな」

宏のボヤキに反応して、つい遠い目をする春菜と澪。

それを見て、今更ものづくりにおいて宏を手こずらせるようなものが存在するとは、と軽く驚いてしまう達也。

そこに、部屋にこもりきりだった真琴が降りてくる。

「やっといい感じのができたわ」

「あ、お疲れ様。何か飲む？」

「うん、頂戴。同じのでいいわ」

春菜にお茶を頼み、達也達の前に座って一息つく真琴。

春菜がお茶を淹《い》れてきてくれたところで、持ってきた紙の束を広げて話を始める。

「明日からの研修資料、デザインまわりに関して漫画仕立てで作ってきたから、監修よろしく」

そう言って宏と春菜、達也に資料を渡すと、やり遂げた顔でお茶を飲む。

澪に渡さないのは、澪が見ても判断できないのが分かり切っているからである。

「……また、えらい細かく作ってくれてんなあ」

「……練習問題とかもいっぱいあるよね。真琴さん、これ作るの、ものすごく大変だったんじゃない？」

「……やべえ。俺の勤め先、ここまで丁寧な研修資料なんて作ってねえぞ……」

やたら気合いが入った手の込んだ研修資料に、感嘆の声を上げる宏達。

その様子に内容が気になって、澪が春菜の横から資料を覗《のぞ》き込む。

そこには、素人で子供の澪が見てもすごいと分かる、とてつもなく丁寧な作りの練習問題と解説漫画が描かれていた。

「……ねえ、師匠、春姉」

「うん。澪ちゃんの言いたいことはよく分かるよ」

「これと一緒に配布して問題ない資料、っちゅうとものすごい大仕事やで……」

「結局マスクに手を取られて作る時間なかったの、結果的に良かった感じだよね」

澪の言いたいことを察し、思わず真顔でそう言い出す春菜と宏。

「飯食ったら、気合い入れて作るぞ！」

「なんかこう、責任感じるから、あたしも手伝うわ」

「別に真琴さんは何も悪いことしてへんけど、手伝ってもらえるんはありがたいから頼むわ。ただ、多分春菜さんの権能使い倒さなあかん感じやから、神の城で作業やな」

「さすがにこれ以上ここで時間制御使うの、アルフェミナ様が大丈夫か的な意味で気が引けるしね……」

「ボクも雑用ぐらいは手伝う」

別に誰が悪いわけでもない、というより本来なら称賛されるべき真琴の頑張りにより、宏達は窮地に追い込まれるのであった。

☆

宏達がそんなふうに慌てている頃、ウルス東地区の市場。

「あら？」

「えっ？　エアリス様!?」

面接やそれに伴う事後処理が終わり、久しぶりにドーガを伴って東地区の市場を冷やかしていたエアリスは、エルトリンデとばったり遭遇した。

「そんなにかしこまらなくても、大丈夫ですよ」

「で、でも……」

異常にかしこまっているエルトリンデに対し、困ったように微笑《ほほえ》みながら態度を改めるよう勧めるエアリス。

基本的に姫巫女《ひめみこ》としても王族としても忙しいエアリスだが、なんだかんだで時間が空けば、ドーガを伴って、もしくはファムやライムと一緒にこの辺りをうろうろしていたりする。

最初の頃はちゃんと変装をしていたのだが、ここ数カ月は国内事情も落ち着いてきたこともあり、素顔をさらして行動している。

なので、この辺りの住民は慣れている、というほどではないが、エアリス相手にかしこまったりとりつくろったりはしなくなっているのだ。

それだけに、エルトリンデにこういう態度をとられると、いろんな意味で困ってしまうのである。

「エルトリンデさん。本日は面接、お疲れ様でした。そして合格、おめでとうございます」

「えっ？　あっ、そのっ。ありがとうございます！　というか、名前を憶《おぼ》えていただけているなんて……！」

「最初の合格者でしたし、元々巫女として一番求められることは、人の顔と名前を覚えることですから」

とりあえず空気を変えるために、インスタントラーメン工場の従業員に採用されたエルトリンデを祝うエアリス。

そんなエアリスの言葉に対して、わたわたと慌ててみせるエルトリンデ。

そう。達也が言っていたエルフの合格者とは、エルトリンデのことである。

「おや、姫様。今日はお休みですかい？」

「いえ。お仕事が終わって少し時間ができましたので、散歩がてら市場を見て回っていました」

そんなことをやっていると、恰幅《かっぷく》のいい野菜売りのおばさんがエアリスに声をかけてくる。

そのおばさんに、気品や上品さを失わないまま、実に気軽な態度でにこやかに対応するエアリス。

かしこまっているエルトリンデが馬鹿らしくなるぐらい、エアリスは下町の市場になじんでいた。

「ああ、そうだ。いい機会だから、神殿に寄進ってことで、今年初めて育てた冬野菜を持ってってってくださいな」

「あら、ありがとうございます」

「もしよさそうだったら、アルチェムちゃんに相談すれば、種とか持ってきてくれるはずだよ」

「そうですか。では、あとで相談してみますね」

そんなやり取りをしながら、ほうれん草のような野菜を受け取るエアリス。

それを見ていた他の露店の人達が、寄進のために渡そうと用意していた野菜や果物を、残念そうに売り場に戻す。

エアリスの心身両面の負担に配慮し、暗黙の了解で寄進をするのは区画ごとに一店舗のみの早い者勝ち、ということになっているのだ。

雑な感じの対応をされてはいるが、なんだかんだでエアリスは単に愛されているだけではなく、王族として姫巫女として、しっかり敬われ慕われているのである。

「は〜……」

「どうなさいました？」

「えっと、目の前で起こっていたことに対して、どう言っていいか分からない、複雑な感情というか感想が……」

エアリスとおばさんの一連のやり取りを見ていたエルトリンデが、エアリスに問われてなんとも言いがたい複雑な感情を正直に口にする。

その言葉に、エアリスだけでなくおばさんから野菜が山と盛られた籠《かご》を受け取っていたドーガも苦笑を浮かべる。

「私は位が高いとはいえ、姫巫女という役職は基本的にはただの神官だと思っていますし、そうであるべきだと考えています。そして、神の僕《しもべ》である神官が、今を一生懸命生きている民の皆様と距離があっては、本来の役割を果たすことはできません」

「というのは姫様の場合、半分建前でのう」

エアリスが口にした立派な意見に、横から口を挟んだドーガがオチをつける。

ドーガに半分とはいえ建前であることをばらされて、アルカイックスマイルを浮かべて目をそらしたエアリスが、偶然道端に座り込んでぼんやりと空を見上げる大男を見つけてしまう。

エアリスは、その大男に見覚えがあった。

「……あら？」

「……えっ？　あの人ってもしかして……？」

エアリスの視線をたどり、見覚えのある大男の存在に気がつくエルトリンデ。

エルトリンデもここ数日、ほぼ毎日のように奇妙な偶然で目撃していた人物であった。

もっとも、初対面の時から、その風貌はあまりに変わってしまっているのだが。

「あの、エアリス様。あの人って、今日の面接で……」

「はい。一番最初に不合格になった方ですね」

エルトリンデの疑問にそう答え、大男の方へと歩み寄るエアリス。

その後ろを警戒しながらついていくドーガと、大丈夫なのかな、という表情を浮かべながらも二人に従うエルトリンデ。

自分に向かって歩いてきている集団に気がついたらしい大男だが、エアリスに一瞥《いちべつ》をくれただけで、すぐにまたぼんやりと空を見上げる。

「あの、こんなところに座り込まれて、どうなされましたか？」

大男に目線を合わせるようにしゃがみ、心配そうに声をかけるエアリス。

そのエアリスを無視して、ぼんやり空を見続ける大男。

その状態がどれだけ続いただろうか、ついに根負けしたように、大男がポツリと呟《つぶや》く。

「……インスタントラーメン……、……作って食いたかった……」

その言葉に、思わず顔を見合わせるエアリスとエルトリンデ。

が、予想できたはずなのに予想外だった言葉に唖然《あぜん》としているエルトリンデと違い、エアリスの反応は早かった。

一つ頷いたかと思うと、自身のポシェットを開け、ポットとカップめんタイプの元祖鶏ガラを取り出し、即座にお湯を注いだのだ。

「……インスタント……、……ラーメン……」

「はい。お箸《はし》は、使えますか？」

お湯を注いだ元祖鶏ガラを手渡し、完成までの時間が分かるように砂時計を置きながらそう確認するエアリス。

呆然としながらラーメンを受け取った大男が、エアリスの問いに反射的に頷く。

「それでは、このお箸を使ってください。熱いので、火傷《やけど》しないよう注意して召し上がってくださいね」

そう言って箸を渡すと、念のためにラーメンを置けるよう小さなテーブルも大男の前に置くエアリス。

「あの、エアリス様。一つ質問よろしいでしょうか……？」

「はい、なんでしょう？」

「そのポシェット、いったいどれだけの容量があるんですか？」

「ヒロシ様から頂いたものなので、私にも正確な容量は分かりません」

エルトリンデの問いに、笑顔でそう言い切るエアリス。

宏の名を出されて、ウルスのあちらこちらで聞いたアズマ工房の評判から、そういうものかと納得するエルトリンデ。

ウルスの住民相手の場合、とりあえず宏の名前を出しておけば、大抵の質問は瞬殺できるのだ。

「……インスタントラーメン……。……おお、インスタントラーメン……」

エアリスとエルトリンデがそんなやり取りをしている間、ずっと砂時計を食い入るように見つめていた大男が、砂が落ちるや否やうわごとのようにそう言いながら、震える手でどんぶりをテーブルに置き、慎重にふたをはがす。

その瞬間、辺りに漂う元祖鶏ガラの香《かぐわ》しいスープの香り。

どんぶりから漂う食欲をそそる匂いに涙を浮かべながら、箸を麺に突っ込んでほぐし、火傷しないように何度も息を吹きかけて冷まして、一気にすすり上げる大男。

一口食べたら、もう止まらない。

滂沱《ぼうだ》のごとく涙を流しながら、それでも幸せそうな笑顔で無心にラーメンを食べ続ける。

「……さすがに、この姿で面接に来てしまった以上、少なくとも今すぐ直接インスタントラーメン工場で雇用する、というのは不可能です。ですが、心身共に落ち着いて身なりを整える余裕ができるまで、何か関連するお仕事を紹介できないか、相談してみようと思います」

「あの、エアリス様？」

「ふむ。姫様がそうなさりたいのであれば、特に反対はしませぬが、たまたま目に入った彼だけを特別扱いするには、その理由が必要ですぞ？」

エアリスの思いを聞いたエルトリンデが眉をひそめ、ドーガが真剣な顔でその真意を問いただす。

エルトリンデとドーガの反応を聞いたエアリスが、なぜそうしたいのかの詳細な理由を口にする。

「そうですね。ですが、この方は少なくとも面接にたどり着ける程度には能力があったのです。そのうえで、こんな境遇になってもインスタントラーメンへの情熱を忘れない方でもあるので、少々もったいないと思ったのです。それに……」

「『それに？』」

「インスタントラーメンは、人々を幸せにするものでなければいけない。そう思うのです」

エアリスの最後の一言を聞き、撤回する気はないのだということを思い知るドーガ。

エルトリンデに至っては、エアリスの信念に共感し、感動すらしてしまっている始末である。

一方の大男は、黙って幸せそうに、スープの最後の一滴まで平らげるのであった。

時は少し流れて工場見学の二日目。

初日は合格者と宏《ひろし》と春菜《はるな》、エアリス、そして新人従業員で回ったが、今日はアズマ工房の面々とエアリス、それにアルチェムで回ることとなっている。

工房から連れだってインスタントラーメン工場にやってきたアズマ工房一行は、工場の敷地に入る入口でいったん集合していた。

「へえ、ここが工場なのね」

「そういえば、真琴《まこと》さんと澪《みお》は来たことなかってんな」

「ん。今日初めて。というよりボク、こういう工場そのものが初めて」

「神の城で散々工場っぽいところは見てたじゃないの」

「あれは工場じゃない」

「まあ、神の城の生産ラインはまた別もんやしなあ」

敷地の広さやこれぞ工場という風情の建物に、やたら感心した様子を見せる真琴と澪。

特に澪は工場見学初体験とあって、いつもよりテンションが高い。

まあ、テンションがいくら高くともそこは澪。普通の人間からするとそんなに感動しているような感じには見えない。

「広いたてものなの」

「この辺りって、すごくごちゃごちゃしてた記憶があるんだけど、どうだっけ？」

「ノーラが初めてこの辺りに来たときには、建物の解体工事が始まっていたのでよく分からないのです」

「ウルスは広いから、一回も来たことがない場所って結構あるのよね」

そんな澪をスルーして、ファム達が実があるようなないような感想を口にする。

ウルスはおろかこの世界のどこにも存在しない、ザ・近代と表現したくなる工場や事務棟なども、宏のせいでいろいろマヒしている彼女達にはさほど響かないようだ。

なお、一緒に来ていたジノ達新米組は、ファム達とは逆にあまりの立派さに萎縮《いしゅく》して声も出ず、完全に空気と化している。

「とりあえず、入口でまごまごしてると、エル達を待たせることになる。そろそろ行こうや」

「そうだね。そういえば達也《たつや》さん、昨日もレイオット殿下は参加できなかったけど、今日も参加しないの？」

「何やら、昨日の用事を片付けたら文官どもを締め上げなきゃいけなくなったらしくてな。しばらくは身動きが取れないそうだ」

「そっか。ちょっと残念」

達也に促されて新棟の正面玄関に向かいながら、レイオットの現状について確認する春菜。

今回の軍用食に端を発した一連の事件に関しては、何か一つ問題を片付ければそれに付随してさらにいくつかの問題が発覚するという、この種の不祥事にありがちな状況に陥っていた。

その結果、レイオットは般若の顔で文官を締め上げて回ることに手を取られる羽目になってしまったのだ。

「アルチェムはエルと一緒だったたっけ？」

「ああ。アルチェムは昨日一日、アランウェン様の指示でアルフェミナ神殿にいたそうでな。せっかくだからそのまま一緒に来ることにしたらしい」

アルチェムの動向について話す真琴と達也。

ほんの数日のこととはいえ、湯治に行って以降、どうにもアルチェムとはすれ違いが続いている感じである。

「つと、入口が見えてきたな」

「いらっしゃ〜い」

「歓迎するの〜」

「やっぱり来てたか……」

そろそろエアリスとアルチェムが待つ新棟の入口というところで、わらわらとオクトガルが寄ってくる。

その良すぎるタイミングから察するに、どう考えても出待ちしていたとしか思えない。

「今更やから特にうるさくは言わんけど、今日は新人が作業しとるからな。あんまり邪魔したらあかんで」

「大丈夫なの〜」

「私達、空気読めるいい子〜」

「いたずらするのは休憩時間〜」

「異物入れようとする悪い子は〜」

「みんな揃《そろ》って」

「「「「遺体遺棄〜」」」」

「それやとむしろ、瘴気《しょうき》的なもんが混入してもうて、単なる異物混入よりヤバなりそうな気ぃすんねんけど……」

相変わらずむやみやたらと遺体遺棄につなげたがるオクトガルに、なぜか妙にまじめな突っ込みを入れる宏。

やはり飯が絡むと、宏は真面目になるようだ。

「まあ、とっとと受け付け済ませるぞ」

「受け付けなんて必要なんだ？」

「最近の状況が状況だから、今回の筆記試験からは来る人間に関係なく受け付けを済ますシステムに変更したんだと」

「なるほどね。まあ、セキュリティをしっかりしておくのはいいことだよ」

達也が説明した経緯を聞き、そういうことならと納得する春菜。

そこに、またしてもオクトガルが割り込む。

「私達～」

「セキュリティ担当～」

「不審な侵入者は～」

「徹底的に遊んでから排除～」

「そこに慈悲はないの～」

「……まあ、遺体遺棄しないだけまし、ってことにしときましょう」

「ん。そもそも、オクトガルがいるところで、余計な悪さをすること自体が愚か」

オクトガルの自己主張を聞き、なんとなくダウナーなテンションになりながらそう結論を出す真琴と澪。

アズマ食堂の時もそうだが、オクトガルが本気でセキュリティを担当すると、出し抜ける人間はまずいない。

恐ろしいことに、バーストやレイニー、アズガッドのような超一流のアサシンや諜報員《ちょうほう》ですら、オクトガルの目を欺くことはできなかったのだ。

「一つ気になったんだけど、報酬とかはどうなってるの？」

「アランウェン様からの指示～」

「無報酬～」

「他で十分貰《もら》ってるの～」

「ああ、そうなんだ……」

オクトガルの雇用において、最も気になる報酬がらみ。その答えがアランウェンからの指示だと聞いて、それなら別にいいかと割り切る春菜。

この世界の神は特定の個人や組織に普通に肩入れするうえ、それについて文句を言う個人も集団もほぼいないので特に問題にならないのである。

そんなことをやっていると、唐突にオクトガル達が一斉にキュピーンという感じで目を輝かせる。

「緊急事態はっせ～い」

「全員しゅうご～う」

「救援隊、発し～ん」

「これより解決に当たるの～」

「行ってきま～す」

「解決したあと、他の人の邪魔しちゃだめだよ？」

「「「「は～い」」」」

春菜に窘《たしな》められ、聞いているのかどうか分かったものではない軽い返事をして一気に転移するオクトガル達。

それを見送った後、気分を切り替えるように入口に顔を向ける春菜。

「とりあえず、行こっか」

「せやな」

「で、オクトガルに割り込まれちゃってすぐに思い出せなかったんだけど、昨日私達、受け付けとかしてなかったよね？」

「昨日に関してはな、エルが先に話通して受け付けも済ませとってくれてんわ」

「それはいいんだ？」

「王族相手の受け付け自体、ほとんど形だけのもんやろうからなあ。特にエル相手やと、そういうことに文句はよう言わんやろ」

「そうかもね」

宏の言葉に、今度こそ納得する春菜。

そもそもの話、今回のような現地集合の場合、先に来た人間が全員分の受け付けを済ませたうえで、入口で合流するのを待っているというケースは珍しくないし、それを許容する施設もいくらでもある。

結局のところ、誰が来たのかが記録できれば問題ないので、エアリスだから受付の担当者が気を使ったというのは邪推であろう。

「おはようございます。お待ちしておりました」

そんな宏達の会話を知ってか知らずか、新棟の正面玄関入ってすぐ、受付の前で待ち構えていたエアリスが、もう待ちきれないと言わんばかりの輝かしい笑顔で出迎えてきた。

「すまん、待たせてもうたか？」

「いえ、大丈夫ですよ。ただ、私もそうなんですが、エル様は朝からものすごく楽しみにしておられまして……」

「だって、今日の私達の見学によって、今後の一般公開の内容が決まるのですよ？　楽しみなのは当然ではありませんか」

アルチェムに暴露されて、そんなふうにむくれて見せるエアリス。

非常に珍しいことに、今日のエアリスは完全に年相応の、大人になり切れていない子供の姿を見せていた。

「昨日も一緒に見学したっちゅうのに、そんなに楽しみなんか」

「はい！　だって、ラインが動いているところは見せていただきましたが、見学のためではなく実際に売る商品を作るために動いているところ、というのは見たことがありませんもの」

「あっ、それは私達もそうだよ。日本にいるときも、さすがにインスタントラーメンの工場見学に行く機会ってなかったし」

「そうだな。こっちではともかく、日本では俺も得意先にインスタントラーメンの関係はなかったし」

「あたしもないわねえ。工場見学なんて高校の頃が最後だし。あたしの地元、工場見学受け入れてるような大きな工場って、地元銘菓を作ってる会社ぐらいだったのよね」

「ボクに至っては言わずもがな」

エアリスの楽しみポイントに対し、実はみんなして生産稼働中のインスタントラーメンのラインなんて見たことがないことをカミングアウトする。

それを聞いた宏が、意外そうな顔をする。

「春菜さんはこういうとこにも行ったことありそうな気ぃしとったんやけどなあ……」

「残念ながら、食品関係はお菓子類とパンしか見学させてもらったことないんだよね」

「さよか。ちょっと意外やな」

「うん。多分、女の子だからそういうのの方が喜ぶんじゃないか、って配慮してもらったんだと思うんだけどね。宏君は？」

「僕は小学校の工場見学でやな。大阪やから、元祖鶏ガラのメーカーが学校向けに限って工場見学を受け入れとってな」

「なるほどね」

春菜の口にした理由を聞いて納得しつつ、自分はどうだったかを説明する宏。

結局のところ、日本にいたときにインスタントラーメンの工場を実際に見たことがあるのは、宏だけだということが判明する。

「まあ、ええわ。さっさとクリーンスーツ着て見学しよか」

「そうだね」

「親方、早く行くの！」

「エル様ほどキャラを崩すつもりはないのですが、さすがにここでお預けはひどいのです」

「アタシも、さすがにちょっと待ちくたびれたよ」

「そうですね。早くいきましょうよ」

宏の言葉に春菜が同意し、ひそかに待ちきれなかった職員組からも、次々とせかすような声が上がる。

「ほな、行かせてもらうな」

「はい。いってらっしゃいませ」

宏の言葉に、にこやかに頭を下げる受付嬢。因《ちな》みに彼女は、レイオットからの指名を受けて旧工場から異動してきた職員である。

そんな受付嬢に見送られて、宏達の工場見学は始まりを告げるのであった。

☆

「うわあ、すごい！」

猛烈な勢いで製品を吐き出していく生産ライン。その音を聞いたライムが、無邪気に驚きの声を上げる。

稼働開始から二日。

第二工場の生産ラインは、順調な様子だった。

「音のテンポからすると、毎秒一個ぐらい生産してる感じだが、どうなんだ？」

「せやな、そんなもんやろう。ライン動かしてんのが採用されたばっかかの新人やから、だいぶん生産絞っとるしな」

「……絞ってそれか……」

「おう。第一工場より生産速度は上がっとるから、本気出したら多分人間の方がついていけんはずや」

「おいおいおい！　さすがにそれはどうかと思うぞ！」

「まあ、地球やったらともかく、こっちやったら作業しとったらスキル生えて、そのうち対応できるようになる可能性あるやん。それに、どんなもんでも性能には余裕あったほうがええやろ？」

宏の言い分に、思わず頭を抱える達也。かぶったビニールキャップのガサリという音と感触が、なんとも微妙な気分にさせてくれる。

性能に余裕があるほうがいい、という点には同意するが、さすがに限度というものがある。それ以上に、限界を超える速度に付き合わせれば、スキルが生じて対応できるようになるかもしれないという発想が、危険すぎるにもほどがある。

はっきり言って、放置すればブラック企業一直線の発想だろう。

「えっと、とりあえずそのあたりのことは置いておいて、設備の解説とかお願いしていいかな？　私とエルちゃんは昨日聞いてるけど、他のみんなは今日初めてだし」

「せやな。材料関係はちょっと省くとして、ライン構成やな。新工場に設置したラインは五本。二本が袋めんで、三本がカップめんや」

「昨日は、そのうち一本だけ動かしたんだよね」

「せやな。作ったんも、いっちゃん分かりやすい元祖鶏ガラやったし」

春菜に水を向けられ、宏がラインの概要の解説を始める。

宏が言うように、新工場に並んでるラインは全部で五本。一本の生産ラインは長さ二十メートルほどで、宏達が入ってきた場所からだと、材料の投入口が見える。

ラインは全て中が見えない筒が入口から出口までつながっている、という見た目をしており、知らなければ生産ラインだとは思わないだろう。

ただ、完全に中身が見えないというのはそれはそれで困るため、側面には液晶パネルのようなものが何枚か等間隔で設置され、その近くには操作盤のようなものもある。

そんなパッと見は正体不明の筒にしか見えないラインを観察しつつ宏と春菜のやり取りを聞いた真琴が、ふと思いついた疑問を口にする。

「そういや、ちょっと思ったんだけどさ。元祖鶏ガラみたいな味付きラーメンとスープが別添えの袋めんとでは、工程が変わってくるわよね？　そこの切り替えってどうなってるの？」

「設備の中で通り道切り替えるやり方でやってんねん。スープの方も、味付き以外は乾燥させて粉にする工程に流すようになっとるし」

「……結構、複雑な構造になってるのね」

「ミックス生産やから、どないしてもなあ」

「専用ラインじゃダメだったの？」

「最初の工場にはあるんやけどな。元祖鶏ガラのラインだけ何本も、っちゅうんはあとで問題になるんちゃうか、って思ったんよ。日本やと、よう聞く話やろ？」

「あ～、確かによく聞く話よね……」

宏の主張に、日本でよく問題になるあれこれを思い出して納得する真琴。

専用ラインは構造が簡単になり、材料の管理やメンテナンスもやりやすくなる反面、需要が減ってきた際に潰《つぶ》しがきかないという問題がある。

そもそもどの銘柄も需要を満たしきれていない現状では杞憂《きゆう》なのだが、先々でどうなるかは誰にも分からない。

工場の敷地が有限である以上、最初から需要の変動にある程度対応できるように作っておくに越したことはないのだ。

もっともこれは、作り方を変えてもメンテナンスフリーにすることができる魔道具だからこそ、可能な方法ではある。

「あの、ヒロシ様。昨日も気になっていたのですが、工場の広さに対して、設置しているラインの本数がかなり少ないのはどうしてでしょう？」

真琴の質問が一段落したところで、がらんとした空間を示しながらエアリスが質問する。

現時点では、工場は三分の一程度しか埋まっていなかった。

「それはレイっちからの注文でな。今回の騒動で第三工場とか何年かは無理やろうから、ライン作る技術者の教育に使えるスペース残しといてくれ、って言われてん」

「そういう事情でしたか」

「まあ、今回の採用試験でどの程度の人員が集まるか分からんかったから、あんまりようけ作っても持て余すかもしれん、っちゅう理由もあってんけどな」

「……確かに、結局採用したのはたった十人でしたし……」

「ここのスペースに設置できる限界までライン設置してもうたら、さすがに十人では管理しきれんで」

「そうですね」

宏とレイオットが話し合いで決めた内容に、面接に関わったエアリスが理解を示す。

人の手を煩わせる作業は必要最小限に抑えられているとはいえ、どれほど慣れても一人で面倒をみられるのはせいぜい二本ぐらいまで。それも今ぐらいに生産を絞った状態で、限界まで忙しく動き回ってようやく、といったところである。

さすがにそれでは、効率が悪いにもほどがある。

「あの、ヒロシさん。スープについて質問があるんですけど、いいですか？」

「なんや？」

「鶏ガラスープって、結構長い時間をかけて煮込む必要があったりしますよね？　こんな勢いで商品を作って、スープの生産は間に合うんでしょうか？」

「それに関しては、熟成加速器の原理で短縮してんねん。ダシの素材ごとに煮出す時間変わるんは、全部ラインに登録して自動切り替えでやらすようになっとる」

アルチェムの、ラーメン作りにおいて避けては通れない作業に対する質問。その答えは日本でラーメン作りをしてきた人達全てに喧嘩《けんか》を売るような、ファンタジー全開の手段であった。

「……ファンタジー要素が絡むのはある程度仕方ねえとしても、さすがに味の決め手の一つ、スープ作りまでファンタジーで時短するのはどうかと思うんだが……」

「これでも、かなりの苦肉の策やってんで」

「それは分かるんだけどさあ。もうちょっとなんとかやりようなかったの？」

「というか師匠。達兄《たつにい》や真琴姉《まことねえ》の言い分に全面的に賛成するわけじゃないけど、そもそもスープは別のラインで作る、じゃダメだったの？　ほとんどのインスタントラーメンは、麺は共通でスープと具が違うだけだったと思うんだけど」

「澪の言うやり方も考えたし、第一工場のラインは基本そういう構造やねんけどな、こっちは季節限定とか一発勝負再販なしの限定商品とかも作る予定やから、スープとかかやくとか別ラインにするとややこしいことになりおんねん」

「ややこしいことって？」

「商品開発の指導で、ちょっとな」

商品開発、という単語に、納得した様子を見せる澪。

それを横で聞いていたファムが、不思議そうに質問する。

「ねえ、親方。ラーメンのバリエーションって、基本的に麺とスープと具の組み合わせだよね？」

「せやな」

「だったら、商品開発のやり方がどうであれ、麺とスープと具を別々に生産して、商品によって組み合わせを変えるやり方で問題ないと思うんだけど、なんで不都合が出るの？」

「試作機の仕様がな、時短のためにレシピ登録して材料全部ぶち込んで所定の数と種類作る、っちゅうふうになっとってな。そっちに合わせたらんと、慣れるまでは担当者が混乱しそうでなあ」

「そういう問題もあるんだ」

「あと私、今気がついたんだけど、期間限定品ってことを考えると、生産管理の面でも全部を一貫生産するほうが都合がいいよね」

「そうなんよ」

ファムの疑問に対する宏の説明、それを聞いていた春菜が、唐突に自分の思いつきを口にし、宏が肯定する。

それに対し、春菜の言っていることの意味が分からずに首をかしげる他のメンバー。

「ハルナさん。生産管理に都合がいいとは、どういうことなのです？」

「えっとね。たとえば別々のラインで具とスープと麺を作ってる場合、麺は太さが大きく違うとか特殊な材料を練り込んでるとかじゃなきゃ使いまわしはきくけど、具とスープって基本的には使いまわせないよね？」

「ものによるとは思うのですが、確かに使いまわすのは難しそうな気がするのです」

「でも、別々に作ってると、ちゃんと材料を計算して用意しても、変な余り方をしたり一つだけ足りなかったりとかするじゃない？」

「それなら、追加で作るなりなんなりで調整すればいいのです」

「そうなんだけど、こういうライン生産で少量の調整って、大変なんだよね。特にスープなんかは大容量の大鍋で煮込むから、そのあたりの数合わせの微調整が結構面倒なんだけど……」

「それは一括生産でも一緒だと思うのです」

「けどな、僕が作ったラインやと、内部にいろいろ仕掛け組み込んであるから、投入する材料さえ調整すれば一食分だけ煮出すとか、三つ分だけかやく作るとか簡単にできるんよ。数をぴったりにするために必要な材料っちゅうんも、パネルにちゃんと出るようにしてあるし」

分かっていない面子を代表してノーラが質問し、春菜と宏が答える。

その間、話についていけなくなったアルチェムが、パネルを覗《のぞ》き込んでは豪快に麺やスープを作っているところを見て驚いたりと、正しい工場見学を行っている。

「……生産ラインって、難しいんですね」

「大量生産っちゅうんは、結構気ぃ使わなあかんことが多くてなあ」

ノーラと宏達とのやり取りを聞いていたテレスが、正直な感想をポツリと呟《つぶや》く。

その感想に対し、肩をすくめながら宏が言う。

「で、今更なんだけど、このライン見て思ったこと言っていい？」

「ええけど、なんや？」

「ここのラインは、あたしの知ってる生産ラインじゃない」

「やろうな」

真琴が言い放った正直な感想。それを聞いた宏が思わず吹き出しながら同意する。

「あの、マコト様がご存知の生産ラインとは、いったいどのようなものなのでしょうか？」

「ん～……。口で説明するのは難しいんだけど、さすがにこんなふうに密閉はされてないし、間違ってもただの筒に見えるようなビジュアルはしてないわね」

「そうなのですか？」

「ええ。というか、大抵のラインって、コンベアは駆動部も含めて全部むき出しのような気がするんだけど……」

「真琴さんのイメージも分からなくはないけど、最近は安全性とかの関係で、駆動部とかむき出しにしてるラインってほとんどないよ？」

「あ～、そういえば昔、そんな話も聞いた気がしなくもないわねえ……」

春菜に突っ込まれ、己の見識不足を素直に認める真琴。

一応テレビなどでそういう話を見聞きしてはいるものの、身近なものではないだけにどうにも漫画などからのイメージで固定されてしまいがちなのである。

「真琴さんがイメージしとるようなラインは、どっちかっちゅうたら第一工場の方やな」

「そうなの？」

「せやで。比較のために、あとでそっちも見に行くか？」

「そうね、せっかくだからそうさせてもらおうかしら」

「なあ、エル。一応確認やけど、別にそっちも見て問題ないやんな？」

「はい。お兄様からは、好きに見学してかまわないと許可をいただいています」

エアリスに太鼓判を押され、のちほど第一工場も見に行くことが確定する一行。

とりあえず現時点での質問の類《たぐい》はなくなったらしい、と判断して奥に行こうとしたところで、

「あ、皆さん。おはようございます！」

ラインを管理していた研修中の女性に声をかけられる。

ビニールキャップとマスク、クリーンスーツのセットにより顔も体型も分からないが、春菜より気持ち程度小柄な体格とエルフ特有の尖った耳のおかげで、従業員名簿を把握していれば誰だか一発で分かる。

「あっ、エルトリンデさん。おはよう」

そう。声をかけてきたのは、インスタントラーメン工場の従業員で現在唯一のエルフ、エルトリンデであった。

正直な話、近代的なクリーンスーツを着たエルフというのはなかなかの違和感なのだが、アズマ工房御一行にはエルフが二人もいることもあり、宏達には特に気にならないようだ。

と、いうより、伸縮性素材の力を借りてうさ耳に強引にフィットさせたノーラの違和感がすさまじいせいで、エルフの耳ぐらいでは普通に見えてしまうのである。

「あっ、うちの部族の人じゃないんですね」

「そうですね。私の里は、ここから北東の、大霊峰のすそ野の辺りにありますから」

「えっと、あの辺りだと、バイシュラグ村かレノマルシェ村ですか？」

「あっ、ご存知でしたか。私はバイシュラグ村から出てきました」

「そうなんですか。アランウェン様の巫女《みこ》をさせていただいています、アルチェムと申します」

「バイシュラグ村のエルトリンデです。アランウェン様にお仕えするのはいろんな意味で大変そうですが、いかがでしょうか？」

「えっと……ノーコメントで」

エルトリンデが違う部族のエルフだと察したアルチェムが、そんなエルフ的な話題と共に挨拶を済ませる。

それを見ていた宏達の感想は、

（クリーンスーツにマスクとキャップだと、お互いに顔見えないから、あとで会っても分からないんじゃないか？）

で完全に一致していたりする。

なお、そのあとで、胸を見ればアルチェムを識別するのは簡単か、ということを同時に考えたのはここだけの話である。

「ライン研修は、問題ないか？」

「昨日は問題続発でしたが、今日は今のところ特にトラブルは発生していないですね」

挨拶が終わったところで達也が口にした問いに、恐らく笑顔を浮かべているであろう雰囲気でそう答えるエルトリンデ。

そのあとすぐにトーンを落とし、少し心配そうな雰囲気を浮かべて言葉を継ぐ。

「私達の方は今のところ問題ないんですけど、あちらの皆さんは大丈夫ですか？」

「あちらの皆さんって……、あっ」

エルトリンデが指し示すほうを見て、思わず小さく声を上げる春菜。

視線の先には、自分達の常識を超えた生産ラインのすさまじさに飲まれ、完全に硬直して立ち止まるジノ達の姿が。

「……第一工場見学の前に、どこかで一度休憩したほうがよさそうね」

「せやな。ファムらはそれでええか？」

「うん。ちょうどいいから、落ち着いた場所で座って質問とかしたいし」

「ライムもいろいろ聞きたいの！」

「最近のノーラとしては、このなんとも言えない感触の帽子、一度脱ぎたいのです」

「……とりあえず、ノーラは髪もちょっと長くなってるから、そっちでも窮屈そうね」

「……とりあえず、ノーラはこの工場で長時間仕事するのは無理そうなのです……」

真琴の提案をきっかけに、思うところを正直に告げるファム達。特にノーラがひそかに限界だったらしく、少々不機嫌そうだ。

「ほな、休憩室やな。そこやったらクリーンスーツはともかく、キャップとマスクぐらいは外しても大丈夫やから」

「早く行くのです」

よほどキャップが気に食わないのか、宏を急《せ》かすノーラ。

こうして、宏達の工場見学第一部は、それほど長くかからずに休憩のため切り上げられるのであった。

☆

「この休憩室、なんとも物足りない感じねえ……」

第二工場一階の東休憩室。

入ってすぐにマスクとキャップを取りながら、真琴がそんな感想とも苦情ともつかない言葉を発する。

「ん～……。確かに、工場の休憩室っていうには、何かが足りない感じだよね」

同じようにマスクとキャップを取り、押し込んでいた髪をいったん解放しながら春菜も同意する。

真琴や春菜がそう言うのも当然で、この休憩室はパイプ椅子と折り畳み式の机がいくつか並んでいるだけ。

座って一休みすることはできるが、それ以外のことは一切できないのである。

別にそれでも問題ないと言えば問題ないが、休憩室と名乗る以上は、もうちょっと福利厚生の面でいろいろ手を入れてほしくなるのもしょうがないことであろう。

「……この場合、足りない感じがするのは自販機かウォーターサーバーあたりか？」

「あっ、言われてみればそうだね」

「ってかさ。工場の構造とか作業の内容とか考えたら、ここに外部から物を持ち込むのって無理じゃない？」

「せやなあ。無理ではないんやけど、面倒くさいからわざわざやらんやろうな。そうなるとぶっちゃけ、現状やとこの机、何の意味もあらへんな」

達也に指摘され、問題点を把握する春菜達。

事実上外部から何も持ち込めないのに、内部で水の調達すらできないというのは、休憩室としては画竜点睛《がりょうてんせい》を欠くと言わざるを得ない。

それなのに、ごみ箱はきっちり置いてあるあたりが、すさまじくシュールだ。

「あの、ヒロシ様。水だけでいいのであれば、アルフェミナ神殿の方でどうにかしますが……」

「別にそれでもええんやけど、せっかくの工場やのに水だけっちゅうんは、ちょっとおもろない気がしてなあ……」

エアリスの申し出にそう答えつつ、とりあえずジノ達を正気に戻すために、ビニール手袋を外して作り置きの清涼飲料水各種を机の上に並べていく宏。

それを見たライムが、目を輝かせて即座にコーラの瓶を手に取る。

宏が行動を起こした時点ですでに手袋を外している段取りの良さが、実にライムらしいところであろう。

ここでひとつ補足しておくと、現在の宏は神化したことにより、自身が作った貯蔵庫に貯蔵されているものは、容積共有が付与された鞄《かばん》などを持ってきていなくても取り出すことができるようになった。

これが可能だと気がついたのは、実はほんの数日前、第二工場のライン設置の最中だったりする。

「また、ライムはえらい反応速いな」

「ライム、コーラ大好き！」

ライムのストレートに子供らしい反応に、思わず苦笑する宏。

その間に他のメンバーも次々に好みの飲み物を手に取り、あっという間に全員が何らかの飲み物を手にする。

なお、ジノ達にはファムが適当に選んだものを押し付けている。

「……エルちゃん、わざわざここでルー○ビアを選んだの、どうして？」

「なんとなくです」

「まあ、某ペッパーとか麦コーラとかも平気だったから大丈夫だとは思うけど、それかなり癖が強いから気をつけてね」

「はい」

グレープサイダーをはじめ、無難なものがいくらでも並んでいるのに、わざわざイメージに合わない癖の強いドリンクを選んだエアリスに、一応忠告だけはしておく春菜。

それもそのはずで、エアリスが選んだものは、人によっては〝飲むシップ〟とすら称することがあるほどの癖が強い飲み物なのだ。

その分、最初の洗礼を乗り越えればやみつきになる者も多く、いっそ清々《すがすが》しいほど評価が分かれるのが、エアリスがチャレンジしようとしている飲み物である。

そもそもの話、宏がなぜこの状況でこれを並べたのか、という点が突っ込みどころなのだが、エアリスが手に取った瞬間にしまったという表情を浮かべたところを見るに、特に意図があったわけではなく、適当に片っ端から取り出しただけらしい。

「それで師匠。水だけだと面白くない、はいいんだけど、どうするの？」

全員が飲み物を口にし、少し落ち着いたところで、澪が代表で宏の考えを聞く。

なお、チャレンジャーなエアリスは、とりあえず最初の洗礼は無難に突破していた。

「せっかくやし、自販機は置いてええんちゃうか、とは思うんやけど、どない？」

「私達のイメージだと、あったほうが落ち着きはするよね」

「親方、じはんきってなに？」

「正式には自動販売機っちゅうてな。その名のとおり店員なしで自動でものを売ってくれる、夢のような機械や」

「へえ、すごい！」

ライムの質問に、非常にざっくりした説明をする宏。基本的に似たような説明しかできないとはいえ、もうちょっとまともな説明はできないのか、という感じである。

「だが、支払いとかはどうするんだ？」

「そこが問題でなあ。そういえば確か、ここは従業員カード発行しとったやんな？」

宏に問われ、どうだったかを少し考えてから頷《うなず》くエアリス。

「……ほな、従業員カードとか冒険者カードとかで支払いできるようにして、冒険者カードとかやと協会に預けとる現金で精算、従業員カードやと給料から支払額天引き、っちゅうシステムを作ったら話は早そうやな」

「そんなこと、できるのですか？」

「冒険者カードの方は、冒険者協会の協力がいるけどな。あと、当然のごとく現金での支払いはできるようにすんで」

「というかむしろ、現金での支払いだけにしぼっちゃえばよくない？」

「せやなあ。クリーンスーツ着るときに、現金ポケットに入れとけばええか？　ただ、それやと間違いなくうっかりで手袋したまま金取り出すやつ出てきおるやろうしなあ……」

そんなことを言いつつも、自販機の設置自体を諦める気はないらしく、その場にいきなり材料を取り出して加工を始める宏。

その様子を、まあ宏だから、と生温《なまぬる》い目で見守っていた日本人メンバーも、さすがに完成したものを見た時点で、突っ込まざるを得なかった。

「ちょっと待てヒロ！　なんでカップめんの自販機なんだよ!?」

「そら、インスタントラーメン工場やからに決まってるやん」

「と言いながら、ちゃっかり飲料の自販機も作ったんだね、宏君」

「作ったはええんやけど、中身何にするかが問題でなあ」

「言われてみればそうだよね。さすがにジュースまでここで作るのは、って感じだし」

「……もういっそ、カップ式自販機的なティーサーバーにでもして、安いお茶無料で出しちゃいなさいよ……」

「それもありやな」

達也の突っ込みに悪びれる様子も見せず切り返し、それに追撃を入れようとした春菜をきっちり巻き込む宏。

そのなんとなくポンコツ臭が漂うやり取りに疲れを感じた真琴の提案に、即座に宏が行動を開始する。

結果、わずか十分で自販機の製作と改造が終わり、ドリンクの自販機二台、カップめんの自販機三台が休憩室に並ぶことになる。

「それで、結局支払いの問題はどうするの？」

「それやねんけどな。この自販機、どうせ外部の人間はほぼ使わへんねんし、従業員の福利厚生兼新商品のテストっちゅうことで、無料設定でよくない？」

春菜の質問に、かなりの爆弾発言をする宏。

その回答に対し、日本人組と職員組、巫女組できれいに反応が分かれる。

「まあ、ありっちゃあ、ありだわな」

「ラーメン自体は原価安いし、この工場は利益率ものすごいから、無理ではないわね」

「福利厚生っていう面では賛成なんだけど、従業員のモラルハザードと、外に漏れたときの反応がちょっと怖いかな？」

「ん。特に外に漏れたときが危険」

「そうなんだよなあ……」

日本人組の意見は賛否両論。

「素晴らしいです！」

「インスタントラーメン工場で働いている人が、インスタントラーメンをお腹いっぱい食べられる。別に不思議ではないというか、むしろそうあるべきだと思いますよ」

エアリスとアルチェムは全面的に賛成。

「なんかさ、際限なく食べたり持って帰ったりとかで、いくらあっても足りないんじゃないかな？」

「あと、絶対転売する人とか出てくると思うんですよね」

「そもそも、商品をタダで食べさせるという発想はだめだとノーラは思うのです」

ファムを筆頭とする職員組の意見は大反対であった。

なお、いくら賢いといったところでライムにはそんな難しいことは分からないので、意見としては保留である。

強いて言うなら、ご飯が美味《おい》しくお腹いっぱい食べられるなら別にどうでもいいんじゃないか、という、ある意味真理ともいえる考えを持っているぐらいだ。

「まあ、モラルハザードに関しては、そういう人間は試験で排除できとるはずや、っちゅうことで考えんでもええんちゃうか、とは思うんやけどな」

「でもね、親方。絶対意地汚いことするやつはいるよ」

「まあ、せやねんけどな。ただ、転売はともかくとして、食い意地の方はそない気にせんでもええとは思うで」

「どういうことなのです？」

「簡単な話やねんけどな。ファムとかノーラは、毎日何個もインスタントラーメン、食えるか？」

「……ん～、さすがに食べるもの全部インスタントラーメンだと、一食一個でも四日ぐらいできつくなるかも」

「ノーラだと、さすがに連続で食べること自体厳しいのです。できれば、間に別のものを挟みたいのです。そうでなければ、頑張っても三つぐらいが限界なのです」

「やろ？　いくらでも食えるっちゅう状況やと、人って案外食わんもんやで」

「言われてみれば、そうかもなのです」

「よっぽど飢えてない限り、同じものをずっと食べるのって結構きついかも」

自分達の答えもあり、宏の指摘に納得するノーラとファム。特に口は挟まないが、テレスもそういうものかと納得しているようだ。

実際問題、どんなものでも美味しく食べられる頻度というのはある。

特に味が濃いインスタントラーメンは、体を動かしまくっていて塩分が多めに必要な軍人や冒険者でもなければ、この世界の人間が思うほど連続では食べられない。

「それに、こいつには容量拡張とかやるつもりないから、詰められる商品の量も知れとるしな」

「そうなんだ。具体的には？」

「まあ、どんぶりタイプので一種類につき十食、カップタイプで二十食がええとこやろう」

「見た感じ、自販機一台で五～六種類ぐらい？」

「やな」

春菜に聞かれ、大体のところを答える宏。

日本で使われている同じタイプの自販機と違い、商品を取り出し口に運ぶ機構やお湯を注ぐための配管その他をないも同然の構造にしてごまかせる分、もっとたくさんは入るだろうが、それでもカップめんはかさばる商品だ。

容量拡張をしなければ、そんなにたくさんは入らないだろう。

「量的な部分での問題はそれでいいとして、新商品とか、発売前に表に出ちゃう可能性はあるわよね？　それはいいの？」

「悩ましいところやねんけど、別に競合する相手がおらん現状、漏れてもええんちゃうか、っちゅう気はせんでもないねんわ」

「今はそれでもいいけど、今後同じぐらいの規模の同業他社が出てきた場合、さすがにそれじゃまずいわよね？　あんただって、ずっと国営企業に独占、なんてさせるつもりはないんでしょ？」

「せやなあ……。いっそ、この自販機の中身は、外に持ち出せんようにするか？」

「できるんだったら、そうすればいいんじゃない？」

「ほな、そうしよか」

真琴にいろいろ突っ込まれ、最終的に宏がそう結論を出す。

その結論にエアリスが嬉《うれ》しそうに頷くのを見て、自販機そのものにそういう仕掛けを施す。

「中身やけど、あとで工場から持ってきてもらわなしゃあないな」

「あっ、それは私の方で手配してきます」

「せやったら、エル、頼むわ」

「お任せください。それでは、少々行ってきますね」

宏に頼まれ、即座に商品調達に動くエアリス。

転移まで使った止める暇もない早業に、思わず呆然《ぼうぜん》とする宏達。

「……えらい張り切っとったけど、ええんかいな……」

「……まあ、この件に関しては、エルちゃんのやりたいことに反対できる人はいないと思う」

「せやから、余計にまずないか？」

「まあ、従業員の福利厚生、ってことになってるから……」

などと宏と春菜が話している間に、商品管理の担当者と大量の商品を確保したエアリスが戻ってくる。

「ただいま戻りました」

「また、えらい早かったやん……」

「少し説明したら、関係者の皆様がとても乗り気になってくださったのです」

ニコニコと楽しそうに笑うエアリスと、宏の後ろにある自販機を興味深そうに見ている商品管理の担当者。

「あの、すいません。その壁際にある箱が、自販機というものですか？」

「おう。正式名称は自動販売機っちゅうてな。ここではお金取るんは諦めたけど、本来は先払いでお金入れて商品を選んだら、この下の取り出し口から買うた商品が出てくる、っちゅう機械やねん」

「へえ……。皆様の故郷には、そんなものがあるんですか」

「一番多いんは飲み物やし、原形だけで言うたら何千年も前から存在しとるけどな」

「「「「「そんなに前から!?」」」」」

宏の説明に、エアリスと商品管理の担当者だけでなく、アルチェムやファム達も驚きの声を上げる。逆にジノ達は、宏が自販機を作り始めたところでその行動の速さとやっていることの高度さに飲まれ、完全に空気と化している。

宏が言う自販機の原形というのは、古代エジプトで使われていた、聖水の自販機のことである。これは原理・構造としては、投入したコインの重さでタンクの栓が開き、重さが釣り合うまで聖水を出すという非常にシンプルなものだ。

そこからインスタントラーメンの自販機に至るまでなかなかに数奇な歴史をたどるのだが、さすがにキリがないので割愛する。

「で、師匠、これどうやって商品入れるの？」

「商品の供給方法は単純に、こん中のこの商品箱に入るだけ入れたったらええ。そうしたら、こっちに勝手に入っとる商品がディスプレイされおるから」

「ちょっと、入れてみていい？」

「えっ？　あっ、どうぞ！」

驚きのあまり固まっていた商品管理の担当者をせっつき、ウキウキとカップめんを自販機に供給する澪。

商品箱といっても、澪のような体格でも問題なく供給できる大きさに作られているので、それほど大きなものではない。

一台あたり十個ほどある商品箱は、澪の手によりあっという間に満タンになる。

「師匠。言ってたよりかなり入った」

「さすがに、そこまで正確に入る量を見切っとったわけやないからなあ……」

「商品箱セット。……ディスプレイが変わった」

「元祖鶏ガラどんぶりに定番のロングのやつ二種とうどん系三種か。まあ、無難な組み合わせやな」

商品を詰め込んだことで、販売モードに切り替わる自販機。

それを、澪がキラキラした目で見つめている。

「……師匠、買ってみていい？」

「って言うてんねんけど、かまへん？」

「どうぞどうぞ」

商品管理の担当者が、さっさと買えとばかりに宏と澪を促す。

それを聞いた澪が、お約束の元祖鶏ガラ、ではなく、一番左端の天ぷらそばのボタンを押す。

ここで今回自販機に詰めた定番商品の中で、あえて最もバリエーションの少ないそばを選ぶあたりが、澪の澪たる所以《ゆえん》であろう。

澪がボタンを押した瞬間、自販機独特のゴトンという機械音ではなく、転移系の音と同時に商品取り出し口に天ぷらそばのパッケージが出てくる。

「おお！　おおお!?」

それを見て、何やら興奮した様子を見せるライム。

どうやら魔力の流れを見ていたらしく、その瞳には魔力視を行った残滓《ざんし》が。

「師匠、このあとどうするの？」

取り出したパッケージを観察しつつ、次の手順を宏に確認する澪。

やはり、カップめんの自販機となると、勝手が分からないらしい。

寝たきりだったといったところで、さすがに普通の飲料自販機ぐらいは入院生活になる前に使ったことがある澪。

が、カップめんの自販機なんてもの、澪どころか下手をすれば他のメンバーですら、使ったことはおろか実物を見たことがなくてもおかしくはないのだ。

ちょっと観察すればちゃんと分かるように作られているとはいえ、澪が戸惑って宏に操作を確認するのも無理もないことであろう
「こっからは、普通にカップめん作る手順やで。お湯はその取り出し口の上の取っ手引っ張ったら、給湯口が出てきおる」

「ん。……これが給湯ボタン？」

「せやで。蓋《ふた》をきっちり曲げてから給湯口の下の目印に合うようにカップ置いたったら、ちゃんと中にお湯入るから」

「ん。でも師匠、あの程度の時間で、ここまで調整したの？」

「そら、やらなあかんやろう」

そんな話をしながら、言われたとおりにカップをセットし、興味津々といった様子で給湯ボタンを押す澪。

そこそこの勢いでお湯がカップの中に注ぎ込まれ、十秒ほどで既定の量が入る。

それを確認していつものように蓋をし、箸《はし》を用意しようとしてはたと気がつく。

「ねえ、師匠。これ、お箸かフォークが必要だけど、その供給はどうするの？　一応供給口はあるみたいだけど……」

「あ～、せやなあ。考えてみたらゴミ箱もいるし、それと連動した仕組みでなんとかするわ」

「えっと、宏君。すごく嫌な予感がするんだけど、連動した仕組みってどんな感じのものを考えてるの？」

「せやな。あんまりゴミ増やすんもあれやし、カップめん買うてから一定時間、買うた数だけそこの供給口に箸かフォークが魔力で生成されて、食べ終わったゴミをほった時点でその魔力を回収するシステムをつけたったらええかな、って」

「……なんだかこの休憩所、簡素な見た目に反して、どんどんシステムが複雑になっていってない？」

「気にしたら負けやで」

そう言いながらゴミ箱を設置し、さっさと一連のシステムを構築してしまう。

その間、宏の作業が待ちきれなかった澪は、どこに仕込んでいたのか、いつの間にかマイ箸を取り出してそばをすすり始めている。

「僕が突っ込むんもあれやけど、その箸、どこから取り出したん？」

「乙女のたしなみ。深く気にしてはいけない」

システムを構築し終えた宏からの突っ込みに対し、微妙にらしくない話し方で煙に巻こうとする澪。

そのタイミングで、工場の休憩時間を告げるチャイムが鳴る。

「……なんか、ここでえらい時間取ってもうたなあ……」

「まあ、思わぬ問題点が見つかったんだから、仕方ないと思いますよ」

予想以上に時間を使っていたことに愕然《がくぜん》とする宏に対し、なぜか特にこの工場に利害関係のないアルチェムが、苦笑しながらそう話をまとめる。

「因みに第一工場の方の休憩室って、このあたりの問題はどうしてるの？」

「総務の方で、毎日カップとお茶を用意して各休憩室に置いて回っています」

「第一工場の方も、この手の自販機、設置したほうがええか？」

春菜の質問に対する商品管理の担当者の答えを聞き、宏がそう提案する。

その提案に、商品管理の担当者が実に嬉しそうに食いついてくる。

「そうしてくださると助かります。最近は生産ラインが七時前ぐらいまで残業することも多いので、何か食べるものを用意したほうがいいのではないか、と話し合っていたところですし」

「まあ、毎日の残業食がカップめん、ってのもきつそうだから、残業食については今後も話し合いを続けたほうがいいとは思うがね」

「そうですね。そうさせていただきます」

達也に指摘され、素直に同意する商品管理の担当者。自販機の設置を独断で決めたり、残業食についての話し合いに混ざっていたりするあたり、どうやらこの工場では結構偉い人らしい。

そんなことをしていると、澪が食べ終わったのと同じぐらいのタイミングで、エルトリンデが休憩室に入ってくる。

「あら、皆さん。その後、大丈夫……でもなさそうな感じですね」

「あ〜……。こいつらに関してはまあ、気にしなくていい。ヒロがここの環境改善を勝手に始めて、無駄に追撃を入れただけだからな」

「環境改善、ですか？」

達也の言葉に首をかしげつつ、マスクとキャップを取るエルトリンデ。

それを見たライムが、あっ、という顔をする。

「このおねーちゃん、ライム達の屋台にきたことあるの！」

「……そういえば、ノーラ達が出していた屋台の、最後のお客さんなのです」

「マスクとキャップで、全然分かんなかったよね」

「ええ。っていうか、あの日ライムが言ったとおりになったわね」

ライムの言葉を皮切りに、自分達が屋台を出していた最後の日のことを思い出すノーラ達。

「あの時は、どうもありがとうございました」

「気にしなくてもいいのです。あの日も言ったように、ノーラ達が早く屋台を店じまいしたかっただけなのです」

ライム達のやり取りを聞いて、自分のことを覚えていたことを知ったエルトリンデが、何やらくすぐったそうにしながらノーラに礼を言う。

その様子を見た真琴が、首をかしげつつ質問する。

「あんた達、知り合いなの？」

「知り合い、というほどではないのです。さっきも言ったとおり、ノーラ達が出していたフレンチトーストの屋台の最後のお客さんなのです」

「エルフは珍しかったのと、オクトガル達ととても仲が良かったのとで、なんとなく覚えてたんですよね」

「なるほどね。でも、声を聞けば、って、たった一回じゃそこまで判断できないか」

「ハルナさんじゃあるまいし、そこまでアタシ達に求めないでよ」

ノーラ達の説明に納得する真琴。なかなかにすごい偶然のような気がするが、縁というのはそういうものである。

「ところで環境改善って言っていましたけど、いったい何を、って……」

とりあえず一通り話が終わったところで、視界に異様な物体を見つけるエルトリンデ。

自販機なんて大きなものが増えれば気がつかないわけもなく、すぐに反応する。

というより、ノーラ達に意識を持っていかれていなければ、休憩室に入ってすぐに分かっていたであろう。

「えっと、なんだか見たことがない大きな箱が増えています」

「ああ。自動販売機っていってな。飲み物とかカップめんとかを自動で売る道具なんだが、ここでは金をとらないから、自動配布機っていうほうが正しいな」

達也の説明に、耳がピクリと動くエルトリンデ。

それを目ざとく見つけた澪が、そばのスープを飲み干して悪魔のささやきを口にする。

「ちょうどいいから、実験でカップめん買ってみる？」

「えっ？　でも……」

「どうせ無料。それに、初見の人間でも使えるかの確認が必要」

確認が必要、という澪の説得に屈し、手袋を外して自販機の前に立ちじっと見据えるエルトリンデ。

どうやらボタンを押せばいいらしいと判断し、醤油《しょうゆ》味のカップめんの下にあるボタンを押す。

何かが転移する音と同時に、取り出し口にカップめんが出現。

それに目を丸くしながら取り出してフィルムをはがし、お湯をどうすればいいのか右往左往する。

「……やっぱり、ここで詰まるわねえ……」

「真琴さん。悪いけど見て分かるように、かつダサくない感じで、そのあたりの説明イラスト描いてくれへん？」

「了解。っていうか、実はもう、こっそり紙を貰って始めてたりするのよね」

そう言いながら、商品管理の担当者が商品と一緒に持ってきていた紙に、取り出し口や給湯口、食器の供給口などの説明を描いた紙を見せる。

「こんな感じで、どうかしら？」

「ええ感じやな。あとはこれを複製してシールに加工して……」

何の説明もないまま何やら始めた宏達に戸惑っているエルトリンデを置き去りにして、さっさと説明不足の解消に移る宏。

エルトリンデにいったん退《ど》いてもらい、自販機にシールを貼って回る。

「これで操作分かる？」

「あっ、はい。ここでお湯を入れればいいんですね？」

宏に聞かれ、イラストと説明文を見て給湯口の扉を開き、カップめんをセットしてお湯を注ぐエルトリンデ。これ以降は特に躓《つまず》くことなく、無事にインスタントラーメンを完成させる。

「ところで、他の連中がなかなか来ないが、どうしたんだ？」

「あっ、他の人は第一工場の休憩室で休憩しています。私は先ほどのことがあったので、皆さんのことがちょっと気になってこっちに寄り道したんですよね」

「なるほどな、そういうことか」

ラーメンを食べる手を止め、達也の疑問に答えるエルトリンデ。

それを聞いて、さもありなんと頷く達也。

水分補給もままならない先ほどまでの休憩室では、わざわざ誰も休憩しに来ないだろう。

「こら、今日はもう、工場見学のついでに、休憩室とかの環境改善やな」

「そうだね」

「なんだかすごく身勝手なお願いになってしまいますが、ヒロシ様、お願いしてしまってよろしいですか？」

「エルは気にせんでええで。っちゅうか、このあたりのことは、第一工場の時点でちゃんと考えとかなあかんかったことやねんし」

余計な仕事を増やしてしまったからか、なんとなく申しわけなさそうな様子を見せるエアリスに対して、やたら男前な笑顔で快諾する宏。

結局この日は、工場見学なのか休憩室のリフォームなのか分からないまま終わるのであった。

邪神編　第三〇話

「今日からついに新商品の開発指導やけど、春菜《はるな》さんは覚悟はええか？」

「うん」

アズマ工房一行が工場見学をした日の翌日。朝食時のミーティング。

宏《ひろし》と春菜は、新人研修の一番の山場である、新商品の開発指導に挑もうとしていた。

「そういや、ヒロ。北地区の方はどうするんだ？」

「せやなあ。今日帰ってきてからファムらの状況確認して、ええ感じやったら潰《つぶ》しに動こうか。ぶっちゃけ、単に見せつけるだけやったら、僕居《お》らんでもいけるやろ？」

「向こうさん次第ではあるが、ブツがあればできなくはないな」

宏の意見を聞き、その方向で進めることにする達也《たつや》。

宏が出てこないのは失礼に感じるかもしれないが、渉外担当がいる組織だと、わざわざトップや現場の人間が出張ってくることはあまりない。

そもそも今回の話は、アズマ工房の持ち込んだ提案を確認もせずにこきおろして拒否するなど、どちらかと言えば爺《じい》様側の方が失礼なことを積み重ねているのだ。

そのことに対する北地区全体の空気としては、むしろ対応のまずさに危機感を募らせている感じである。

この状況で宏が出てこないからと突っぱねるようであれば、上から目線で言うだけ言って逃げた、などと爺《じい》様達の影響力を削ぐ方向に利用できる。

最終的に大衆の面前で格の違いを見せつけてやる必要はあるが、どう転んだところでアズマ工房が不利になることはないのである。

「で、今日は作り方の指導、ってことだし、あたしはまだ待機かしらね？」

「せやな。で、もしよかったらやねんけど、ちょっと既存商品のファーレーン語のパッケージ、デザインやり直してくれへん？」

「あたしも昨日見てちょっと気になってたから、やっていいんだったらやるわよ？」

「頼むわ」

宏に頼まれ、笑顔で引き受ける真琴《まこと》。

現在流通しているインスタントラーメンは、全て日本で販売されていたデザインのオマージュであり、商品名や各種説明を宏がファーレーン語に書き替えただけのパッケージで売られている。

そのため、見た目の印象がアンバランスというか、ミスマッチな感じになってしまっているのだ。

それでもダサいわけではないのは、それだけ元のデザインが秀逸だったということであろう。

「それで、できたやつはどうすればいいの？」

「レイっちとかエルとか工場の総務の人とかに見せて、ＯＫ出たら言うて。工場の人らへの講習もかねて、ラインの設定変えるから」

「了解。結構商品の数も多いから、なかなかの暇潰しになりそうね」

事務的なことを確認し、気合いを入れる真琴。

やはり根が絵描きだけあってか、こういう仕事は実に楽しそうだ。

「師匠、たまにはボクもそっちに混ざっていい？」

「別にええんちゃう？　なあ、春菜さん？」

「澪《みお》ちゃんなら、特に問題ないと思うよ。ただ、殿下に確認取らなくてもいいの？」

「研修内容はこっちに一任されとるから、そこはええんちゃう？」

「ん～……。まあ、殿下も忙しそうだし、外部の人を勝手に入れるとかじゃないから、大丈夫ってことにしよっか」

澪の参加に関して、なんとも不安が募る結論を出す宏と春菜。

もっとも、これがジノ達ならともかく、澪ならばレイオットが気にするとも思えない。

一応注意事項があるとすれば、研修である以上、いつもの調子で余計なネタに走らないようにすべし、ぐらいだろうが、さすがの澪もそれぐらいの空気は読む。

「今日のところはファムらの監督頼むわ。で、よさそうな感じやったら、集めた素材の消化進めたって」

「ん」

宏の指示に頷《うなず》く澪。

言われるまでもなく、もとよりそういう予定だったので問題はない。

「ほな、ちょっと頑張ってくるわ」

「ちゃんと食べられる類《たぐい》のものができることを祈っておいてね」

「おう」

「言い負かす手が足りなかったら呼んで。ボクも本気で黙らせるから」

「一応信用はしてるけど、相手のノリに巻き込まれて突っ走ったりとかは勘弁ね」

何やら戦場に向かうような雰囲気の宏と春菜に、次々と物騒な激励の言葉が飛んでくる。

こうして宏と春菜は、新商品の開発という名の戦いに挑むのであった。

☆

「と、まあ、新商品の開発っちゅうんは、こういう感じで進めていくわけや」

二時間後。インスタントラーメン工場第二工場の新製品開発室。

宏と春菜は軍用食を利用してインスタントラーメンを作りながら、開発の手順の説明を終えていた。

「ここまでで、何か質問はある？」

春菜に呼びかけられて、十人の新人全員が手を挙げる。

なお、この日は終日新人達の研修ということで、第二工場の生産はストップしている。

第一工場から人員を回して稼働させてもよかったのだが、次の新人が入ってくるまでは、全員で行う研修があるときの生産は休止する方針で進めているのだ。

「ん～、そうだね。じゃあ、ヴォルケッタさんから」

「はい。すごく根本的な疑問なんですが、なぜ軍用食からラーメンを作ろうと思ったんですか？」

オークの女性・ヴォルケッタからの質問に、やっぱりそれは聞かれるか、という表情を浮かべる宏と春菜。

その様子に、聞いてはまずかったのかと内心で慌てるヴォルケッタだったが、春菜はそれに気づかないまま、理由というか事情を説明する。

「最近ちょっといろいろあって、軍用食が市場で豪快にダブついてるらしいんだよね。で、さすがにそれはまずいからどうにかならないか、って相談されて、ちょっとでも消費量を増やす方法の一環としてラーメンの具やスープにしてみたんだ」

「軍用食って、そんなに余ってるんですか？」

「そうらしいよ。さすがに私達はそっち方面にまったく関わってないから、具体的にどの程度っていうのは分からないんだけどね」

「せやけど、僕らにそういう相談が飛び込んでくるぐらいやから、多分相当余っとるはずや」

「これで、答えになったかな？」

「あっ、はい。ありがとうございます」

春菜と宏の説明を聞き、『ほえ～』という感じで質問を終えるヴォルケッタ。

「じゃあ、次」

ヴォルケッタの質問が終わったところで、次の質問を受け付ける。

「ほな、次はアランさん、どうぞ」

ヴォルケッタを除く九人から、宏が選んだのはヒューマン種の男性。

どこか神経質そうな印象を受ける、こだわりの強そうな人物である。

「麺は標準のものを選んだ、とのことですが、スープに合わせて麺を変えてみる、というのは考えなかったのでしょうか？」

「短期間でサクッと製品として完成させたかったから、あえて麺はいじらんかってん。さっきやって見せたように、スープの調整だけでもえらい手間かかるのに、麺の太さやとか味付き麺にするかどうかとか、そこまでやるんは手間かかるとかの次元やなくなるからな」

「スープがこれといって癖がないものだったから、こだわっても効果薄そうだった、っていうのもあるよね」

「せやな。別に口に出して言うたわけやなかったけど、なんとなくどういじっても標準の麺と変わらんのちゃうか、っちゅう感じで意見が一致したからなあ」

麺の選定理由について、どうにも納得いっていない様子のアラン。他にも何人か、納得いかないという顔をしている。

それを見た春菜が小さく首をかしげつつ提案する。

「スープとかやくは余ってるから、ちょっと麺を変えて試してみる？」

春菜の言葉に、全員が同時に頷いた。

「ほなまあ、細麺タイプ、普通、太麺タイプで比較してみよか」

「あと大盛りで四食分作れるから、うどんとちょっとピリ辛の唐辛子麺の二種類も追加していいんじゃない？」

「せやな。ほな、作って取り分けるから、各自で味見してみ。スープは比較しやすいように、バランス型の醤油《しょうゆ》で作るわ」

そう言って、軍用食ラーメンの麺バリエーションを作っていく宏。

なお、宏達が作った軍用食ラーメンは、バランスの取れた醤油味、最初にややガツンと来る味噌《みそ》、ベースの風味が感じやすい塩、という三種類のスープがある。

ベースとなった干し肉のスープがそれなりにしっかりした味があったため、豚骨のようにダシの特徴を殺すようなスープは避け、風味をある程度活かす方向でバリエーションを作ったのだ。

「とりあえず、こんなもんか」

お湯を入れて時間を計っていた宏が、麺をほぐしてそう言う。

そのまま、大体一口から二口で食べきれるぐらいの分量に十二等分して手早く取り分け、全員に分配する。

「……まあ、予想どおりやな」

「うん。はっきり言って、このぐらいの差だったら好き好きだよね」

「予想以上にピリ辛麺が麺の主張強くて、完全にダシの味を殺してもうてるんはちょっと驚いたけどな」

「最初からある程度分かってたけど、ここまでとは思わなかったよね」

「やっぱり、麺に味付けるとかはスープに癖がないとあかんわ」

全部試食して、そう結論を出す宏と春菜。

結局のところ麺の太さによる違いは、同じグラム数だと細麺の方が表面積が大きくなる分、若干スープが絡みやすくその味を感じやすくなり、太麺の方が麺の断面積の分、歯ごたえその他によって若干食べ応えを感じる、という程度の差だ。

こだわりのある人間ならともかく、うどんと素麺《そうめん》ぐらい太さに差がなければ、一般人だと違いは分かるけどだからどうした、と感じる程度にしか変わらないので、結局は好みの問題という評価に落ち着くのである。

それでも、麺との相性が極端に分かれるような特徴がスープや具にあれば話は別だが、今回の軍用食ラーメンは、そういう種類のものではない。

そうなると、麺にこだわるのは無意味ではないにしても非常に効率が悪い、ということになる。

「これで分かったと思うけど、麺にこだわる、それも特に麺そのものに味付けたり野菜練り込んだりとか、そういう方向で特徴づけていくんやったら、最初から麺の方を主体にしてスープを合わせにいかなあかんねんわ」

「作ってみたスープがものすごく麺の特徴を選ぶ、っていうケースもあるけど、ね。基本的にはコンセプトを決める段階で、麺とスープと具、どれを主体にするかっていうのを決めて試していかないと、作業量と試食回数がすごいことになる割に効果は薄くなるよね」

「せやな。究極のラーメンを作る、とかそのあたりのコンセプトやったらともかく、期間限定品みたいに一定数作って売り切ったらすぐに切り替え、みたいなやり方する商品やと、そこまでの手間かけてたらいつまで経っても商品発売できへんからな」

宏と春菜の指摘と、何より己の舌で確認した事実に、大いに納得する研修生達。

「とまあ、これは個々の商品開発の話」

「いわゆる基礎技術として、麺もスープも具もとことんまでこだわって開発する、っちゅうんはまた別にやらなあかん」

「ここをおろそかにすると、結局飽きられて売れなくなっていくんだよね」

「せやから、基本の醤油とか味噌、塩、豚骨なんかはとにかく何回も微調整して何種類も作って、味だけやなく作り方の効率とかそういう部分も改良していかなあかんで」

いきなりややこしいことを言われ、戸惑いでざわめく研修生達。

そもそも現状、インスタントラーメンの種類はそれほど多くないため、同じフレーバーのものでも大きく味が変わる、ということがピンとこないのである。

特にたった今、麺による違いがあまりないことを体感したばかりなので、余計に言っていることが理解できないようだ。

「まあ、この辺は、すぐに分かるようなことでもないからね」

「せやな。基礎っちゅうやつは、実感できんから基礎や、っちゅう面もあるし、今ある製品も、これが完成形っちゅうわけやないし」

「食べ物に関しては、完成形ってないんじゃないかな？」

「多分な」

「ってことで、この話は終わりにするけど、ここまでの時点で何か質問は？」

春菜に振られ、しばらく戸惑ったような空気が流れる。

それを振り払うように、エルトリンデが手を挙げる。

「はい、エルトリンデさん」

「基礎研究が必要だっていうのは分かったんですが、これって人によってすごく評価が変わってきますよね？　どういうふうに進めてどうやって記録を取ってどうやって改良していけばいいか、具体例ってありますか？」

「せやなあ。ちょうどええから、今日一日はそれをやって終わりにしよか」

「そうだね」

宏と春菜の言葉を聞き、どうやら突いてはいけないところを突いたらしいと理解するエルトリンデ。

宏の口ぶりでは、いずれ避けて通れない話なのだろう。

が、エルトリンデの予想では、基礎研究というのは、間違いなく修羅の道としか思えないことをさせられる。

それを開発研修の初日からというのは、どう考えてもヤバそうだ。

「ほな、まずは麺からやな」

「麺の基礎開発研究って一口に言っても、単純に材料そのものを変える以外にも配合や生地の寝かせ方をいろいろ試して味や食感を追求する方向もあれば、乾燥のさせ方を変えたりもっと突飛なアプローチでお湯入れて三分でできる方法を実現したり、いろいろな方向性があるんだ」

「因《ちな》みに乾燥のさせ方を変えるっちゅうんは、元祖鶏ガラでやってるみたいに油で揚げて乾燥させる方法をノンフライに変えてみたり、っちゅう話やからな」

「これがまたいろいろ奥が深くてね。風味を維持したまま単にお湯注ぐだけで三分で戻るように、っていうのもなかなかできそうでできない感じなんだ」

「まあ、いろいろ言うてもすぐにはピンとこんやろうから、まずは配合いじってどう変わるか、っちゅうんを体験してみるところからやな」

そう言って、各種計量器具と麺打ちセットを人数分取り出してみせる宏。

そのガチな姿勢に微妙に引きつつ、逃げるという選択肢は最初からなさそうだと悟って勝負を受ける研修生一同。

結局、この日一日はインスタントラーメンの開発なのか、それともラーメン屋の修業なのか分からない作業を延々と続けるのであった。

☆

「おかえり、リンデ。研修ってどうだった？」

その日の晩。エルトリンデとマリオンの部屋。

何やら疲れ果てた様子のエルトリンデを迎え入れたマリオンが、少々心配そうにしつつ、表面上は明るくそう質問する。

「とりあえず、インスタントじゃないほうのラーメンの作り方を叩《たた》き込まれた」

「……それ、どうなの？」

「似て非なるものとはいえ、まったく無意味ではないかな？」

「だったらいいんだけどさ……」

エルトリンデの答えを聞き、本当に大丈夫なのかとさらに不安を募らせるマリオン。

ラーメンとインスタントラーメンの違いというのはピンとこないが、インスタントじゃない麺料理を麺を打つところから作るのが、かなり大変なことぐらいは知っている。

それだけに、エルトリンデが無駄にこき使われたのではないかと、どうしても不安になるのだ。

「別物ではあっても基礎の部分は共通だから、やっぱり教えてもらったこと自体はよかったと思う。ただ、麺打ちって体力勝負だから、ものすごく疲れたけど……」

「そういうことなら、まあいいか。で、何か買ってきたみたいだけど、それは何なの？」

「明日、新商品の試作に使う材料。今日の研修を踏まえて、自分で食べてみたいラーメンを作ってみろ、って言われてね」

「へえ？　疲れてるのにわざわざ買い出しに行ってきたんだ？」

「うん。一部、ウルスだとマイナーな食材があって、外に取りに出る羽目になったのはちょっと参ったけど」

「……外に出たの？　この時間に？」

「門のすぐ近くで手に入るから、そんなに心配いらないよ」

日が落ちたこの時間に街の外に出たというエルトリンデに、心配そうな表情を浮かべたマリオンが、そのあとに続いた門のすぐ近くで手に入るという言葉を聞いて、即座に表情が不審そうなものに変わる。

「あのさ、リンデ。一体何を狩ってきたのよ？」

「確かにモンスター食材だけど、狩るってほどでもないよ？」

「……なんかこう、すごく嫌な予感がするんだけど……」

「商品化が決まったら、ご馳走《ちそう》してあげる」

「あたしの予想どおりだったら、さすがにちょっと遠慮させてもらいたいね……」

ウルス周辺で手に入るモンスター素材や食材、それも門の近くで普通に回収できるさほど危険でもないものの心当たりをいくつか思い浮かべ、うげ、という表情を浮かべるマリオン。

どれも食えといわれれば食えなくはないが、進んで食いたいビジュアルはしていないものばかりなのだ。

特に、過去にスープとして出されて、そのすさまじいグロさに涙目になりながら食べる羽目になった食材があり、それがエルトリンデの目的のものだったとしたら、余計なトラウマをえぐられること確実である。

味は確かに美味《うま》かったが、ではもう一度食いたいかといわれると、出されたら断固として拒否する程度にはヤバい見た目だった。

今まで食べられれば何でもいいと思っていたマリオンをして、料理は見た目も重要だと思い知らされた出来事であった。

「……まあ、不穏な話は置いておいて、疲れてるんだったら晩ご飯どうする？　大したものは作れないけど、あたしが作ろうか？」

「大丈夫。ただ、醤油の癖とか掴《つか》むために実験的な料理作るから、ちょっと変なものが出来ちゃうかもだけど」

「ああ、それは気にしなくていいよ。よっぽど見た目が悪くて変な味でもなきゃ、基本食えないってことはないし」

エルトリンデに気をするなと告げ、悠然とテーブルで夕食を待つマリオン。

この日、エルトリンデが作り上げた料理は一風変わったリゾットのようなもので、すごく美味《おい》しいというものではなかったが、一応食べられるものに仕上がっていたのであった。

☆

「とりあえず、今日はまず昨日のおさらいから始めよか」

翌日のインスタントラーメン工場第二工場、新製品開発室。

研修資料とともに麺打ちセットを並べた宏が、にやりと笑いながら言う。

それを見た研修生達の顔が引きつる、かと思いきや、予想外に真剣な表情になった。

なお、本来なら今日から班を組んで、開発と製造をローテーションで行き来する予定だったのだが、昨日行った実習の内容や結果を踏まえ、宏と春菜が相談のうえ変更している。

「おう、いい顔や。ほな、説明はせんから、昨日練習したとおりに打ってみてや」

宏の指示を聞き、早速材料の計量を始める研修生達。

エルトリンデのように料理に慣れている人間はともかく、大半の手つきはなかなか怪しい感じではあるが、それでも昨日と違って特に失敗などせず麺を打ち始める。

そして、宏と春菜が見守る中、研修生達は無事に麺を完成させた。

「よし。ちゃんと覚えてるみたいやな。優秀優秀」

「あの、あれだけ叩き込まれたのに、さすがに昨日の今日で忘れたりは……」

「と、普通は思うやろ？　あかんやつはな一週間あのレベルで指導しても手順をかけらも覚えへんもんやで。なあ、春菜さん？」

宏が満足そうに頷いたのに対し、思わずアランが突っ込む。

その突っ込みに、遠い目をしながらそんなとんでもないことを言い出す宏。

「覚えない、っていうのはさすがに私は経験してないけど、お料理教えた人の中にはちゃんと手順どおりやってはいるんだけど何度やっても上達しない人とか、ちゃんとやってるのに絶対何か途中で問題が出て失敗する人とかは、何人かいたよ」

「向いてない人は、どんだけ真面目に努力しても上達せえへんからなあ……」

「そうなんだよね。でも、そういう人でも三日くらいしっかり指導すれば手順自体は覚えるんだけど、そうじゃないの？」

「多分、最初から覚える気ないんやろうけど、なんぼ教えても同じこと何回も確認してくるし、忘れるんやったらメモれっちゅうたら、メモるだけで後でメモ見んと質問してくるしでなあ……」

「……本当に、そんな人いるの？」

「うちの実家で、おとんが指導しとった従業員の中には結構居《お》ったで。しかも、そういう連中は大概、自分が覚えられへんのは教え方が悪い、っちゅうて責任転嫁してくるんよ……」

「うわあ……」

実家の工場でよく遭遇したあれなタイプについて、半ば愚痴交じりに口にする宏。

その内容に春菜が呆《あき》れた声を出し、研修生一同が絶句する。

「まあ、さすがにレイっちらがあんだけ手間かけて採用した人材やねんから、そこまでアウトなやつはおらんとは思っとったけどな。ただ、春菜さんが言うたみたいに、一生懸命やってんねんけど向いてなくてなかなか覚えられん、っちゅう人はやっぱり居るわけやん」

「そもそも、昨日が料理初経験って人もいたから、向き不向きに関係なく三日ぐらいは普通のラーメンの作り方覚えるほうに時間が必要かな、とは思ってたんだよね。宏君も同じような認識だったんでしょ？」

「せやな。っちゅうか、今まで新しいこと教えるっちゅうたら、基本そんな感じやったやん」

「だよね～」

「「「「「「事前にそのあたりの打ち合わせもしてないんですか!?」」」」」」

なんとなくわき道にそれたまま話を続け、ついでにお互いの認識のすり合わせをする宏と春菜。

その様子に、不毛な話を聞かされていた研修生達が、思わず一斉に全力で突っ込みを入れてしまう。

「まあ、話それとるからちょっと戻して、や。麺打ちの方は問題なさそうやし、スープは研修終わるまでにいくらでも作るやろうから、おさらいは終わりや。今日は昨日出したお題について、早速準備してきとる人がおったらそれを聞かせてもらうわ」

「昨日の今日だけど、誰か準備してきた人は？」

「はいっ！」

春菜に確認され、即座に手を挙げるエルトリンデ。

その勢いに押されてか、手を挙げかけていた他の研修生の動きが止まる。

「えっと、エルトリンデさん、どうぞ」

「はいっ！　私は今回、故郷の汁物料理のうち、一年中食べられているものを使ってラーメンを作ってみようかと思っています！」

春菜の指名に、やけに気合いが入った口調で宣言するエルトリンデ。その輝かんばかりの笑顔に、なぜか宏と春菜の背筋に冷たいものが走る。

「……ねえ、宏君。私、すごく嫌な予感がするんだけど、どう？」

「……奇遇やな、春菜さん。僕もそんな予感するわ」

エルトリンデに聞こえないようにそう囁《ささや》きあい、一つ頷いて覚悟を決める春菜と宏。

この流れで聞きもせずに却下するのはどうかということもあり、エルトリンデが何を作ろうとしているのか確認する。

「えっと、なんか妙に気合いが入ってるところが気になるんだけど、エルトリンデさんは今回何を使うの？」

「今回使う材料は、これです！」

と、腐敗防止のかかった鞄《かばん》から次々に食材を取り出していくエルトリンデ。

出てきたものが香草や胡椒《こしょう》などの香辛料、キノコのようなダシ素材だったうちはまだよかった。

恐らく具になるのであろうジャガイモやニンジンなども、特に問題にはならない。

が、それらを見て安心したところで、宏と春菜に嫌な予感を抱かせた原因であろうと思われるブツが、多大なインパクトと共にドドンと作業台の上に置かれてしまった。

「……工場見学の時の言動考えたら不思議やないけど、このタイミングでそう来たか……」

「……なんかこう、すごいビジュアルだよね……」

「……今の時点ですでにヤバいんやけど、これ火ぃ通したら碌《ろく》なことにならん気がしてしゃあないで……」

「……うん。食べられるものではあるんだけど、どうなんだろうね……」

作業台の上に鎮座した新鮮な食材を見て、自分達の予感が的中したことを理解しながら、どうしたものかという表情でそんなことを口にする宏と春菜。

まだそういう反応ができた宏達はマシなほうで、研修生の中にはそれが出てきた瞬間に小さな悲鳴を上げ、意識を飛ばしかけた人間もいたりする。

それだけ、エルトリンデが持ち込んだ食材のビジュアルはすさまじいものであった。

「なあ、これ、どこで仕入れてきたん？」

「こんなすごい見た目の大きな芋虫、市場で見かけたことないんだけど……」

「昨日、帰る前に東門近くの林で捕まえてきました！」

やたら気合いが入ったエルトリンデの答えに、そういえば前歴は冒険者だったと納得しつつ、こんなのが東門近くに生息しているのかと遠い目をしそうになる宏と春菜。

宏にしろ春菜にしろ、今更芋虫を食べるぐらいで騒ぐ気はない。

そもそもこの世界では、貴族だろうが庶民だろうが関係なく、芋虫ぐらいは普通に食べる。

そんな彼らでも、どう見ても全身にびっちり目玉があるようにしか見えない、子猫より大きな名状しがたい極彩色の芋虫となると、さすがに食べようとは思わないようだ。

こんな目立つ見た目なのに宏も春菜も見たことがないとなると、恐らく特殊な擬態能力を持った無害なタイプのモンスターなのだろうと推測できる。

言うまでもないことかもしれないが、かつてマリオンがご馳走されてトラウマを抱えかけ、料理は見た目もある程度大事だと思い知った食材というのが、まさにこの芋虫である。

「……まあ、エルトリンデさんが虫食うっちゅうのは事前に聞いとったし、想定はしとったけど……まさか、こんなん見た目とはなあ。で、こいつどういうふうに料理するん？」

「故郷ではぐつぐつと煮込んで、スープと一緒に食べます。今回はそれにラーメンを入れてみたいと思いまして」

「……本気ですさまじく不安やねんけど、やりもせんと否定するんもあれやな……」

「……そうだね。もしかしたらそんなにすごいことにはならないかもしれないし、見てもいないのに否定するのはだめだよね」

エルトリンデが告げた調理法を聞き、頭の中で非常にグロい想像をしてげんなりしつつ、試作だけはやらせてみることにする宏と春菜。

もう一度覚悟を決め直し、エルトリンデに作業を促す。

「とりあえず、いっぺん作ってみてくれへん？　さすがに見もせんと判断できん」

「他の人はとりあえずスープ作りの練習でもやってて」

「はいっ！」

宏達の反応に少し不満そうにしつつ、許可が出たからと早速料理を始めるエルトリンデ。

食べられるように処理する段階ですでに直視に堪えないほどグロいことになっているのだが、これ以上は単なる暴言だと必死になって突っ込みを我慢する宏と春菜。

指示を受けたからとスープ作りに没頭することで、不穏なビジュアルになっているエルトリンデの作業から目をそらす研修生達。

そんな彼らの様子に気がつかず、実に楽しそうに料理を進めるエルトリンデ。

十分くらいで食材が全て鍋に投入され、煮込みの工程に移る。

「……匂いは、美味しそうなんだよね」

「……せやな」

新製品開発室に漂い始めた匂いに、これだけなら問題ないんだがと不安を隠さずに評論する教官組。他の研修生達も、大部分はどこか不安そうにしている。

その不安そうな研修生にオークのヴォルケッタが混ざっているあたり、こういう価値観は意外と種族の壁が薄いのかもしれない。

そんなこんなで、エルトリンデが料理を始めてから三十分。

先ほど自分で打った麺を茹《ゆ》で、そこにほぼスープというレベルまで煮込んだ料理をドバっと注ぎ込む。

「できました！　私の故郷の家庭料理・クリューグを使ったラーメン、クリューグラーメンです！」

そう言って宏達の前に、自信満々という態度でどんぶりを置くエルトリンデ。

そのビジュアルに、思わず絶句する宏達。

「……これは、商品にするのは無理っぽいよね……」

「……せやな。浮かんどる目玉と細かく刻んだニンジンとかジャガイモとかとのコントラストもなかなかえぐいけど、そこにラーメンがうにょうにょ泳ぐことで、非常に名状しがたいビジュアルになっとるわ……」

「ええ!?」

「……さすがの私も、これを食べるのはちょっと抵抗があるよ……」

「……見た目で食う食わんを判断せん春菜さんでそれとか、相当やで……」

「そんな!?」

しばらく言葉に詰まった挙句、春菜と宏が絞り出したコメントは、残念ながら全否定と言ってしまっていいものであった。

その結論にショックを受け、何かを言いかけたエルトリンデを遮るように、好奇心に負けた研修生が一人どんぶりを覗《のぞ》き込んで硬直、見なかったことにして立ち去ってしまう。

それもそのはずで、このクリューグラーメン、どんぶりを覗き込むと、どこか恨みがましい感じに濁った無数の目がじっとりと見つめてくるうえ、その隙間から触手のようにラーメンが生えてきているのだ。

はっきり言って、食べるどころか見ているだけで呪われそうな気がして仕方がない。

よほど慣れているか心臓が強くなければ、これに箸《はし》を突っ込んでかき回し、麺を引き上げてすすろうという気にはならないだろう。

そんなはずはないと分かっていても、胃の中で触手が暴れまわるのではないか、という不安が消しきれないのだ。

「……クリューグラーメンは、そんなに駄目ですか……」

「食べもせんでダメ出しするんは申しわけないんやけど、この見た目はちょっとなあ……。多分、味っちゅう面では問題ないと思うんよ……」

「……そうだね。ただ、こういう見た目が独特な料理は、慣れてないとすごく拒否反応が出るから……」

「まずは、ベースとなるクリューグ自体が受け入れられて定着せんことには、一部のチャレンジャーが手ぇ出して終わり、っちゅうマニアックな商品にしかならんからなあ」

宏達の出した答えに、思わず肩を落とすエルトリンデ。

そのあまりに残念そうな様子に、没を言い渡した宏と春菜も心が痛む。

先ほどまでの気合いの入り方も見るに、間違いなくエルトリンデの情熱とラーメン愛、故郷に対する愛情は本物だった。

それだけに、食べる前の段階でダメ出しされるとは思わなかったのだろう。

そこに追い打ちをかけるように、先ほどどんぶりを覗いた研修生がコメントを漏らす。

「俺、あの芋虫自体は平気でたまに食うんだけど、さすがにここまでグロテスクだとちょっと厳しいわ……」

普通に食べているという研修生にまで無理だと言われ、エルトリンデが完全にしおれる。

彼女の予想では、故郷の味とラーメンとの融合に、みんなが納得してくれるはずだったのだ。

その目論見《もくろみ》が外れたどころか全否定されたために、残念そうという様子を通り越して、半ば燃え尽きかけている。

だが、エルトリンデを襲った追撃は、これだけではなかった。

「……すごく言いづらいんですけど、これをインスタントラーメンにする場合、いったん乾燥させて粉末とかにするんですよね？」

「あ、うん。乾燥させるね」

「これ、乾燥させた粉末とか、怖いことになるんじゃないでしょうか……」

「あ〜、そうかも……」

震える声で放たれたヴォルケッタの疑問に何を想像したのか、春菜が荒《すさ》んだ目でうめくように同意の言葉を漏らす。

そこそこのサイズがある虫の目玉。これを乾燥させてかやくにした場合、間違いなくはっきりと原形が残る。

それがどのような残り方をするかは分からないが、現状を見るにきっと、見てて愉快な状態にはならないだろう。

「……ごめんなさい……。乾燥させたときのことまで、考えてませんでした……」

春菜同様何か妙なものを想像したらしく、青ざめた顔でエルトリンデが自身の非を認める。

どうやらエルトリンデの里では、この芋虫を焼いたり煮たりして食べることはあっても、干物にするような類の加工はしていないようだ。

「……さすがにそれは、売り物にはなりませんね……」

「……うん。悪いけど、いくら味が良くても見た目で拒否反応が出るって分かってるものはちょっと……」

持ち込んだ本人が無理だと認めたところで、クリューグラーメンは完全に没となる。

「……まあ、あれや」

「……うん？」

「自分の故郷で普通に食うてるはずのもんが、同じようにここらへんで獲《と》れるのに食われてないっちゅうんは、それなりに理由があるっちゅうことやな……」

「……そうだね……」

宏の感想に、何の異論も挟まず春菜が同意する。

「あと、今回で分かったと思うけど、見た目も結構大事だからね。特にインスタントラーメンは、乾燥した具材とかも目に入っちゃうから、そういうのもちょっと気にしないとだめなんだよね」

「まあ、乾燥した具材に関しては、今回のことがあるまで僕らも気ぃついてなかったけど」

「うん。本当に、盲点だったよね」

記念すべき（？）初めての没から、そんな教訓を導いた春菜と宏。

恐らく、日本のインスタントラーメンの場合でも、開発途中で没になり、一度も表に出てこなかった商品の中には、今回のクリューグラーメンと同じような理由のものも多数あったのだろう。

それを知ることができただけでも、エルトリンデが払った犠牲は無駄ではなかったようだ。

「じゃあ、他に何か考えてきた人は？」

クリューグラーメンの話はこれで終わり、とばかりに話を振る春菜。

だが、今の一連の事態で思うところができたのか、今回は誰も手を挙げない。

「えっと、誰もいないの？」

「はい。今のほどじゃないんですけど、ちょっと麺を入れたら見た目が微妙になるかもしれない、って思いまして……」

「俺も……」

「私もです……」

春菜に問われ、研修生が口々に同じことを言って辞退する。

それを聞いていた宏が、苦笑しながら口を挟む。

「今のが特殊なだけで、別に見た目にインパクトがあること自体は悪いこっちゃないんやで？」

「うん。『えっ？　これ乗せちゃうの!?』的なミスマッチな組み合わせなんだけど、食べてみるとそんなに悪くない具材をドドンと乗せて興味をそそる、っていう手法もあるし」

「まあ、それも全部、定着しとる料理との組み合わせ、みたいなところはあるけど」

宏と春菜に言われて、それならばと恐る恐るヒューマン種の女性が手を挙げる。

「ほい、マウアーさん」

「えっと、醤油ラーメンにブルフシュを乗せたらどうなのかな、って思いまして」

「普通に美味《うま》いとは思うけど、中身何にするかやな」

二人いるヒューマン種の女性のうち一人、マウアーが冬場のファーレーンの定番料理であるブルフシュを提案してくる。

それを聞いた宏が、中身を何にするかを聞く。

ブルフシュは基本的に、アグリナ冬芋という冬場にしか採れない山芋の一種をすりおろして作る生地に、いろんな具材を入れて焼き固める料理だ。

それだけにいくらでもバリエーションがあり、単にブルフシュラーメンといっただけでは間違いなく内容が通じないのだ。

「とりあえず、肉か海老《えび》と、透明になるまで炒めた玉ねぎを入れてみようと思います」

「肉か海老っちゅうんは、カップのやつの醤油味に入っとる具材やからか？」

「はい」

「なるほどな。ほな試してみよか」

宏の号令を受け、丁寧に肉入りのブルフシュを作るマウアー。

それを手伝って、海老入りのブルフシュを作るエルトリンデ。

エルトリンデの手伝いに関しては、最初はクリューグラーメンの影響でかなり警戒されたものの、今回は決められた手順で決められた具材を使った料理を作るから問題ないだろう、という春菜の意見で無事に受け入れてもらえたのだ。

その結果、宏と春菜を除けばこの場の人間で一番という料理の腕前を余すことなく発揮し、提案した当人よりも美味しいブルフシュを完成させる。

「見た目よし、匂いよし」

「まあ、ここまでは問題ないわな。ここまでは」

「うん」

出来上がったラーメンを見て、正直な感想を口にする春菜と宏。

まだ箸をつけていないのでなんとも言えないところだが、このラーメンには一見して無難だからこその落とし穴が待ち受けていそうな、そんな予感がしないでもない。

「……あっ、これ駄目かも」

とりあえず宏達に取り分けるために肉入りのブルフシュを箸で切ろうとし、その感触に思わずそう呟《つぶや》く春菜。

春菜が何を気にしているのか分からず、もう一杯の海老入りのブルフシュを同じように箸で切ろうとして、問題に気がつく宏。

「……これ、ラーメンとしては、ものすごい食べにくいかもしれんなあ……」

「うん。少なくとも、焼き加減とか山芋の生地の作り方とか調整しないと、今のままだと食べるのに苦労すると思う」

型崩れしないようにしっかり焼き目をつけた表面の硬さと、そこを突破したあとの餅もかくやという強力な粘り気の前に敗北した箸を見ながら、困ったように話し合う宏と春菜。

どうやらスープを吸ったことで何か妙な変化を起こしたようで、粘り気が普通に食べるのに比べて数倍強くなってしまっている。

これでは下手をすると、麺をすすった際に喉に詰まらせかねない。

味見に入る前の時点で宏と春菜が否定的な意見を言い出したことが気になったのか、取り分けてもらえるのを待っていた提案者のマウアーが口を開く。

「ちょっと試してみていいですか？」

「おう」

「それでは失礼して……」

宏からどんぶりを受け取ったマウアーが、ブルフシュに箸をつける。

その隣では、せっかくだからとエルトリンデも春菜からどんぶりを受け取って取り分けようとする。

「……これは、ちょっと難しそうですね……」

「うわあ……。スープに入れると、こんなに硬くて粘り強くなるんですね……」

そもそも箸で割ること自体に苦戦しているマウアーの感想に、どうにか割りはしたものの餅もかくやという勢いで伸びるブルフシュを見せながらその先の問題を捕足するエルトリンデ。

さすがにこれでは、取り分け以前の問題である。

「あと、もう一つ気になったことがあるんやけど……」

「何、宏君？」

「これ、乾燥させた場合、お湯かけて戻すときにちゃんと戻るんかな？」

「……あ～……」

宏の指摘に、その問題もあったとうなる春菜。

日本で発売された商品の中にも、稀《まれ》にお湯を注いでも具がちゃんと戻らないものが存在していた。ちゃんと戻らないと一口に言っても、元のサイズに戻らない、お湯を吸った時点で崩れてしまう、中までお湯が浸透するのに時間がかかって三分や五分では芯が残ってしまうなど、いろんなパターンがあるが、ブルフシュに関しては崩れるか中に芯が残るかの可能性が濃厚である。

「うーん、これは現時点での商品化はちょっと厳しいかな？」

「せやな。完全にボツではないにしても、今回の研修で商品化するにはハードルが高すぎるわ」

「あと、これは商品化に成功してからの話だけど、アグリナ冬芋をどう確保するか、っていうのも考えなきゃいけないよね」

「せやな。素材の都合でどうせ期間限定でしか売れんにしても、ここで生産するっちゅうと、一般の人らが使う分にまでかなりしわ寄せいくんは間違いないし」

「着眼点としては良さそうだから、あとはもうひたすら問題を解決できるよう研究するしかないよね」

教官の講評を聞き、熱心にメモを取るマウアー。

「このラーメンは取り分けができんから、とりあえずいったん保管庫に放り込んどいて、あとで処遇考えよか」

「そうだね。とはいっても、このまま食べるのは喉を詰まらせる的な意味で危なそうだし、かといってブルフシュを取っちゃうと単なる具のない醤油ラーメンだし……」

「あの、そのまま食べて大丈夫そうな方に味見をお願いする、というのはどうでしょう？」

取り分けすらできず、味見に入ることができなかったブルフシュラーメン。その処遇に悩む宏と春菜に対し、ヴォルケッタがそんな提案をする。

「あっ、それいいかもしれません。このまま研究を続けるにしても、ブルフシュとラーメンやスープとの味における相性の良し悪しはある程度確認できそうですし」

「あと、このままでも食べられるようになるアイデアが出てくるかもしれない」

ヴォルケッタの意見に、エルトリンデとアランが食いつく。

それを見ていた春菜が、最終的な判断を下すために研修生達に問いかける。

「じゃあ、このラーメンの処遇はそれでいい？　いいんだったら、私達が持って帰って、伝手《つて》をたどって食べられそうな人に試食を頼んでくるよ」

「それで構いません。麺の打ち方もスープの作り方も分かっているので、そのうちまた自分で作って自分で試食してみます」

春菜の問いに、真っ先に提案者のマウアーが同意する。他の研修生達も自分が試食できないのであれば処遇はどうでもいいらしく、特に異を唱える者はいない。

「そっか。じゃあ、遠慮なく持って帰らせてもらうよ。こっちでも何かいいアイデアとか出てきたら教えるから」

「本当ですか!?　ぜひお願いします！」

春菜の提案に目を輝かせて飛びつくマウアー。

こうして、ブルフシュラーメンに関しては、春菜達も手を貸す前提で一時保留となる。

「ほな、こっちのクリューグラーメンも持って帰ってなんか使い道考えよか？　別にエルトリンデさんが食べるっちゅうんやったら、そのまま食べてくれてええんやけど」

「あっ、私が責任をもって食べきります」

「そうか、ほな昼食に……、いや、ちょい待ち。それはまた間食かなんかに回してもらって、ちょうどええ機会やから、昨日とは違う形で昼飯を研修にしてまおう」

エルトリンデと話しているうちに何やら考えが浮かんだのか、宏がそんなことを口にする。

「宏君、研修にするってどんなふうに？」

「昼飯にな、定番の麺類思いつく限り作って、ラーメン以外の麺類がどんな感じかっちゅうんをいっぺん試食してもらったらええんちゃうか、って思ってな。当然、インスタントになってるやつとなってへんやつも分けて説明するつもりや」

「あっ、そうだね。すでにどんなものがあるか、っていうのは、知っておいたほうがアイデアも出しやすいだろうしね」

「それと、今日はちょっと早めに切り上げて、ちゃんと市場とか見て回る時間を作ったったほうがええんちゃうか？」

「明日からはグループ分けしてローテーションでラインと商品開発に分かれるから、今日ぐらいしかそういう時間作れないよね、確かに」

宏と春菜の思いつきにより、本日の研修内容に大胆な修正が入る。

結局、宏と春菜の手で作られた様々な麺料理のバリエーションに驚かされて、この日の座学的な研修は終わりを告げた。

なお、この日の昼食時の説明により、なんとなくではあるがインスタントラーメンに向かないものの傾向を掴むことができた研修生達であった。

☆

その日の夜。アズマ工房ウルス本部の食堂。

「さすがに今日はちょっとびびったわ」

「そうだね。あんなすごい見た目の料理があるなんて、思ってもみなかったよね」

夕食のカレーライスを食べながら、少々げんなりした様子で本日の出来事を振り返る宏と春菜。

その言葉、それも特に春菜が見た目だけでげんなりしたという点に、早速澪が食いつく。

なお、これまでの修復作業について、宏や澪の意見を聞く前に自分達だけでいろいろ話し合いたい、とのことで、ファム達は別のテーブルで食事をしている。

「ねえ、春姉《はるねえ》。春姉でも、見た目で拒絶反応を起こすことってあるの？」

「いくら私でも、見ただけで無理って思うものはあるよ」

「食べても死なないからって、ゴキと蜘蛛《くも》を足して二で割ったみたいなビジュアルのモンスターを平気で食べた春姉の言葉とは思えない……」

「あの時はみんなも普通に食べてたよね？」

「ん。でも、今出されて食べる気になるか、っていうと……」

「というか、春菜。あの時は極限状態だったんだから、今回の反論に使うには弱いわよ？」

「まあ、そうなんだけど……」

澪と真琴に突っ込まれ、釈然としないながらも渋々受け入れる春菜。

なお、澪が話題にしたのは、リハビリのために神の城のダンジョンに籠《こも》りきりだったときのことだ。

なので、下手をすればクリューグラーメンですら平気で食べていたかもしれない、という点で、春菜の反論は効果が薄い。

「でもまあ、春菜にも食に関してそういう普通のところがある、っていうのはちょっと安心かな、とは思うけどね」

「その拒絶反応起こす基準が、かなり当てにならねえ感じだけどな……」

「つちゅうたかて、僕らも向こう帰ったら相当怪しい感じやで」

「師匠、それは言っちゃだめ」

春菜の悪食に対し、思い思いのコメントをする真琴達。

それを聞いていた春菜が、もうこのあたりのイメージはどうにもならないんだろうな、などと妙な諦観《ていかん》を見せる。

「で、話戻すけど、それってどんな見た目だったの？」

「こう、名状しがたい粘液の中にな、恨みがましい感じの目玉がびっちりと浮かんどって、その隙間からまるで触手のように麺がうにょうにょとなあ……」

「そんなはずはないのに、なんかラーメンが自分でうごめいてるように見えたよね……」

「……ごめん。食事時に掘り下げる話じゃなかったわ……」

「こっちこそ、変に話振っちゃってごめんね……」

げんなりした様子で、お互いに謝る真琴と春菜。

春菜が拒絶反応を起こすぐらいだから当然ではあるが、想像しただけで食欲が失《う》せる話だ。

そんな意図はなかったとはいえ、結果的にファム達を隔離した形になっているのは不幸中の幸いであろう。

もっとも、最初からファム達が別席だからこそ、宏も春菜もこんな話ができたのだが。

「……食欲なくなりそうな話は置いといて、だ。他にはなかったのか？」

「あ、うん。他には、ブルフシュラーメンの提案があったよ」

「そっちは美味そうだな。で、上手《うま》くいきそうだったのか？」

「残念ながら、試作の段階ですぐにはどうにもなりそうもない問題がたくさん出てきて、いったん保留ってことになったよ」

「聞いた限りじゃ、そんなに派手に問題が出そうな感じじゃないんだが、そんなに問題が多かったのか？」

「うん。残念ながら、想定外っていうのはこういうことだろうな、って感じの問題がいろいろとね」

そう言って、ブルフシュラーメンで発生した問題の数々を説明する春菜。

それを聞いた達也が、真面目な顔で何かを考えこむ。

「なあ、春菜。結局試食はしたのか？」

「取り分けが上手くできなかったから、その場では試食してないんだ。一応許可貰《もら》って持って帰ってきてるから、カレー食べてまだ入りそうだったら試食してみる？」

「そうだな、と言いたいところだが、それはどっちかっていうと澪の仕事だろうな」

「そうね。なんだかんだ言って、食べることに一番こだわりがあるのは澪だし」

「食事にこだわってるのは否定しないけど、春姉ほど料理に情熱燃やしてない」

「作る側としてはそうでも、食べる側としてはそうでもないでしょ？」

「むう、否定できない……」

食い意地が一番張っていると言わんばかりの達也達に抗議し、あっさり真琴の反撃で沈む澪。

実際、食べられる量も日本にいた頃とは比較にならないほど増えたこともあり、同世代の女の子より食べることにこだわりが強い自覚は持っている澪。

そこを突かれると、否定しても白々しくなるのがつらい。

「で、や。今日のことで僕らだけやと突っ込みが足らん、っちゅうんを思い知ってな。明日から真琴さんか澪に参加してもらって、変なラーメン提案したやつにビシバシ突っ込んでもらったほうがええんちゃうか、っちゅう感じになったんよ」

「まあ、突っ込みだったら、真琴は適任だよなあ」

「ん。ボクは基本的にボケだし」

「てかね、宏と春菜の時点で、元から突っ込みなんて足りてないじゃない。どっちも基本的にボケなんだからさ」

「せやねんなあ……」

「あの、私そこまでボケてないと思うんだけど……」

真琴の言葉に、渋い顔をする宏と、そのやり取りに対して抗議する春菜だが、それは当然のごとく黙殺された。

そもそもの話、インスタントラーメンの開発に関しては、指導に回ることができる人間がみんな揃《そろ》ってボケである、という構造的な問題を抱えている。

特に厄介なのが、本人にボケに回っている自覚がないうえに一見して割としっかりしているように見える春菜であろう。

しかも、そのボケが体質と相互作用を起こし、とんでもない事態に発展することもあるのだから、たまらない。

今のところ研修生が投下する爆弾の方が威力が大きいから問題になっていないが、開発作業が落ち着いてきたら、ある程度の警戒が必要なのは間違いない。

「まあ、明日からはローテーションになるから、今日までに比べたらマシに……」

「レイっちから宏ちゃんに連絡～」

「ん？　なんや？」

唐突に転移してきた数体のオクトガルが、宏の希望的観測を途中で遮る。

そのタイミングとレイオットからの連絡という二つの要素が、なんとも言えず不穏な感じだ。

「まずは開発研修最優先～」

「第二工場は止まってよ～し」

「適性見て振り分け～」

「遺体遺棄～」

「適性なかったら遺棄されるんかい……」

オクトガルのボケに反射的に突っ込みながら、頭の中で今後の日程その他を修正する宏。

とりあえず、先ほど言おうとしていた希望的観測による気休めは捨てねばならないらしい。

「伝言はそれだけか？」

「それだけなの～」

「ほな、了解や、っちゅうとって」

「連絡したの～」

転移をする時間も惜しいとばかりに、オクトガルネットワークで迅速に宏の返事を連絡するオクトガル達。

それを見た宏が、素朴な疑問を口にする。

「にしても、レイっちはまだ忙しそうか？」

「現在、官僚を締め上げ中～」

「余罪たっぷり～」

「現在進行形で書類書き換え～」

「部下が勝手に～」

「記憶にございません～」

「隠蔽《いんぺい》～」

「証拠隠滅～」

「口封じ～」

「遺体遺棄～」

「やめやめ！　何重もの意味で危険すぎるから、そういう発言はやめや！」

疑問に答えつつ、いつもの調子で連想ゲームをするオクトガル達を、大慌てで黙らせようとする宏。さすがに今回の連想ゲームは、本格的にシャレにならない。

「まあ、とにかく、製造の方の実習は新製品が完成してからっちゅうことやな」

「そうだね」

これ以上レイオットの現状を深く掘り下げると、またオクトガルが碌でもない連想ゲームをしかねない。

そう意見が一致した宏と春菜が、迅速に話題を変える。

というか元に戻す。

「っちゅうことやから、明日から真琴さんにも来てもらってええか？」

「ええ、分かった」

「ねえ、師匠。ボクは？」

「澪は、ファムらの仕上がり次第っちゅうとこやな。そっちはどないや？」

「ボクの目から見た感じ、まだまだいろいろ荒いところはある。でも、とりあえず例の最高傑作といい勝負、ぐらいのものは作れてるし修理もできてる」

「なるほどな。ほな、兄貴の方でファムらを代理人にする形で話進めといてもらって、澪は念のために明日は今日と同じで指導と監督、明後日から開発に参加で頼むわ」

「ん」

研修内容の変更に合わせて、真琴と澪に明日以降の指示を出す宏。

調整役の達也を除き、日本人メンバー総出で新商品を完成させたほうがよさそうだ、と判断するに至ったのだ。

「おっと、今の話で思い出したんだが、北地区の爺様達のことは、それほど焦らなくてもよくなったぞ。っつうか、ヒロの手が空くまで動きようがなくなった感じだ」

「っちゅうと、どういうことや？」

ファム達の話が出てきたところで、達也が伝え忘れていた重要事項として北地区の爺様関連の進《しん》捗《ちょく》について報告する。

それを聞いた宏が、思わず怪《け》訝《げん》な顔をしてしまう。

「今日の昼にな、ライムの作ったやつ持って北地区に行ったんだよ。で、今このぐらいのレベルだから、明日か明後日かぐらいにケリをつける方向で調整したい、って話をしたんだが……」

「爺様がなんぞ反発でもしたんか？」

「ああ。ちょうどたまたま、って体《てい》で顔を出した爺様の一人が、ライムの作品見て顔をひきつらせたあと、工房主が出てこないだけでなく、こんなガキのお遊びで儂《わし》らを愚弄《ぐろう》する気か！　とか言って騒ぎだしてなあ……」

「弟子だけ送り込んでくるような失礼なやつに付き合ってられるか、っちゅう感じか？」

「それも言ってたな。まあ、そういうわけだから、こっちはあんまり気にしなくても大丈夫だ」

「了解や」

経緯を理解し、それならしょうがないと、達也の言うとおりいったん棚上げにする宏。

この件に関しては、時間が経てば経つほどファム達の腕が上がるため、相手が逃げ回っている現状はこちらにとって有利にしか働かない。

が、それでも正直な話、宏のやり方が失礼だという点を踏まえても、爺様達のやっていることは情けなく感じる。

「しかしこう、そのタイミングでそんな騒ぎ方したら、ガキの作品にびびって勝負から逃げ回っとる、っちゅうふうに見られへんか？」

「見られてるだろうな。一応そっち方面で煽《あお》って引っ張り出せないかはやってみるが、逃げ方の露骨さを考えると、まあ乗ってはこないだろうな」

「せやろうなあ。にしても、兄貴。なんでライムのん持っていったん？」

「ん？　ああ。澪に勧められてな。昨日作ったファム達の模倣品で、三番目ぐらいに出来が悪いやつだったそうだ」

「ああ、なるほど。っちゅうことは、持っていったんはあれか。確かにあれやったら、爺様らを黙らせられるかどうかはともかく、揺さぶりかけるぐらいはできるな」

達也が何を持っていったのかを知り、澪のセンスになんとなく感心する宏。

アズマ工房という環境の特殊性に助けられてのことではあるが、ライムが作った模倣品は、どう考えても六歳の子供が作り上げたものとは思えない完成度を誇っている。

加工だけなら誰でもできる素材を使っているので、実のところスキルという面では大したことはないのだが、初級や中級のスキルは基本的に、扱える素材のランクにしか影響しない。

創造神の聖域となったウルスの工房の特性や道具の性能に助けられている面は大いにあるが、大人顔負けの精密さで組木細工を組み上げたのは、間違いなくライム自身の実力である。

技量的には一番劣っているライムですらこれなのだから、他の三人の作り上げた模倣品の出来は、推して知るべしというところであろう。

「そういえば、ここ何日かひよひよを見ないよね？」

「ん、言われてみれば」

「確かに見てないわねえ。あのひよこ、どこほっつき歩いてるのかしら？」

ライムの話から、不意に春菜がそんなことを思い出す。

言われてみればという感じで、最後に見たのはいつだったかと頭をひねる澪と真琴。

その答えは、意外なところからもたらされた。

「ひよひよやったら、何日か前にライムと一緒に神の城に移動して、そのまま居ついてなんかやっとるで」

「そうなんだ。何してるんだろうね？」

「分からんけど、神獣的に必要なことっぽいで」

「本当に、何やってるんだろうね？」

宏の説明に、なんとなく腑《ふ》に落ちないながらも、所在が分かっているならいいかということにしておく春菜。

基本的にデカいひよこにしか見えないので忘れがちだが、あれでもひよひよは神に連なる高位生命体だ。

なんだかんだで、存在意義を失わない程度には仕事をしているのだ。

「見ないっていえば、アルチェムも工場見学終わってからの消息が不明」

「チェムちゃん修行中～」

「大樹の巫女《みこ》化～」

「アランウェン様の特訓～」

「全裸～」

「蔦《つた》がうねうね～」

「枝がうねうね～」

「そこのところ詳しく！」

「だから毎回毎回そういうところにばっかり食いついてんじゃないわよ、中学生！」

オクトガルが教えてくれたアルチェムの現在。その一部聞き捨てならない内容に光の速さで食いついては、いつものように真琴にフルスイングのハリセンでどつき倒される澪。

そのすさまじい威力に、思いっきり顔面をテーブルにぶつける。

スパーンという爽快な音と、一拍置いての鈍い音が食堂に響き渡り、ファム達が驚いてこちらのテーブルに注目して、いつものごとく澪がハリセンでどつき倒されたのだと知って、すぐに興味を失う。

幸いにして食べ終わって皿をどけていたからよかったが、そうでなければカレーに全力で顔面を突っ込んでいただろう。

もっとも澪の場合、それはそれでおいしいなどと考えそうではあるが。

「すげえな、真琴……」

「ほんまやな。よう、座ったままでその威力でハリセンフルスイングできるなあ……」

「なんかこう、ね。最近、ハリセンの扱いが染みついちゃった感じでね……」

素晴らしくキレがある豪快な突っ込みに、ただただひたすら感心する達也と宏。

それに対する真琴の返事を考えるに、恐らくハリセンか何かのスキルが生えているのだろう。

余談ながら、ゲームの『フェアクロ』では、ひそかにハリセンというスキルが実在していたりする。

「……ねえ、真琴姉《まことねえ》……」

「顔面ぶつけたことに関しては、抗議は受け付けないわよ？」

「そっちはおいしいから問題ない。そうじゃなくて、アルチェムのこと」

「……それが何なのよ」

「どう考えても、全裸で触手、もとい蔦とか枝とかがうにょうにょだと、アルチェムのビジュアルならすごくエロいことに……」

「だからそこに食いつくな、っつってんのよ……」

「ぶへ……」

性懲りもなく深く掘り下げようとする澪に、もう一度ハリセンをお見舞いする真琴。

今度は手加減して軽くだ。

そのハリセンを食らい、中学生女子とは思えない、可愛《かわい》らしさのかけらもない微妙な悲鳴を小声で漏らす澪。

ビジュアルだけなら儚《はかな》げな美少女なのに、どこまでも残念な光景である。

「でも、今回ばかりは、ボクでなくても気になるはず……」

「そこは否定しないけど、そろそろ宏が使い物にならなくなるから、いい加減自重しなさい」

「……ん」

宏のことを持ち出され、不承不承という体で納得する澪。

いい加減何度もこの手のネタを繰り返しているので、さすがにこれ以上は宏が本気で使い物にならなくなる可能性があることぐらいは熟知しているのだ。

そうやって話を終わらせようとしているのに、そこにわざわざ再びオクトガルが余計なことを言って燃料を投下する。

「今回は澪ちゃんセーフ〜」

「単なる瞑想《めいそう》～」

「超健全～」

「全裸で瞑想なのに、健全なんだ……」

「「「下手に隠すほうがエロいの～」」」

春菜の突っ込みに対してオクトガルが声を揃えて言い切った謎の理屈に、なぜだか揃って納得してしまう宏達。

はっきり言って何の根拠もないのに、どういうわけかすさまじく説得力を感じさせる一言である。

「すごく納得しちゃったけど、全裸の方がエロくないってのもすごいわね……」

「……まあ、服着る習慣がない部族とかと同じで、こっちからすれば目のやり場には困るが、別にエロくは感じないって理屈なんだろうなあ……」

「「「あ～……」」」

達也が口にした解説に、今度こそ心底納得してしまう宏達。

隠されていると見たくなるのに、堂々とフルオープンにされるとありがたみを感じないあたり、人間というのは複雑なものである。

「そのあたりのエロに関する考察は置いといて、や。せっかくやから、明日は先に真琴さんにパッケージデザインについての講義やってもらうとこからスタートしよか」

「そうだね。パッケージについてのノウハウも知っておけば、見た目が無謀なアイデアはかなり減らせるだろうし」

「ＯＫ、任せておいて。みっちりしっかり叩き込んであげるから」

「頼むわ」

宏に頼まれ、力強く頷く真琴。

それを見ていた澪が、むう、という表情を浮かべる。

「真琴姉の講義、面白そう……」

普段見る機会がない、どころか想像すらしたことがなかった、教える側の真琴。

それに全力で興味を示していた澪が、不満そうにポツリと呟く。

「ねえ、宏君。別に澪ちゃんがいてもいいんじゃないかな?」

「せやなあ。どうせ爺様に喧嘩《けんか》売るんは先延ばしになったんやし、別に明日から終わりまで付き合ってもろてもええか」

「本当!?」

「おう」

春菜のとりなしにより、無事に澪の参加も決定する。

「あっ、せやせや。真琴さん」

「なに?」

「今後の研修する側のための資料として、研修中の様子を映像記録として残してんねんわ。真琴さんの今回の研修も残すことになるけど、かまへん?」

「……正直言うと、恥ずかしいからノーって言いたいところなんだけど、あんた達も残してるんだったら、あたしだけはやめて、とは言いづらいわね」

「別に、あかんかったらあかんかったでええで?」

「他のことならお言葉に甘えるところだけど、さすがに今回は我慢するわ。だって、どう考えてもビジュアルに関わる今回の研修が、一番映像記録が欲しいはずだし」

「……なんか、すまんなあ」

「気にしない気にしない。必要なことなんだし、あたし今回あんまり仕事してないしさ」

そう言って、気の良い笑顔を浮かべてみせる真琴。

こうして、インスタントラーメンの開発における転換点となる、真琴のデザイナー講習が確定するのであった。

邪神編　第二一話

「とまあ、デザインの基本はこんな感じね」

翌日、インスタントラーメン工場の新製品開発室。

時折実習を交えながら、真琴《まこと》のデザイナー講習が一通り終わる。

「ここまでで、何か質問は？」

「はい」

やはりというか、質疑応答で真っ先に手を挙げたのは、エルトリンデであった。

「えっと、エルトリンデ、だっけ？　質問どうぞ」

「写真を撮影するのって、ものすごくコストがかかったと思うのですが、そのあたりはどうなんでしょうか？」

「それは、あたしじゃなくて宏《ひろし》の分野ね。どうなってるの？」

「必要やと思って、低コストで撮影できるカメラと簡単に複製できる現像機、第一工場の方に納品してある」

「だってさ。使い方はあとで実習の時間取ってもらって、実際にやってみるしかないわね」

「最初から予定に入れとるから、安心してや」

途中で出てきた写真という言葉に対して、どことなく不安そうに質問するエルトリンデ。

この世界には写真もカメラとなる魔道具も存在しているが、撮影に使うためのフィルム代わりの消耗品が非常に製作難易度が高く、王族ですらほぼ使わないほどコストパフォーマンスが悪い。

なので、そもそも写真というものを知らない人間も多く、エルトリンデのようにコストがすさまじくかかるということを知っている人間は実はかなり少数派である。

その内容の真っ当さに、昨日のことで警戒していた宏が内心で胸をなでおろしながら、表面上は何でもないかのように取り繕って問題ないことを告げる。

それを聞いたエルトリンデが、追加の質問に入る。

「パッケージ写真なんですが、食欲をそそるように、かつ、ラーメンの特徴が分かる構図で、とおっしゃっていましたが、それってどうやって撮ればいいのか、コツみたいなものはありますか？」

「あると言えばあるけど、何を見て美味《おい》しそうって感じるかは、結構国や種族で分かれるのよね。それに、やること自体は口で説明すると簡単だけど、実際にやってみると、慣れるまではよく分かんないものなのよね」

「そうなんですか？」

「そうなのよ。これぱっかりは参考書何冊も読んで参考事例いっぱい勉強して目を肥やすより、カメラの扱いに慣れて何枚も写真撮ってみて、いろんな人に見せて意見聞いて体で覚えたほうが早いかもしれないのよね」

続いてもまともだったエルトリンデの質問に、ちょっと気分がよくなってきた真琴が、一時期ハマっていたカメラの扱いについて自説をぶち上げる。

なお、真琴がカメラにハマったきっかけは単純で、同人誌でそこそこ儲《もう》けた際に資料写真を撮るためのカメラを購入、いろいろ撮影しているうちに面白くなってしまったからだ。

その時に磨いた技術は資料写真だけでなく漫画の構図などにも活かされているので、真琴の勉強は実に効果的だったと言えよう。

「パッケージなんですが、必ずしも写真や絵にこだわる必要もないんですよね？」

「ええ。腕があるんだったら、単に文字と配色だけで一切ラーメンらしいものを記載せずにパッケージを作る、ってことも不可能ではないわね」

「でも、真琴さん。それっていくつも商品化してこれは美味しいっていうのを定着させて、きっちりブランドを確立してからでないと無理だよね？」

「そうね。多分だけど、絵にも写真にも頼らないのは、パッケージデザインとしては一番難易度が高いんじゃないかしら」

さらに追加で質問したエルトリンデに、宏達が言ってたやらかしは別人の行いじゃないのかと疑いつつ、春菜《はるな》とのやり取りという形で疑問に答える真琴。

エルトリンデに関していえば、あくまでもクリューグラーメンが例外であり、普段は基本的にまともで有能な人物だ。

が、いろんな意味ですさまじいインパクトだったクリューグラーメンの印象のせいで、日頃の様子をよく知らない宏達はどうしても警戒せざるを得ないのである。

「思ったんですけど、元となる料理とか食材が受け入れられていないと、どんな美味しいラーメンでもパッケージの時点で拒絶されそうですね……」

「まあ、ものによるとは思うけど、少なくとも見た目の時点で人を選ぶメニューは厳しいわね」

「そうだね。受け入れられてない理由がマイナーでそもそも知られてないだけなら、基本的にはそんなに拒絶されたりはしないと思うよ」

「ベニツみたいに、似たような感じの野菜がどこにでもあるような地場野菜だったら、マイナーでもそこまで全力拒否されるようなことにはならないでしょうね」

「せやな。色合いで言うたら、普通に流通しとる野菜類に多い緑、黄色、赤、それから火ぃ通したときの肉類の茶色は、そんな食材もあるんやな、ぐらいで終わるやろうな」

「ん。基本、毒々しかったり鮮やかすぎたりしなければ問題ない」

昨日の自身の失敗を思い出し、パッケージに、というより商品開発に最も重要だと言える要素をポツリと漏らすエルトリンデ。

その言葉に我が意を得たり、とばかりに、畳み込むように大丈夫であろう範囲を重ねて言う真琴達。

それまで大人しく一緒に講義を受けていた澪《みお》まで乗っかるあたり、エルトリンデに対する宏達の警戒度合いがよく分かるだろう。

「他に質問は？」

「エルトリンデさんがほとんど言っちゃったので、実践してみてからでいいですか？」

「そうね。じゃあ、どういう形で何を実践の材料にするかは宏達に任せるから、いったんあたしは引っ込むわね」

「おう、お疲れさん。ほな、ちょっと写真撮影の前に、新しいラーメンのアイデアあったら聞かせてもらおうか」

宏の呼びかけに、生粋のファーレーン人男性であるマイルという青年が手を挙げる。

「はい！　ファーレーンの名物料理を使ったラーメンを考えてきました！」

「ファーレーンの名物料理っちゅうことは、残ってんのはテローナかザプレやけど、ザプレはないわなあ……」

「ええっ!?　ダメなんですか!?」

アイデアを口にする前にいきなりダメ出しをされ、思わず悲鳴を上げるマイル。

それを聞いた宏が、全力でジト目を向ける。

「あのなあ、なんでいけると思ったんよ……」

「いやだって、ブルフシュと違って取り分けできない状態になることってまずないし、クリューグみたいに人を選ぶ見た目じゃないし……」

そういう問題じゃない、という点を列挙したマイルに、思わずため息をつく宏。

そのままダメ出しをしようとしたところで、素早く澪が口を開いた。

「ラーメンの具材は、スープとの相乗効果がないと無意味」

「えっ？　相乗効果、ないですか？」

「百歩譲って葉っぱからスープにいい影響が出ることはあるかもしれないけど、中身とはほとんど影響を与え合わない」

「包んでる中身がスープを大量に吸っちゃう状態だと、包んでるとは言えないぐらい葉っぱがボロボロになって、スープに大量に浮かんじゃいそうだよね……」

「あの、私もちょっと思ったんですけど、ハルナさんがおっしゃるように、中身がスープ吸って具とスープに相互作用が発生してる状態だと、とてもザプレと呼べない状態になってそうですし、逆にそうでなかったら包みを解くために熱いスープに浸ったザプレを素手で掴《つか》むことになりません？」

春菜に続いて宏が指摘しようとした内容を、エルトリンデが横から突っ込む。

それを受け、どうやらそこまで考えていなかったらしいマイルが完全に硬直する。

そもそも、ザプレというのは肉や魚を葉っぱで包んで焼いた料理で、基本的に包むのに使った葉っぱは中華ちまきなどと同じ立ち位置の、火は通すが普通は食べないものだ。

それをそのままスープに入れても、あまりよろしい結果は想像できない。

また、インスタントといえど、ラーメンは汁物だ。汁物というのは食べている最中にダシが具に染みることにより、具から出た旨味《うまみ》でダシの味がよくなっていく。

ザプレの場合、その作用が得られそうにない、という点でもマイナスである。

そこに、昨日の内容を踏まえて、さらにエルトリンデが突っ込みを続ける。

「で、そのあたりの問題は食べられる葉っぱを使えば解決するとしても、インスタントラーメンの具にするっていうことは、乾燥させるんですよね？」

「あっ、あたし今、エルトリンデの言いたいこと分かっちゃった」

「うん。多分、乾燥させた時点でボロボロになって、ザプレとは到底言えない状態になるよね」

「日本で発売された商品あれこれを踏まえると、十中八九そうなるわよね」

反論できないほど的確で厳しい突っ込みの集中砲火を受け、口から魂が漏れているような状態で座り込むマイル。

特にエルトリンデから真っ当でかつ厳しい突っ込みを受けたのが効いたようだ。

「っちゅうか、昨日の昼飯で、インスタントラーメンに向くメニューと向かんメニューやったはずやのになあ……」

「私としては、昨日あんなすごい失敗したのに、そのあとの講義の内容だけで、ここまで認識が変わったエルトリンデさんに驚きだよ……」

「昨日、市場を巡ったついでに、ウルスで普通に食べられている料理と万人受けしない料理、ほんの一握りの人だけが好んで食べてる料理を調べて回りましたから」

ぐっとこぶしを握りしめながら昨日のリサーチを説明するエルトリンデ。

それにより、ウルスにはない自分の里の汁物料理で、こちらでも受け入れられそうなメニューが分かったのだが、昨日の今日で提案するといらぬ警戒を呼びそうなので自重している。

里の味を広めるのは、もっと実績を積み重ねてからの話だ。

「すごい情熱ねえ……」

「ん。そこまでやる人、そうはいない」

エルトリンデの本気に、思わず小声でそんなことを言ってしまう真琴と澪。

そんな褒め言葉が聞こえて高揚したのか、さらに饒舌《じょうぜつ》に演説を続けるエルトリンデ。

「インスタントラーメンの美味しさを世界に広めるためには、値段を下げるだけでなく、まず受け入れられる下地を作らないといけません。そのためには、好まれる味をちゃんと把握しないとだめだと思ったんです」

そこまで言い切ったあと、一息入れてから最後の一言を胸を張って大々的に宣言する。

「エアリス様のお言葉ではありませんが、私は自分の手で作ったインスタントラーメンで、世界中の人を幸せにしたいんです！」

「本気ですごい情熱ね……」

「正直、エルと勝負できるほどインスタントラーメンに入れ込んでる人、初めて見た」

マジな顔で力強く宣言するエルトリンデを見て、やや引き気味の表情でそう感想を漏らす真琴と澪。

日本人である彼女達にとって、そもそもインスタントラーメンはありふれた食べ物だ。それも、どちらかというと簡易な食事の範疇《はんちゅう》に入る。

それだけに、飢えを少しでも解消する、という方向性でなら賛同できても、幸せにするという観点ではなかなか共感できない。

別にインスタントラーメンを馬鹿にするわけではないが、よほど食い詰めない限りは誰でも買えるほど身近にあるため、そんな情熱を注げるほど大層なものだと思うのは難しいのである。

一応この世界のインスタントラーメンは現在高級品であり、また、現時点ですでに、日本で初め

て誕生し普及したとき以上の影響を世界に対して与えている。

が、そのことを踏まえたうえで、それでも宏達にはエルトリンデの入れ込みようがピンとこないのだ。

なお、エアリスに限って言えば、どんな過程であそこまでのめり込んだかを知っているため、共感はできなくても引くほどではない。

「……エルトリンデさんの覚悟とか信念は分かったから、ちょっと話を戻すね」

「せやな。まあ、元の話っちゅうたかて、ザプレラーメンは話にならん、っちゅう結論が出ただけやけどな」

「そうなんだけどね。一応、他に何かアイデアないかな、って聞いておかないと、と思ってね」

話を戻しつつ前に進めようとした春菜の言葉に、ヴォルケッタが手を挙げて発言を求める。

割と不自然な感じで話を戻した春菜については、特に突っ込む気がないらしい。

というより、あのままエルトリンデの情熱を野放しにされると、自分もついていけないと考えたようだ。

微妙に視線を泳がせつつもエルトリンデからやや距離を取っているところが、彼女の内心を示しているようにも見える。

やはり、全員が全員、エアリスやエルトリンデほどの情熱を持っているわけではないらしい。

「あっ。ヴォルケッタさん、どうぞ」

「はい。休憩室のカップめんを見て考えたんですが、天ぷらラーメンときつねラーメンはダメなんでしょうか？」

「商品としてはいけるけど、さすがに安直すぎるから研修の課題としては認められんなあ」

「あ〜、やっぱりダメですか……」

「そら、商品のラインナップ見とったら、誰でも思いつくレベルやからな。実際、こっちで商品化してへんだけで、そういう製品はうちらの故郷でもたまに製品化されて売っとったし」

宏のダメ出しに、やっぱりかと肩を落とすヴォルケッタ。

実際、定番商品になり切れないだけで、どちらも忘れた頃に、インスタントラーメン以外の形も含む様々なパターンで、いろんな地域に出現する類《たぐい》の商品だ。

日本でも地域によってはほぼ定着していることを考えると、あまりラーメンという料理そのものに先入観がないこちらの世界なら、スープの調整をすれば十分にメジャー商品になりうるものではある。

それだけに、さすがにこの発想を研修の課題とするのは、あまりに簡単すぎるうえに一から作ったと言いがたい点からも問題がありすぎるだろう。

「まあ、パッケージ関係の実習には使えるから、まずは練習もかねてスープの調整やってみ。使うんはカップのきつねうどんの揚げと、天ぷらそばのかき揚げな」

「「「「「「「はい！」」」」」」」

宏からの指示を受け、声を揃《そろ》えて返事をして作業に入る研修生一同。

うどんやそばというヒントのおかげで最初からある程度ベースの味が絞り込めていたこともあり、一時間ほどの調整と試食で、普通に美味しいといえるレベルまで仕上げることができた。

「パッケージ写真の撮り方とかは、こんな感じね。あとは自分で工夫すること」

早速、真琴の指導のもと写真撮影を行い、なんとなくではあるが、それなりに美味しそうな写真を撮ることに成功する。

「見た感じ、ヴォルケッタだったっけ？　あのオークの娘《こ》はいいセンスしてるわね」

「ほな、デザインメインっちゅうことで、レイっちとか工場長とかに言うとくわ」

「それがいいわね。それと、エルトリンデはそこそこ器用にこなしてたから、統括的な立場に置いて開発陣とヴォルケッタとの間を取り持ちつつ、両方のサポートに回るぐらいがいいかもね」

「あの娘に関しては、昨日のこともあるからもうちょい様子見やな。情熱があるだけに、どんなふうに暴走するか分からん」

その後、各々が撮った写真を見比べながら、そんなふうに配属に関して話し合う教官組。

そこに、第一工場の商品管理の担当者が顔を出す。

「皆さん、研修の方はどうですか？」

「まあ、そこそこ順調ね」

「それはよかった。あの、実は、マコトさんにご相談したいことがありまして」

「あたしにってことは、パッケージ関係ね？」

「はい。将来的に、インスタントラーメンは他国でも販売することになると思うのですが、現状ではファーレーン語のパッケージしかありませんよね？」

そこまで言われた時点で、全てを察する真琴。宏達ともアイコンタクトをかわして一つ頷《うなず》くと、ズバッと本題を切り出す。

「ＯＫ、言いたいことは分かったわ。今のうちに主要言語のパッケージを網羅しておきたい、ってことね？」

「そうなります。翻訳はこちらで行いますので、ロゴマークをはじめとしたデザイン部分をお願いできないかと思いまして」

「主要言語だけでいいのなら翻訳ぐらいはできるから、全部こっちでやっちゃうわ」

「ありがとうございます。では、お願いしても？」

「もちろん。別に問題ないわよね？」

「真琴さんが予定しとった研修が、全部終わってんねんやったら問題ないで」

「新商品が完成して殿下達のＯＫが出て、本格的にパッケージ作るときまでやることないから大丈夫よ。というわけで、その仕事、引き受けたわ」

宏に確認を取ったうえで、商品管理の担当者に対して笑顔で快諾する真琴。

作業量の関係で、この時点で真琴は研修生の指導から外れることになる。

「あとは、安直すぎひんレベルでまともに商品として通用する無難なアイデアが出てくるん待つだけやな」

「そうだね」

「ん。でも、それが一番難しい」

難題の一つであるパッケージデザインについても目途が立ち、根幹であり最大のハードルについて話し合う宏達。

突っ込み役が離脱したことに一抹の不安はあるものの、これまでの指導内容を踏まえればそこまでおかしなことにはなるまい、などと無理やり楽観的に考えることにする。

この時、安直すぎて課題としては認められないと、天ぷらラーメンときつねラーメンを却下したことにより、一部の研修生の暴走が激しくなることまでは想定できなかった宏達であった。

☆

「エルトリンデよ、ちょっといいか？」

昼休み。インスタントラーメン工場の社員食堂。

ラーメンに飽きるのを避けるため、さっぱりした焼き魚定食を食べていたエルトリンデに、牛丼を手にした同じ研修生のドワーフ、ゴードンが声をかける。

「うん。構わないけど、どうしたの？」

「なに、課題について、今のうちにお主と相談しておきたくなってな」

「相談？　私と？　どうして私なの？」

「どうも先ほどのデザイン研修の途中で、不穏なことを言っておった連中がおってな。この件に関しては、見たところお主とヴォルケッタ、他はせいぜいマウアーぐらいしか安心して意見を聞けそうにない」

エルトリンデに問われ、素直に理由を告げるゴードン。

その理由に、昨日真っ先に不穏な感じの失敗をしてしまったのにいいのか？　などとちらりと考えるエルトリンデ。

ゴードンからすれば、失敗をちゃんと自覚していると分かるからこそ、安心して話ができるのだが、こういうことは案外当人には分からないものである。

なお、こんな口調だが、ゴードンはまだ若いドワーフである。単に、年寄りに囲まれて育てられた結果が、この口調というだけだ。

「それで、相談ってどんなこと？」

「うむ。ラーメンとドワーフスープの組み合わせ、お主はどう思う？」

「……ん～、かなりボリューミーな感じだけど、悪くはないと思う」

「ふむ。では、これを提案して、教官殿が安直すぎる、と否定する可能性は？」

「なくはないけど、多分いけると思うわ」

「その根拠は？」

ゴードンの質問に、少し考えて頭の中を整理する。

エルトリンデがなぜ大丈夫と考えているか、その理由に関しては、根拠と呼べるほどのものはない。

が、初日のことと先ほどのことを組み合わせれば、宏達はそこまで突飛なメニューを求めているわけではない、というのは容易に想像がつく。

「まず、さっき安直と言われて却下されたメニューだけど、あれって言ってしまえば既存の具材を使ったメニューの水増し、みたいなものじゃない？」

「うむ、そう言われれば、そうなるのう」

「さすがに、それを新商品って言っちゃうと研修にならないから、却下されるのは当然だと思うの。まあ、これは提案したヴォルケッタさんも予想してたみたいだけどね」

「うむ、そんな感じだった」

教官が却下したときの言葉とヴォルケッタの反応を思い出し、エルトリンデの指摘に頷くゴードン。

ゴードンが納得したところで、ドワーフスープが大丈夫だと考えた理由に説明を移す。

「で、ドワーフスープなんだけど、ブルフシュラーメンが企画自体はＯＫだったことを考えると、こっちを却下する理由が薄いんじゃないかなって」

「そうか？」

「ええ。安直とは言っても現時点での商品ラインナップに類似商品はないし、麺と具のバランスや調整項目も多いから、研修っていう観点で見ても悪くないメニューだと思うし」

「なるほどのう。研修としてどうか、という観点はなかったのう」

「そういう観点から考えると、さっきはザプレラーメンじゃなくて、テローナラーメンだったらそのまま通ったんじゃないかなって気がする」

「……ふむ、可能性はあるな。もっとも、インスタントラーメンになっていないだけで、テローナうどんというメニューが定着しつつあることを踏まえると、安直だと言われる可能性は低くはなさそうだがの」

テローナラーメンに対するゴードンの指摘に、ちらりと同じことを考えていたエルトリンデが思わず苦笑する。

そこに、二人の話が聞こえていたか、マウアーとヴォルケッタが会話に加わってくる。

「テローナの話してたみたいですけど、エルトリンデさんはテローナラーメンは賛成？」

「却下はされないんじゃないかな、とは思ってる」

「エルトリンデさんはそういう判断なんだ。ヴォルケッタさんの時のことを考えると、あたしはちょっと不安かなあ……」

そう言いつつ、テローナ定食を手にエルトリンデの隣に座るマウアー。

その向かいには、豚の生姜《しょうが》焼き定食をチョイスしたヴォルケッタが。

ここで、オークが豚の生姜焼きを食うのは共食いではないのか、と突っ込んではいけない。

顔が似ているというだけでオークと豚はまったく無関係な生き物だし、そもそもオークは肉食寄りの雑食だ。

「でも、テローナをラーメンにする場合、どれを商品にするかっていうのが難しいよね」

「どれ、とはどういうことじゃ？」

「最近、テローナってちょっと細かく分かれちゃってて、代表的なのだけでも、赤、黒、醤油《しょうゆ》、味噌《みそ》に分裂しちゃってるの」

「えっ？　そんなことになってるの？」

「なってるんですよね。まだ、お店のメニューまでかっちり細分化するところまで行ってませんけど、もうその兆候は出てますよ」

そう言って、社員食堂のメニューにある、テローナ定食を指し示すヴォルケッタ。

見ると、値段の上に小さな文字で（赤・黒）と書かれている。

「えっと、醤油と味噌は分かるとして、赤と黒の明確な定義って？」

「そこまではっきりと分かれてないんですけど、赤テローナは赤みがかったさらっとしたスープが特徴のテローナです。野菜とかも赤い色味のものが多めに使われてますね」

「ちょうどこんな感じ」

ヴォルケッタの説明を補足するように、自分が今食べているテローナを見せるマウアー。

加熱用のトマトをはじめとした赤い色味の野菜がいろいろ使われているそのテローナは、確かに全体的に赤いという印象があった。

もっとも、肝心のスープに関しては、薄口醤油系のダシ汁やスープが光の加減で赤く見えているような、黒と言われれば黒かもという感じの赤色ではあるが。

「今の話を聞く限り、黒テローナはとろみが強い黒系の色合いのスープ、って感じかな？」

「そうですね。あと、色味の関係からか、キノコ類が多用される傾向はあります」

「なるほどの……」

エルトリンデとヴォルケッタのやり取りを聞いて、頭の中でそのテローナをイメージしてみるゴードン。

その結果、あることに気がついて顔をしかめる。

「のう、一ついいか？」

「どうしました、ゴードンさん？」

「何か気になることでもあったの？」

「赤テローナはまあいいとして、じゃ。その黒テローナというやつ、ドワーフスープと似たような感じではないか？」

「そういえばそうかもしれません……」

「言われてみればそうかも……」

ゴードンに問われ、実物を知っているヴォルケッタとマウアーが似ていることを認めてしまう。

その結論を聞いたゴードンが、さらに渋い顔をする。

「儂《わし》としては、ドワーフスープのラーメンを作りたいが、黒テローナとどちらがいいと思う？」

「……難しい問題ね」

「中身はともかく色合いや味は全然違いますけど、ラーメンにしちゃうと印象はかぶっちゃいそうですよね……」

「ファーレーン人としては断然黒テローナだけど、今後のことを考えるならドワーフスープの方がよさそうな気はするし……」

「でも、赤と黒でラーメン作ったほうが今後バリエーション展開がやりやすそうだし……」

「安直だって言われるのを避ける、っていう観点では、赤とドワーフスープの方がいいよね」

ゴードンから突き付けられた二択に、本気で悩むエルトリンデ達。

特にファーレーンの郷土料理にこだわりがあるマウアーは、かなり真剣に悩んでいる。

「……今思ったんだけど、なんとなくいつの間にか二つ作る、っていうか赤テローナは作るの確定みたいな流れになってない？」

「あっ、言われてみれば……」

エルトリンデに指摘され、思わずそんな素っ《す》頓狂《とんきょう》な声を上げるマウアー。

そもそもの話、複数のメニューを開発しようとしているが、そんな余裕があるのかどうかすら分からないのだ。

その状況で、話が通るかどうかも分からない黒テローナとドワーフスープ、どちらでラーメンを作るかの話し合いなど、先走りすぎにもほどがある。

「まずはテローナとドワーフスープでラーメンを作る、っていう提案が通るかどうか、それを確認してからどの範囲で作るかを決めたほうがよさそうね」

「そうだの」

悩んでいても仕方がない、と話をまとめにかかったエルトリンデに、ゴードンが同意する。ヴォルケッタとマウアーも特に異論はないようだ。

「それにしても、半日とはいえ昨日いろいろリサーチしたのに、テローナに関しては全然気がつかなかったなぁ……」

「テローナばっかり調査してたわけじゃないんだったら、しょうがないですよ」

「そうそう。時間的に考えても、エルトリンデさんがチェックしたテローナの店なんて、一軒か二軒でしょ？　そこで当たり引かなきゃ分かんないんだから、運の問題になってくるし」

まだ定着しきってはいないといえど、大きな流れとして細分化へと進んでいるというテローナの情報に気がつかなかったことに、全力でへこむエルトリンデ。人々の食の好みその他に関して、これほど重要な情報はそうそうないだけに、ダメージも大きい。

それを必死になって慰めるヴォルケッタとマウアーだが、肩に力が入っていた分、へこみ方も大きいようでなかなか浮上しない。

「気がついておらんかったのは儂も同じなんだがのう……」

「ゴードンさんはそんなに細かく店を探し回るタイプじゃなさそうだから、知らなくても不思議はないかな」

「言うてくれるの。まあ、否定はせんし、普段ひいきにしておる店のテローナは最近味噌味に鞍替《くらが》えしたからの。醤油や味噌で作るのが普通になったのか、と思っておったわ」

あまりにへこんでいるエルトリンデを見かねて、同じくテローナの変化に気がついていなかったゴードンが、自分を下げる方向で口を挟む。

そのゴードンの意図を察してか、マウアーが遠慮のない言葉を妙に明るく言い切る。

「そういえば、エルトリンデよ。お主、普段テローナを食うときはどうしておった？」

「……同居人がいるから、基本的には自分で作ってる」

「ならば、店で食うことはほとんどないか」

「うん。それに、普段は時間が合わないことも多いから、食べに出るにしてもどうしても行きつけのお店に偏りがちだし」

「ならば、それこそ気がつかんでも当然じゃろう。このウルスに、いったいどれだけ飯屋があると思っておる？」

「そう……ね、確かにそうかも」

ゴードンに力強く言われ、ようやくエルトリンデが立ち直る。

そんなエルトリンデに、せっかくだからと気になっていたことをヴォルケッタが質問する。

「そういえばエルトリンデさん、普段は自分でテローナを作っているって言ってましたけど、作ってるテローナはどんなものですか？」

「私のテローナは、強いて言えば赤テローナに近いかな？　ただ、わざわざ赤を強調したりはしないし、スープもベースがコンソメだから、さらっとした琥珀《こはく》色とでもいえばいいのかな？　そんな感じの色合いに仕上がってるね」

「なるほど、それも美味しそう」

「すごく正統派って感じです。うちは、魚介の煮込みで残ったスープに野菜とか入れてテローナにすることが多かったので、煮込みに使った魚次第では黒っぽいスープになることもありましたね」

「うちの実家は黒系だったけど、あたし、今一人暮らしだから自分では作ったことないの。今度、コツとか教えてよ。できればテローナだけじゃなくて普通の料理全般」

「いい機会じゃし、儂も料理の一つも覚えてみるかのう」

エルトリンデの作るテローナがどんなものか、という話題から、各家庭のテローナがどうなのかに話が流れ、そのまま自炊をほとんどしていないマウアーとゴードンが料理を覚える話になる。

そんな話をしながら、絶対テローナラーメンは作る、という方向でエルトリンデ達の気持ちは一つになるのであった。

☆

「さて、昼休みの間にいろいろアイデアが出とったみたいやから、ここらで一つ、どんなこと考えたか聞かせてもらおか」

午後の研修開始時間。

新製品開発室に集まった研修生に対し、ズバッとそう切り出す宏。

その言葉に、研修生達の間でざわめきが広がる。

「あの、教官……。そのことを誰から聞いたんですか？」

「そらもう……」

「私達が教えたの～」

アランの当然の疑問に宏が答えるより早く、オクトガル達が唐突に割り込んでくる。

「壁に耳あり～」

「障子にメアリーちゃん～」

「あなたの背後に～」

「這《は》いよるオクトガル～」

「いつもあなたのそばにいるの～」

「つちゅうわけや」

楽しそうに不思議な踊りを踊っているオクトガルをチラ見しながら、にやりと笑ってそう告げる宏。

そのあまりに唐突な流れに、唖然《あぜん》として反応できない研修生一同。

「……あの、もしかして我々のアイデアは全て、筒抜けということでしょうか？」

「そこは安心して。そういうのはちゃんと本人の口から説明してもらわないと研修にならないから、いろいろ相談してるらしい、ってことしか聞いてないよ」

「ん。そもそもこういうのは、先にネタが分かってると面白さが急減する」

重ねてのアランの問いかけに、やたらといい笑顔で否定する春菜。

尻馬に乗って余計なことを言った澪も、やたら楽しそうな表情をしている。

もっとも、春菜はともかく澪の表情に関しては、研修生達には一切違いが分からないレベルではあるが。

「つちゅうわけで、ちょうどええから、アランさんからどうぞ」

「はっ、はい。私からは、揚げ玉ラーメンをマイル氏と共同で提案したいと思います」

「それ聞くだけだと非常に安直な感じだけど、当然そんなことはないよね？」

「はい。スープをうどん方面に寄せ、お湯を注ぐ前の段階で麺が埋まって見えなくなり、軽く山ができるほどの量の揚げ玉を投入する、というものを考えています」

「……一応念のために聞いておくけど、他の具は？」

「ネギとなるとを一枚ぐらいで十分だと考えています」

「「「却下」」」

アランの提案を声を揃えて却下する教官組。揚げ玉の量の時点で碌《ろく》なことにならないと予想がつくが、それ以上に具がなさすぎるのが問題だ。

「……理由をお聞きしても？」

「非常に単純な話だけど、その量の揚げ玉、あなただったら食べきれる？」

「……多分、無理ですね。ですが、揚げ玉なので、全部食べる必要は……」

「普通のカップうどんに入ってる量でも、揚げ玉の油とダシは結構うどんスープに影響出てる。その何倍もの量だと、明らかに油が回って胸焼けする」

「って口で言っても分かんないだろうから、実際にどんな感じになるかミニカップで実演してみよっか」

　そう言って、手早くミニサイズのインスタント麺とカップを用意し、粉末スープをかけたうえで揚げ玉を山盛りにする春菜。

　それを見せて、アランに問いかける。

「考えてるラーメンって、こんな感じだよね？」

「はい」

「じゃあ、お湯を注ぐから見てて」

　そう言ってお湯を注ぐ春菜。山と盛られた揚げ玉の油がお湯と一緒に怒涛《どとう》の如く流れ込み、見ただけでかなりテカっているのが分かってしまう。

　この時点で、普通の人間が食べるにはかなりハードな状態になっている。

「こういう状態になるんだけど、食べられる？」

「……すみません……」

「そもそも、水分全部揚げ玉が吸っちゃって、液体スープ混ぜる余地がない」

　澪の指摘どおり、すさまじい勢いでお湯を吸収して膨れ上がる揚げ玉。

　吸われたお湯の量が多すぎるうえ、ふやけて完全に表面を覆い尽くしてしまったため、ちゃんと麺が戻っているかどうかも分からない。

「多分、大量に揚げ玉入れるとどうなるかっていうのが想像できなかったんだと思うけど、そうでなくてもこんなすごい量の揚げ玉、胸焼けしてとても食べられないでしょ？」

「……はい」

「自分が食べようと思わないものを、商品として作ろうとしちゃだめだよ？」

「……申しわけありません……」

予想してしかるべきだったのにまったくできていなかった結果を見せられ、完全にしおれてしまうアラン。

それを見ていた別のチームが、険しい顔で自分達のメニューを再検討する。

「デカ盛り系は、ほんまにそれ食えるかどうか、っちゅうん考えてから提案せなあかんで」

「ん。何でもインパクト重視で盛ればいい、ってわけじゃない」

「っちゅうことで次」

宏に促されて、ヒルジャイアントのダイドンが手を挙げる。

「ほい、ダイドンさん」

「おら達は、甘芋ラーメンを考えましただ」

「……甘芋って、どんな芋や？」

「……全部の芋を網羅したわけじゃないから、ちょっと分かんないかな」

「……ボク、なんだかすごく不安……」

甘芋という名前のインパクトに、思わず恐れおののく宏達。

だが、それでもサツマイモぐらいならまだどうにかなる、と気合いを入れて質問する。

「甘芋っちゅうんを食べたことないんやけど、どんな芋なん？」

「蜂蜜より甘い蜜が出てくる、それはそれは美味い芋ですだ」

「……なるほど、安納芋みたいなもんか……」

「……だとすると、ラーメンとしてはどうなんだろうね……」

ヒルジャイアントから飛び出した、まさかの甘味。その発想に戦慄《せんりつ》し、騒然とする研修生達。

「一応聞いておくけど、まさかそれを、普通のラーメンにトッピングする、とか、その芋を練り込んだラーメンを、普通の醤油とかのスープで食べる、とか考えてないよね？」

「駄目ですだか？」

「……ごめん。私には想像つかない」

「……いくらチャレンジャーなボクでも、さすがにそれを食べたいとは……」

春菜と澪の言葉に、悄然《しょうぜん》とした様子を見せるダイドン。

助けを求めるように、同じ意見を出したグループのアンリという女性研修生に視線を向けると、

「あの、さすがにアタシも、醤油ラーメンのスープと甘芋は無理だわ……」

「んだども、アンリさは甘いものが好きで、甘芋は美味《うま》いからラーメンにしてみたいと……!?」

「おやつみたいな甘いラーメンを作りたいとは思ってたけど、そのままダイレクトにぶち込むのはちょっと違うよ……」

「なんと!?」

味方であるはずのアンリに、思いっきり裏切られる。

「……なぜだ……」

「基本的に、食事系の甘さとおやつ系の甘さっちゅうんは別やからなあ……」

「というか、アンリさん。スイーツ系のラーメンってものを否定しないけど、できたら普通の食事を前提にしてくれると、助かるかな……」

「はい……ごめんなさい……」

「っちゅうか、割とスイーツ系の麺類って、ラーメンに限らず全般的に滑ってる気ぃするんやけど……」

「うん、私もそう思う」

「食べたことはないけど、ショートケーキ味の焼きそばとか、不味《まず》くはないけど滑ってたって聞いたことが……」

「あれとかチョコとかは、美味しくないわけじゃないけど割と何を考えてこれにＯＫを出したのか、って感じはあったたね……」

ケーキ味やチョコレート味の焼きそばと聞いて、慄然《りつぜん》とする研修生達。例外はダイドンぐらいである。

なお、チョコレートに関しては、宏達の協力によりダールでの量産が軌道に乗っており、一番の輸出先であるファーレーンでは、庶民でもかなり背伸びすれば食べられる程度の値段で出回るようになっている。

反応を見る限り、どうやらこの場にいる研修生は、一度は口にする機会に恵まれていたようだ。

「で、アンリさん。今のを聞いて、食べたいと思った？」

「……えっと、あんまり……」

「うん、まあ、そうなるよね……」

アンリの返事を聞いて、やっぱりという感じでそう告げる春菜。

焼きそばという料理は、現時点でまだ定着したとは言い切れないぐらいの普及度合いだ。

そのため、宏達が作っているのがソース焼きそばばかりだからか、基本的に広まっているのはソース焼きそばである。

塩だれの焼きそばや、麺そのものにいろんなものを練り込んだ変わり種の焼きそばなどは、そもそも発想すら湧いていない。

せいぜい、ローレンから持ち込まれた緑の焼きそばが驚きとともに多少受け入れられた程度で、それとてソース焼きそばの変種でしかない。

そんな環境でケーキやチョコの焼きそばなんて言えば、こういう反応になるのも当然であろう。

この問題は、ラーメンであっても同じなのだ。

「多分やけど、一般の人の反応は焼きそばをラーメンに置き換えたんと同じやと思うで」

「……はい、すいません。さすがに自分でも食べたいと思わないので、提案は取り下げます」

「いや、あかんとは言わんで。ラーメンっちゅう方向でやらんと、お湯入れて作る手軽な甘いおやつ、っちゅう方向で作るんやったら、普通に勝算はあると思うで」

「ただ、今回の研修ではボツ、と」

「申しわけないけど、そうなるな。アイデア自体は、研修終わったあとに正式に立ち上げる開発チームに提案して、ブルフシュラーメンと並行して研究したらええで」

「はい、分かりました」

宏に宥《なだ》められ、完全に取り下げることはやめるアンリ。その流れを見守っていたダイドンの背中がすすけていることに関しては、あえて突っ込んではいけない。

「えっと、もう一つ注意事項追加だね。一般の人がラーメンって単語に対してどんなイメージを持ってるかを想像して、そのうえで自分でも食べたいものかどうか考えて提案してね」

「人って、思ってるより食べるものには保守的」

「そうだね。カレーだって、多分最初にカレーパンっていう形で中身が見えない状態で広めたから受け入れられた、って面はあるだろうし」

「今や高級品として広まっとるカレー粉ですら、入り方間違っとったらそうなっとった可能性が高いやろからな。インスタントラーメンも、庶民が手ぇ出せるとこまで値段下がって存在が定着するまで、あんまり無茶はせんほうがええ」

宏の言葉に、先ほど提案を見送った二人組がさらに頭を抱えている。

それを見て、今日はもう終わりかも、などと思いつつ、まだ人数的には四人残っているからと、最後の希望を託して次の提案を聞く。

「ほな、次はある？　ないんやったら、明日までの宿題にするけど……」

「あっ、はい！」

宏に打ち切られそうになり、慌ててエルトリンデが手を挙げる。

先ほどから誰が提案するかを視線で押し付け合った結果、完全に出遅れた挙句にエルトリンデが押し切られてしまったのだ。

「なんかこう、微妙に胸騒ぎがするんやけど……エルトリンデさんいっとこか」

「はいっ」

宏に指名され、やたらに緊張しながら立ち上がるエルトリンデ。

その様子に、さらに不安になる宏達。

だが、宏達の不安とは裏腹に、エルトリンデが提案した商品は、実にまともなものであった。

「私達は、テローナラーメンとドワーフスープラーメンを提案します！」

「……今までの経緯考えたら、びっくりするぐらいまともで王道やな……」

「……というか、普通に考えて真っ先に出るはずの提案なのに、なんで今まで出なかったんだろうね……」

「なぜかブルフシュとかザプレに流れてた」

「そうなんだよね……」

エルトリンデから飛び出した、実にまともな提案。それに動揺し、思わずそんなことを口々に言ってしまう宏達。

それを聞いたエルトリンデが、不安そうな表情を浮かべる。

「あ、あの……。駄目でしょうか……？」

「いやいやいや。むしろ、そういうところから入らなあかんで」

「そうだよ。そもそも、今生産してるのは私達の国でのスタンダードだから、この国や西部諸国でのスタンダードを確立するっていう意味でも、こういう王道を行く商品が欲しかったんだよね」

「そうですか。よかった……」

なぜか過度に安心してみせるエルトリンデに、思わず不審なものを抱く宏。

その感覚を隠さず、正直に質問をぶつける。

「なあ。なんでそんなに派手に安心してるん？　僕らの今までの指導で、テローナとかドワーフスープとかがあかん、思うような内容あった？」

「さっきの天ぷらラーメンとかが安直すぎるって言われてたので、大丈夫だとは思いつつも駄目かも、っていう不安があったんです」

「……ああ、そんでか……」

「……あれは、今ある具材を使ってあからさまに商品数を水増ししてるから、新規性がなさすぎるっていう意味で安直すぎてダメ、っていう意味だったんだけど……」

「考えてみたら、誰でも思いつくっちゅう意味ではテローナとかも入るから、あの言い方やったらその辺のんもあかん、っちゅうふうに思ってもうてもしゃあないか……」

「ん。これは、純然たるボク達のミス」

エルトリンデの言葉に、思わず全力で反省してしまう教官組。

こういうことがあるから、言葉というのは難しい。

「何っちゅうかこう、いろんな意味ですまんかったなあ」

「ちょっと言い方が悪かったかもしれないね」

「よう考えたら、あんだけずばずば却下し続けたら、そら萎縮《いしゅく》もするわな。ほんまにすまん！」

「ごめんなさい」

そう言って素直に頭を下げる宏と春菜。

この世界に来てからこっち、指導者としてはそれなりに経験を積んでいる宏達ではあるが、それは基本的にマンツーマンに近いやり方が主体である。

こういう講義形式でとなるとルーフェウス学院の時くらいであり、課題を出して取り組ませるという点では、まったくもって経験を積んでいるとは言えない。

それだけに、こういうミスも当然出てくるわけである。

「これに懲りずに、今後もどんどんアイデア出してほしい」

宏達にならって頭を下げたあと、澪が美味しいところをかっさらって締めくくる。

その澪のちゃっかりした台詞にエルトリンデが思わず吹き出したところで、それを見ていた宏が話を進める。

「まあ、そういうわけやし、ドワーフスープにテローナ、大いに進めてくれてええで」

「ありがとうございます。それで、ちょっと悩ましいことがありまして」

「悩ましい？　どんなこと？」

「今、ウルスではテローナが細分化する流れになっているようでして……」

「細分化？　そうなの？　どんなふうに？」

エルトリンデの悩みを聞いて、興味深そうに春菜が質問を重ねる。その質問にエルトリンデが答える前に、今までなぜか大人しくしていたオクトガル達が唐突に割り込んでくる。

「最近テローナの種類が増えたの～」

「その味いろいろ～」

「赤～」

「黒～」

「醤油～」

「味噌～」

「伝統の無色～」

「遺体遺棄〜」

「テローナの種類にナチュラルに遺体遺棄混ぜんなや……」

オクトガルの説明に、とりあえず義務感で突っ込みを入れる宏。

別にスルーしてもいいのだが、今回はちゃんと突っ込んでおかないと延々遺体遺棄でボケてきそうな予感がしたのだ。

「で、今オクトガルが言ったこと、本当なの？」

「はい。私自身は確認していないんですが、昔からウルスに住んでいるヴォルケッタさんとマウアーさんがそう言ってましたし、何より、ここの社員食堂のテローナ定食も、赤と黒が選べるようになってましたから」

「ってことは、本当なんだね」

「春姉《はるねえ》。ボク、ちょっと興味ある」

「私も興味あるよ。せっかくだから、詳しそうな達也《たつや》さんか真琴さんに教えてもらって、いろいろ作ってみよっか」

「ん」

テローナに赤だの黒だのという分類が増えている事実に納得したところで、どことなくわくわくした様子でそんなことを言い出す春菜と澪。

そのまま話がそれそうになるのを察し、そうなる前にエルトリンデが話を進める。

「それで、テローナラーメンに関しては、どのテローナをベースにするかっていうのがまとまっていなくて……」

「片っ端から全部やったらあかんの？」

「まず、私達にそこまでできるのか、っていう不安があります」

「別に、全部一気に出さんでも、順番に二品三品で、っちゅうんで構わんで」

「あと、それとは別の問題で、さっき食堂でゴードンさん、ヴォルケッタさん、マウアーさん、私の四人で話し合ったのですが、黒テローナは色味を別にすれば、具材とかがかなりドワーフスープとかぶってしまうので、どうしようかという問題がありまして」

「なるほどな。そっちは確かに悩ましいな」

エルトリンデの悩みを聞き、割と微妙な問題であることを認める宏。

どう答えたものかと考え、実物を見ないと判断のしようがない、ということに思い当たる。

「せやったら、まずは全部作ってみて、それで判断やな」

「もしかしたら、思ってるほど似通ってないかもしれないし、ね」

「ん。そもそも、ブルフシュラーメンみたいに、素直に商品化できない問題がいろいろ出てくる可能性もある」

宏が出した結論を、春菜と澪も支持する。

「テローナは一晩おいたほうが美味いんやっけ？」

「そうだね」

「ほな、今日は煮込むとこまで仕込んで、明日もっぺん煮かえしてから検討、やな」

「そうだね。じゃあ、さっきオクトガルが挙げてた五種類を作る、でいいかな？」

「せやな。問題は、味噌と醤油と伝統の無色はええとして、黒と赤のレシピが分からんことやけど」

「師匠、春姉。ここの食堂で出してるんだから、黒と赤はそこで聞く、もしくは食堂のを使えばいいんじゃ？」

「ああ、それもそうやな」

澪に指摘され、一番簡単な手段が抜け落ちていたことを素直に認める宏。

とはいえ、レシピを聞くのはともかく、食堂のものをそのまま使うのは少しばかり問題がある。

「ただ、食堂のんをそのまま使うんはあかんな。商品化に合わせていろいろ調整すんのができん」

「……確かに」

「っちゅうわけで、誰でもええからレシピ聞いてきて。もしくは、知っとったら教えて」

宏に言われて、お互いの顔を見合わせる研修生。どうやら全員、細分化されつつあることを知らないか、知っていてもレシピまでは知らないかのどちらからしい。

「じゃあ、私ちょっと行ってくるよ。目の前で作ってみせれば、エルトリンデさんやヴォルケッタさんは作れるよね？」

「あっ、はい」

「ほな、その間に僕とか澪でも説明できる、味噌と醤油と無色仕込んどこか」

「ん。ボク達が作ったものをベースにするといろいろ不都合出るから、エルトリンデとヴォルケッタがやって」

「無色に関しては、自分らが持っとるレシピでやってもええで」

澪と宏に促され、戸惑った表情を浮かべながら調理器具を用意するエルトリンデとヴォルケッタ。

そのまま、指示どおりに味噌味と醤油味のテローナを仕込んでいく。

「無色は、エルトリンデさんのレシピでお願いしていいですか？」

「えっ？　私の？」

「はい。うちのは王道じゃないし、そもそも魚介を煮込まなきゃいけないので、手間がものすごくかかりますから」

「ああ。確かにそんなこと言ってたっけ……」

ヴォルケッタに言われ、それならしょうがないかと自分のレシピで無色と仮に名付けられた、王道タイプのテローナを作るエルトリンデ。

三種類のテローナが煮込み工程に入ったところで、レシピを教えてもらいに行っていた春菜が帰ってくる。

「ただいま」

「おかえり、春菜さん」

「春姉、遅かった」

「作りながら教わってたからね。あっ、これがレシピの写し」

遅くなった理由を澪に答えつつ、レシピのコピーをエルトリンデとヴォルケッタに配る春菜。

「今から作るから、それ見て覚えてね」

「「はい」」

二人がレシピに軽く目を通したところで、春菜のお料理教室が始まる。

「……で、さっきも作ってみて思ったんだけど……」

「なんかあったん？」

「料理そのものでは何もなかったよ？　ただ、この黒テローナって、なんかインスタントラーメンにするのに、すごく手こずりそうな印象があるんだよね」

「そうなん？」

「うん。まあ、明日試してみないと分かんないんだけどね」

「春菜さんがそう言う、っちゅうことは、多分なんかあるやろうなあ」

「ん。春姉の予言だから、何もないほうがおかしい」

「……今までが今までだから、ちょっとノーコメントで」

自分で言い出したことなのに、宏と澪の反応にガックリする春菜。

とはいえ、このあたりのやり取りはもはやお約束の領域なので、その反応ももはや単なるポーズに近い。

その証拠に、春菜はすぐに立ち直って、どころか落ち込んだ様子すら見せずに次の話へ移ってしまう。

「それと、ドワーフスープと似てるかも、って話だったけど、具の共通項はあっても、スープのとろみの度合いとか味の方向性とかは全然違うから、両方作っちゃって大丈夫だと思うよ」

「そうか。ほな、明日商品化のテストして、簡単なやつから順番に、っちゅう感じやな」

「そうだね」

宏の言葉に頷きつつ、煮込み終わったテローナを火からおろす春菜。

そのまま、自分が作ったものを鞄《かばん》にしまって隔離する。

「味のしみこみ方とかはまだまだと思うけど、今の時点で試食しておく？」

エルトリンデ達のテローナも煮込みが終わったことを確認し、一応確認を取る春菜。

一番美味しい状態ではなくとも、現段階でもそれぞれの味付けの傾向を知ることはできる。

「せやな。スープだけちょっと舐《な》めてみよか」

「了解。じゃあ、ちょっと小皿に取り分けていくね」

宏の判断に頷き、春菜がせっせとスープを取り分けていく。

単にスープの色やとろみ、香りなどだけでも、すでにそれぞれの特徴がかなり出ているのが分かる。

それを全員が一通り味見し、少し考え込む。

「やっぱこれ、どういじっても上手《うま》くいかんやつ以外、全部商品化する方向でやらんとあかんのとちゃう？」

「うん、そうだね。というか、一つに絞るんだったら無色（仮名）だけにしないと、それ以外はどれを出しても文句が出ると思うよ」

「ん。少なくとも、ボクなら怒る」

宏の感想に、春菜と澪が同意する。

テローナは各家庭ごとに味や作り方が違う、というぐらいバリエーションがある料理だ。それだけに、『これがテローナだ』と言い切って特定の味を出してしまうと、どう考えても大反発を受けるだろう。

辛うじて一つに絞って許されるとすれば、春菜が言うように基本レシピであり、騎士団や軍の遠征などで作られるときのレシピでもある透明（仮）のテローナだけであろう。

「それで、一応あたりだけつけるとして、宏君的にはどれがやりやすそうだと思う？」

「赤、かなあ。透明は調整に手間取りそうな感じやし、黒みたいなトロみ強いやつはスープがきれいに溶けて混ざるようにするんに、結構いろいろ手間かかるしな」

「師匠、味噌と醬油は？」

「そっちは根本的な問題として、味噌蔵と醬油蔵の容量と生産能力あげたらんと厳しいねんわ」

「ん、納得」

宏に理由を説明され、素直に納得する春菜と澪。

技術的な問題や現時点でのインスタントラーメン工場の調味料の生産能力など、現状で宏にしか分からないことは結構あるのだ。

「あと、思ったんやけど、無色とか透明っちゅう呼び名は微妙やから、別のん考えへん？」

「そうだね。……ん～、スープの色自体は琥珀色なんだけど、さすがに琥珀テローナって変な感じだよね」

「ん」

「せやなあ……」

「透明っていう単語のイメージとか鶏肉の色とかを踏まえて、白テローナとかどうかな？」

「ええんちゃう？」

「ん、賛成」

春菜が考えた名前に宏と澪が賛成し、特に反対意見も出なかったことで、伝統の透明テローナは、これ以降白テローナと呼ばれることとなる。

「とりあえず、細かい調性は明日やな。ドワーフスープは明日作って、麺ぶち込んでみて調整や」

「「「納得いかぁぁあああああん!!」」」

そのまま明日の予定を確定しようとした宏に対し、完全に却下されたグループと発表すらできなかったグループが声を上げる。

各種テローナラーメンとドワーフスープラーメンが既定路線になっていることに、言いようがないほどの反発を感じていたらしい。

「安直なのはダメとか言って煽《あお》っておいて、そのレベルでよかったとか、さすがに断固として抗議します！」

「いやまあ、そこは悪かったと思うし反省もしとるけど、却下したやつは根本的にどないもならん種類の問題があったわけやし……」

「だとしても、こんな出来レースみたいなの、認められません！」

アランが断固とした口調で宣言。そこに、却下された、もしくは発表すらできなかったグループが喝采の声を上げる。

「……師匠。この人達、面倒くさい……」

「……今回商品化するかどうかはともかく、アイデアだけは引き続き出してもらう？」

「……そうせんと収まらん感じやな……」

澪の率直な感想に同意しつつ、春菜の提案を受け入れるしかないと判断する宏。

その結果、彼らが完全に諦めるまで、新商品開発室には毎日のように、

「だから、自分達が出されて食べようと思わないようなものを、商品として作ろうとしちゃダメだって！」

「いい加減諦めて、まず普通に自分が食べられるものをアイデアとして持ってきてください！」

という春菜やエルトリンデの声が響き渡ることになるのであった。

☆

方向性が決まってから数日後の昼。アズマ工房ウルス本部の食堂。

エルトリンデがようやく完成した新商品のお披露目に訪れていた。

なお、現在ここにいるのは宏達日本人チームと王族代表のレイオット、エアリス、それに発表者のエルトリンデである。

ファム達はいろいろやっているうちに手が離せない工程に入ってしまい、昼食の時間をちょっとずらすことになったので、現在ここにはいない。

「これが、私達が開発した新しいカップラーメンです。赤いパッケージのものが、赤テローナラーメン、黄色いパッケージが、ドワーフ達の民族料理であるドワーフスープをラーメンにしたドワーフラーメンです。とりあえず、試食していただけませんか？」

「了解。せっかくだから試させてもらうわ。にしてもいろいろ話は聞いてたけど、基本に忠実なメニューにしたのね」

「はい。そもそも、新しいラーメンを作るノウハウがない状態で奇をてらったものを作っても上手くいくはずがないので、まずは練習ということで完成品が簡単に想像できるものにしました」

エルトリンデが並べた二種類のカップめんを手に取り、しげしげと観察し、パッケージを開きながらそんな素直な感想を告げる真琴。

それに対して、最後の最後で反対派を押し切った理由を告げるエルトリンデ。

一部の研修生の反乱もあり、割とぎりぎりまでこの二つのラーメンを第一弾とすることが確定しなかったのである。

なお、現在のパッケージは仮パッケージで、赤テローナラーメンはともかく、ドワーフラーメンは黄色のままになるかどうかはまだ未定である。

また、ドワーフラーメンに関しては、仮パッケージを作る際に、ドワーフスープラーメンだと長いうえに語呂が悪いと指摘があり、多数決をとった結果この商品名に落ち着いた。

因《ちな》みに、他のテローナラーメンは宏の予想どおり、細かな調整や製品として加工した際の問題点、調味料の割り振りなどがクリアできておらず、開発を継続中である。

もっとも、恐らくそれほど時を置かずに白テローナラーメンが、そこから順次醤油や味噌が商品化されるだろう、というところまでは開発が進んでいるので、手こずっている黒が好きな人達以外から突き上げが来ることは避けられそうではある。

「なるほどな。とりあえず、お湯を入れるか」

「せやな」

真琴同様、ラーメンのふたをむいて中身を確認していた達也と宏が、さっさと次のステップに移るべしとお湯を注ぎ始める。

「これに落ち着くまで、自分達が食べようと思わないものは作っちゃダメって、本当に何度も注意したもんね～」

それに倣ってお湯を注ぎながら、この数日の開発研修を思い出して春菜がしみじみと声を漏らす。

とにかく揉《も》めに揉めた開発研修。春菜もエルトリンデも、何度このセリフを言ったか分からない。

「まあ、春菜さんはこんなこと言うとるけど、日本のインスタントラーメンの開発史っちゅうやつ見ると、なんでそれを作ろうと思った!?　みたいなやつのオンパレードやったりするからなあ」

「ん。お餅入ってる、ぐらいまでは理解できるけど、たこ焼きとかは何を思ったのか、開発者をいろんな意味で問い詰めたい」

春菜の感想に対して内心で同意しつつ、日本のインスタントラーメン史に燦然《さんぜん》と輝く数々の黒歴史を思い出しながらそんなことを言い出す宏。

それに同意しつつ、黒歴史系ラーメンの代表例ともいえる商品を挙げる澪。

その、あまりに予想外の商品に、一瞬全員の動きが止まる。

「……たこ焼き、ですか？」

「ん、たこ焼き」

だが、沈黙していたのはほんの一瞬。エアリスがすぐに食いついて念を押すように確認すると、それに平然と澪が答える。

その答えに、思わず達也が驚きをあらわにした。

「待て待て待て！　たこ焼きをトッピングにしたラーメンなんて、本当にあったのか!?」

「ビジュアルがいまいち想像できんが……」

「信じられないことに、過去に実在した」

「せやねん。ほんまにあってんわ……」

「……そうなの？」

達也の驚愕《きょうがく》交じりの疑問に対し、レイオットも疑わしそうに追随する。

そんな彼らに対し、澪と宏が神妙な表情で残念なお知らせを告げる。

が、言い出したのがネタ師の澪と宏ということもあり、基本的にあまり信用されていないようで、いまだに疑わしそうに真琴が追及する。

現時点でたこ焼き入りのラーメンを知らなかった人間のうち、実在を信じているのはエアリスだけである。

「インスタントラーメンの過去の商品取り上げる企画やと、ダダ滑りした商品の代表格として高確率で紹介されとんで」

「確か、当時の技術だとたこ焼きが上手くお湯で戻らなくて、ものすごい勢いでパッケージと実物が違った商品、だったたっけ？」

「そう、それや」

「春菜が知ってるってことは、本当に実在してたんだな……」

どうにも信じてもらえない様子に、別にいいんだが、という態度で追加情報を口にする宏。

そこに春菜が補足説明をしたことで、ようやく達也が納得する。

澪と宏が全力で説明をしていたたこ焼き入りのラーメンは、八十年代中頃に発売されたラーメンで、当時人気だったヒールの女子プロレスラーがテレビでコマーシャルをしていたことでも有名な商品である。

が、春菜が口にした理由以外にも、まだ当時はたこ焼きをダシ汁に浸して食べる文化が定着しきっていなかった時期で、そういう意味でも前のめりすぎて滑った商品といえる。

良くも悪くもチャレンジ精神旺盛だった八十年代を代表する、そんな商品がたこ焼き入りのラーメンといえよう。

「他にも、どっかで聞いたことある気がするっちゅうレベルの、ほんまに実在したかどうか自信ないやつで言うたら、お好み焼きとか唐揚《からあ》げとか焼き餃子《ギョーザ》とか、聞くだけで無謀やろっちゅう商品もあったっぽいで」

「まあ！」

宏が口にした、地雷臭が漂うにもほどがあるというトッピングの数々に、なぜかわくわくした様子でエアリスが食いつく。

その様子を見て苦笑気味に、春菜が自身の見解を言う。

「そのあたりはさすがに都市伝説じゃないかなあ、って思うけど、私も全部の商品を知ってるわけじゃないし、汁物なら何でもあり、くらいの勢いで作っては滑ってるから、なかったとは言い切れないんだよね……」

「……そうなのか？」

「否定はできませんね……」

春菜の言葉に、何やら恐ろしい話を聞いたという表情でレイオットが尋ね、達也が聞き覚えのある数々の黒歴史系商品を思い浮かべながらそう答える。

春菜がこう言ってしまうのも、達也がそれを否定しきれないのも仕方がないことで、インスタントラーメン、それも特にカップめんは、本当に妙な商品がぽろっと現れては消えていく。

その中にはミートボールだのナゲットだのが入ったラーメンが、青春をテーマにした妙なネーミングとともに販売されていた、という例もある。

それを考えれば、たこ焼き入りラーメンと似たような失敗をした商品が人知れず発売されては消えていたとしてもおかしくない。

「と、いうか、だ。そばのトッピングで見かけた唐揚げはともかく、お好み焼きと焼き餃子をラーメンに乗せるのは、あまり美味そうには思えんのだが……」

「そうですね。やってみないと分かりませんが、定食として別々に食べる分にはともかく、汁麺の上に乗せて美味しいのかというのは、あまり自信が持てません」

「味はちょっと横に置いといて、具を別添えのレトルトにでもせん限り、唐揚げとか焼き餃子とかは今のラインでは無理やで、多分。たこ焼き入りのラーメンと同じ運命をたどるわ」

何やら頭の中で検討してげんなりしているレイオットと、いくらインスタントラーメンを愛していてもそのレベルでチャレンジャーな商品までは愛せない様子のエアリス。

二人とも一応水餃子やワンタンの存在を知っているため、餃子自体をトッピングすることは否定しないが、さすがに焼き餃子は微妙だという認識のようだ。

そんな二人の反応に、宏が牽制《けんせい》するように技術的な問題を告げる。

「あの、何を心配しているのかは分かりますが、さすがに私達もそこまで無謀ではないので……」

「と、いうかさ。早速横道にそれちゃってるけど、今日のメインはこのラーメン二種類の品評よね？」

「そうだな。さっさと試食するか。そろそろ三分だろうし」

「はい！」

「ほな、いただきます」

「「「「「いただきます」」」」」

怪しげなインスタントラーメンの話をしているうちに、どうやら三分過ぎたらしい。

真琴に促されて、ラーメンの試食に移る宏達。

宏に合わせていただきますをし、ふたをとって中身をかき回す。

その様子を固唾《かたず》をのんで見守るエルトリンデ。

「……匂いは合格やな」

「うん」

「具が多いわね」

「どっちもこれぐらいは入ってないと、看板に偽りありありだからな」

「ん、美味しそう」

まず、匂いを堪能してから、そう評価を下す宏達。

最後まで手を貸すと研修にならない、ということで、ある程度形になったところで宏達は手を引いている。

そのため、ぎりぎりまで指導していながら、最終的にどうなったかを宏も春菜も知らないのだ。

澪に至っては、参加して二日目が終わった時点で離脱したので、どうやってアラン達を黙らせたのかすら知らないのである。

見た目と匂いでの品評を終え、そのまま全員が一口二口それぞれのラーメンを味わう。

「……どちらも、とても美味しいです」

「これなら、新商品の第一弾として売り出しても、どこからも文句は出まい」

「よかった……」

ラーメンの味に、真っ先に絶賛ともいえる感想を告げたのは、やはりエアリスであった。

エアリスに少し遅れて、レイオットも素直に称賛する。

王族二人の太鼓判に、思わず全力で安堵《あんど》のため息を漏らしてしまうエルトリンデ。

自信がなかったわけではないが、二人して舌が肥えているうえに、エアリスは自分など足元にも及ばないほどのインスタントラーメン信奉者だ。

まだ足りないといわれる可能性は、ずっとついて回っていたのである。

「まあ、これで開発チームにも実績できたし、あとはうちらの仕事とレイっちのあれこれの仕上げが終わったら、やっと素材探しの旅に出られるな」

「その節は、皆様に大変お手数をおかけしました」

「別に商品開発の手伝いはそれはそれで楽しかったからいいんだけど、なんか、たった十日ほどのことで、いつもの寄り道に比べればそんなすごい期間でもなかったのに、ものすごく長くかかったような気がするよね……」

ようやく一段落したことで、これまでのことを思い出してしみじみとそんな感想を言ってしまう春菜。

今回のあれこれは実に密度も濃度も濃かったため、今までの寄り道など比ではないぐらい時間をかけてしまったような気がしてしまうのである。

「なんか、こう、すまん……」

「殿下のせいってわけでもないし、この件がなくても同じぐらい横道にそれていたでしょうし、あんまり気にしなくていいんじゃない?」

「そうだな。というか俺としては、今回の工場関係の問題が本当にこれで終わったのか自体が、すげえ疑わしいんだが……」

「あの、タツヤ様……。アルフェミナ様から、そういう物騒なことを言わないでほしい、とたった今神託が……」

「達兄《たつにい》、今のはフラグすぎてアウト……」

「あ~、すまん……」

あまりにも危険すぎる達也の発言に、即座に苦情が殺到する。

特に今のアルフェミナにとっては、この手の失言は致命的にもほどがある。なので、間髪いれずにかなり本気の神託を下している。

「ほんま、おんなじ寄り道でも、このパターンはさすがにもうおなかいっぱいやで……」

アルフェミナまで苦情を言うレベルの達也の失言に、思わずぼやいてしまう宏。

それに同意するように、その場にいる人間全員のため息が唱和する。

「……まあ、ええわ。まだ、ラーメン残ってんねんやろ?」

「あっ、はい」

「ほな、ファムらにも振る舞ってき。ついでに、意見も聞いたらええわ」

「はいっ！　ありがとうございます！」

「今は作業室で新作家具作っとるはずやから、声かけたらすぐ出てくるやろ」

「分かりました！　では、失礼します！」

宏に促され、ファム達にも新作ラーメンを振る舞いに行くエルトリンデ。

そのあと、ファム達から微妙ながら重要なダメ出しを受けたことで、新作ラーメンはますますそのクオリティを上げることに成功する。

こうして、稀代《きだい》のインスタントラーメン開発者として、また、白テローナという名を広めた産みの親として後の歴史に名を刻むエルトリンデの初めての製品開発は終わりを告げ、彼女を見出《みいだ》し鍛え上げたとしてますます名を上げるアズマ工房であった。

フェアリーテイル・クロニクル
～空気読まない異世界ライフ～

MFブックス

フェアリーテイル・クロニクル ～空気読まない異世界ライフ～ 18

2018年8月25日　初版第一刷発行

著者　埴輪星人
発行者　三坂泰二
発行　株式会社KADOKAWA
〒102-8177　東京都千代田区富士見2-13-3
0570-002-001(ナビダイヤル)
印刷・製本　株式会社廣済堂

ISBN 978-4-04-065133-0 C0093

企画　株式会社フロンティアワークス
担当編集　渡辺悠人／河口紘美／佐藤 裕(株式会社フロンティアワークス)
ブックデザイン　ragtime
イラスト　ricci

完全回避ヒーラーの軌跡
Punichan
ぷにちゃん
illustration 匈歌ハトリ
大好評につき緊急重版!
避ける、守る、治す。
敵ボスの攻撃も一切受けずにダンジョンクリア!?
無敵の『回避ヒーラー』が行く冒険譚!!
MFブックス

「こぼれ話」の内容は、
あとがきだったり
ショートストーリーだったり、
タイトルによってさまざまです。
読んでみてのお楽しみ!

アンケートに答えて
著者書き下ろし
「こぼれ話」を読もう!

よりよい本作りのため、
読者の皆様のご意見を参考にさせて頂きたく、
アンケートを実施しております。
ご協力頂けます場合は、以下の手順でお願いいたします。
アンケートにお答えくださった方全員に、
著者書き下ろしの「こぼれ話」をプレゼントしています。

この二次元コードから
アンケートページへアクセス!

https://kdq.jp/mfb

このページ、または奥付掲載の二次元コード(またはURL)に
お手持ちの端末でアクセス。

↓

奥付掲載のパスワードを入力すると、アンケートページが開きます。

↓

最後まで回答して頂いた方全員に、著者書き下ろしの「こぼれ話」をプレゼント。

- PC・スマートフォンに対応しております(一部対応していない機種もございます)。
- サイトにアクセスする際や、登録・メール送信時にかかる通信費はご負担ください。

MFブックス　http://mfbooks.jp/